Diogenes Taschenbuch 20331

de
te
be

W0336936

W. Somerset Maugham

# *Honolulu*

*Erzählungen*

Diogenes

Die vorliegenden Erzählungen sind
dem Band *Collected Short Stories,*
Copyright © by the Royal Literary Fund, entnommen
Diese Auswahl erschien zusammen mit
den Bänden *Das glückliche Paar* und
*Vor der Party* zuerst 1972
als Band 1 der *Gesammelten Erzählungen*
von W. Somerset Maugham im Diogenes Verlag
Der Verlag dankt den ›Executors of the Estate
of the Late W. Somerset Maugham‹, London,
der Literary Agency Mohrbooks, Zürich,
und der Verlags AG ›Die Arche‹, Zürich,
für die Erteilung der Rechte an *Regen, Edward Barnards
Untergang, Honolulu, Der Teich* und *Mackintosh*
(aus dem Band *Betörende Südsee*)

40/99/36/7
ISBN 3 257 20331 4

## *Inhalt*

# *Regen*

Es war schon fast Zeit zum Schlafengehen, und beim nächsten Erwachen sollte Land in Sicht sein. Dr. Macphail zündete seine Pfeife an, beugte sich über die Reling und suchte am Himmel nach dem Kreuz des Südens. Nach zwei Jahren an der Front und einer Wunde, die länger zum Heilen brauchte, als sie sollte, war er froh, sich für mindestens zwölf Monate ruhig in Apia niederlassen zu können, und fühlte sich schon während der Reise bedeutend besser. Da einige Reisende am nächsten Morgen in Pago-Pago das Schiff verlassen sollten, war an diesem Abend eine kleine Tanzerei an Bord veranstaltet worden, und in seinen Ohren hämmerten immer noch die rauhen Töne des automatischen Klaviers. Aber auf Deck war es jetzt ganz ruhig. Ein wenig weiter unten sah er seine Frau in einem Liegestuhl; sie sprach mit den Davidsons. Er ging hinüber. Als er sich unter das Licht setzte und den Hut abnahm, sah man, daß er, abgesehen von einer kahlen Stelle auf dem Schädel, sehr rote Haare hatte und jene rötliche, sommersprossige Haut, die sich meist bei Rothaarigen findet. Er war ein Vierziger, sehr dünn, mit einem hageren Gesicht, umständlich und recht pedantisch. Er sprach leise und ruhig und mit deutlich schottischem Akzent.

Zwischen den Macphails und den Davidsons, die Missionare waren, hatte sich an Bord eine gewisse Vertrautheit entwickelt, die mehr der täglichen Nähe als irgendeiner inneren Zusammengehörigkeit zuzuschreiben war. Was sie am meisten verband, war die gemeinsame Mißbilligung, die sie denen entgegenbrachten, die ihre Tage und Nächte im Rauchsalon bei Poker, Bridge und Alkohol verbrachten. Mrs. Macphail fühlte sich nicht wenig geschmeichelt, daß sie und ihr Gatte die einzigen an Bord waren, mit denen die Davidsons sich gerne unterhielten, und selbst der Arzt, der zwar schüchtern, aber kein Dummkopf war, sah das unbewußt als ein Kompliment an. Und nur weil er von polemischer Natur war, erlaubte er sich, nachts in der Kabine darüber zu spotten.

»Mrs. Davidson sagte heute, sie wisse nicht, wie sie diese Reise ohne uns überstanden hätte«, sagte Mrs. Macphail, während sie ihre Perücke sorgfältig ausbürstete. »Sie sagte, wir seien die einzigen Leute auf dem Schiff, deren Bekanntschaft ihnen etwas bedeute.«

»Ich hätte nicht gedacht, ein Missionar sei so ein großes Tier, daß er sich solche Extralaunen leisten könnte.«

»Das sind keine Launen. Ich verstehe sehr gut, was sie meint. Es wäre für die Davidsons nicht sehr angenehm gewesen, sich unter die recht gewöhnlichen Leute im Rauchsalon mischen zu müssen.«

»Der Gründer ihrer Religion war nicht so exklusiv«, bemerkte Mr. Macphail kichernd.

»Ich muß dich wieder einmal ersuchen, nicht über religiöse Dinge zu spotten«, antwortete seine Frau. »Ich bin froh, daß ich nicht deinen Charakter habe. Du suchst nie nach dem Guten in den Menschen.«

Er warf ihr aus seinen blaßblauen Augen einen seitlichen Blick zu, erwiderte aber nichts. Nach so manchen Ehejahren hatte er gelernt, daß es dem Frieden zuträglicher sei, seiner Frau das letzte Wort zu lassen. Er war bereits entkleidet und kletterte in die obere Koje, wo er daranging, sich in Schlaf zu lesen.

Am nächsten Morgen, als er auf Deck kam, befand man sich wirklich schon nahe an Land. Mit gierigen Augen schaute er hinüber. Ein dünner Streifen silbrigen Strandes wuchs rasch zu Hügeln an, die bis zum Kamm mit üppiger Vegetation bewachsen waren. Die dichten grünen Kokospalmen reichten fast bis zum Wasserrand; dazwischen sah man die Strohhäuser der Samoaner und hie und da weiß aufleuchtend eine kleine Kirche. Mrs. Davidson kam daher und blieb neben ihm stehen. Sie war in Schwarz gekleidet und trug um den Hals eine goldene Kette, an der ein winziges Kreuz baumelte. Sie war eine kleine Frau mit braunem, mattem, sorgfältig frisiertem Haar und hervorstehenden braunen Augen hinter einem randlosen Pincenez, hatte ein langes Schafsgesicht, das aber nicht den Ausdruck der Dummheit, sondern den außergewöhnlicher Wachheit trug, und sie bewegte sich mit der Raschheit eines Vogels. Das bemerkenswerteste an ihr aber war ihre hohe, blecherne, völlig modulationslose Stimme. Hart und monoton schlug sie ans Ohr und reizte die Nerven mit dem erbarmungslosen Lärm eines elektrischen Drillbohrers.

»Dies muß Ihnen doch schon ganz heimatlich vorkommen«, sagte Dr. Macphail mit seinem schmalen, sonderbaren Lächeln.

»Unsere Inseln sind niedrig, wissen Sie, nicht wie diese Korallen. Diese hier sind vulkanisch. Noch zehn Tage müssen wir fahren, ehe wir ankommen.«

»Hier bedeutet das soviel wie ein Sprung in die Nachbarstraße zu Hause«, meinte Dr. Macphail scherzend.

»Nun, das ist etwas übertrieben ausgedrückt, aber man denkt in der Südsee anders über Entfernungen. Insofern haben Sie recht.«

Dr. Macphail seufzte leicht.

»Ich bin froh, daß wir nicht hier stationiert sind«, fuhr sie fort. »Wir hörten, es sei sehr schwierig, hier zu arbeiten. Der Dampferverkehr macht die Leute unruhig; und dann ist hier auch eine Flottenbasis, das ist immer schlecht für die Eingeborenen. In unserem Distrikt haben wir nicht mit solchen Schwierigkeiten zu kämpfen. Natürlich gibt es ein oder zwei Kaufleute, aber wir sorgen dafür, daß sie sich anständig benehmen, und wenn sie das nicht tun, machen wir ihnen den Boden so heiß, daß sie freiwillig wegziehen.«

Sie rückte den Kneifer auf der Nase zurecht und starrte mit unbarmherzigem Blick auf die grüne Insel.

»Es ist eine fast hoffnungslose Aufgabe für einen Missionar hier. Wir können gar nicht dankbar genug sein, daß uns wenigstens das erspart geblieben ist.«

Davidsons Distrikt bestand aus einer Gruppe von Inseln im Norden von Samoa; sie lagen so weit auseinander, daß er oft große Strecken im Kanu zurückzulegen hatte. Manchmal blieb seine Frau allein auf dem Hauptsitz und leitete die Mission. Dr. Macphails Herz sank, wenn er daran dachte, mit welcher Tüchtigkeit sie das gewiß tat. Sie sprach von der Gottlosigkeit der Eingeborenen mit einer Stimme, die sich durch nichts dämpfen ließ, aber von salbungsvollem Entsetzen troff. Ihr Sinn für Takt war von besonderer Art. Am Anfang ihrer Bekanntschaft hatte sie zu ihm gesagt:

»Wissen Sie, als wir auf die Inseln kamen, waren die Heiratsbräuche dort derart abstoßend, daß ich sie Ihnen unmöglich beschreiben kann. Aber ich werde sie Mrs. Macphail erzählen, und sie kann sie Ihnen schildern.«

Dann hatte er seine Frau und Mrs. Davidson, auf nahe

zusammengerückten Deckstühlen liegend, in ernster, über zwei Stunden dauernder Unterhaltung gesehen. Er war hinter ihnen, um sich Bewegung zu machen, auf und ab gegangen und hatte Mrs. Davidsons erregtes Geflüster wie das ferne Rauschen eines Wasserfalls vernommen und beobachtet, wie seine Frau offenen Mundes und bleichen Gesichts sich an den erschreckenden Mitteilungen delektierte. Nachts in ihrer Kabine wiederholte sie ihm mit flatterndem Atem alles, was sie erfahren hatte.

»Nun, was habe ich Ihnen gesagt?« rief Mrs. Davidson am nächsten Morgen frohlockend. »Haben Sie jemals etwas so Schreckliches gehört? Jetzt wundern Sie sich nicht mehr, warum ich es Ihnen nicht selbst erzählen konnte, obgleich Sie Arzt sind.«

Mrs. Davidson schaute ihm prüfend und mit dramatischem Eifer ins Gesicht, um zu sehen, ob sie die erwünschte Wirkung erzielt habe.

»Kann es Sie wundern, daß uns anfangs fast der Mut verließ? Sie werden mir wohl kaum glauben, wenn ich Ihnen sage, daß es völlig unmöglich war, auch nur ein einziges gutes Mädchen in einem der Dörfer zu finden.«

Sie benutzte das Wort ›gut‹ als festen technischen Ausdruck.

»Mr. Davidson und ich haben uns lange darüber unterhalten und uns schließlich geeinigt, als erstes das Tanzen zu unterdrücken. Die Eingeborenen waren geradezu wild aufs Tanzen.«

»Ich war selbst nicht dagegen, als ich noch zu den Jüngeren zählte«, sagte Dr. Macphail.

»Das habe ich mir gedacht, als ich Sie gestern Mrs. Macphail fragen hörte, ob sie nicht mit Ihnen einmal herumwalzen wolle. Ich finde im Grunde auch nicht viel dabei, wenn ein Mann mit seiner Frau tanzt, aber ich war doch erleichtert, als sie ablehnte. Unter diesen Umständen fand ich es doch besser, daß wir ganz für uns blieben.«

»Unter welchen Umständen?«

Mrs. Davidson warf ihm einen raschen Blick durch den Kneifer zu, beantwortete aber seine Frage nicht.

»Aber unter Weißen ist es nicht das gleiche«, fuhr sie fort. »Trotzdem stimme ich mit Mr. Davidson überein, der sagt, er begreife die Männer nicht, die dastehen und zusehen können, wie andere Männer ihre Frauen in den Arm nehmen. Was mich betrifft, ich habe nie mehr auch nur einen Schritt getanzt, seit ich verheiratet bin. Doch die Tänze der Eingeborenen sind etwas ganz anderes. Sie sind nicht nur unmoralisch als solche, sondern führen auch deutlich zur Unmoral. Nun, jedenfalls danken wir Gott, daß wir sie ausgerottet haben, und ich glaube mich nicht zu irren, wenn ich sage, daß in unserem Distrikt seit acht Jahren niemand mehr getanzt hat.«

Jetzt gelangte man zur Hafeneinfahrt, und Mrs. Macphail trat zu ihnen. Das Schiff drehte scharf bei und glitt langsam hinein. Es war ein großer, geschützter Hafen, breit genug, eine Flotte von Kriegsschiffen aufzunehmen. Und ringsum erhoben sich hoch und steil die grünen Berge. Nahe der Einfahrt, dem vollen Wind der See ausgesetzt, stand das Haus des Gouverneurs. Die Sterne und Streifen baumelten schlaff an der Fahnenstange. An drei, vier schmucken Bungalows fuhr man vorbei, an einem Tennisplatz, und dann kam man zum Kai mit seinen Lagerhäusern. Mrs. Davidson deutete auf den Schoner, der drei- oder vierhundert Meter vom Ufer entfernt verankert war und sie nach Apia bringen sollte. Eine Menge eifriger, lärmender und fröhlicher Eingeborener war von allen Teilen der Insel gekommen. Manche aus Neugier, manche, um mit den Reisenden, die nach Sydney fuhren, Tauschhandel zu treiben.

Sie brachten Ananas und riesige Stauden von Bananen, *Tapa*-Tücher, Halsbänder aus Muscheln oder Haifischzähnen, *Kava*-Schalen und kleine Nachbildungen von Kriegskanus. Amerikanische Matrosen, schmuck und sauber, glatt rasiert und mit offenen Gesichtern, schlenderten herum, und an einer Seite stand eine kleine Gruppe von Beamten. Während ihr Gepäck ausgeladen wurde, beobachteten die Macphails und die Davidsons das Menschengewühl. Dr. Macphail sah die Himbeerpocken, an denen die meisten Kinder und Jünglinge zu leiden schienen und die sich in entstellenden Wunden wie schlaffe Geschwüre zeigten. Sein Berufsauge leuchtete auf, als er zum erstenmal in Wirklichkeit Fälle von Elephantiasis erblickte, Männer mit einem riesigen, schweren Arm oder einem unförmig angeschwollenen Bein. Männer und Frauen trugen den *Lava-Lava*.

»Ein sehr unanständiges Kleidungsstück«, sagte Mrs. Davidson. »Mr. Davidson findet, es sollte von Rechts wegen verboten werden. Wie kann man von Menschen Moral erwarten, die nichts anhaben als einen Streifen roter Baumwolle um die Lenden?«

»Es entspricht dem Klima«, entgegnete der Arzt und wischte sich den Schweiß von der Stirn.

Hier an Land empfanden sie die Hitze drückend, obgleich es noch früh am Morgen war. Eingeschlossen von Bergen, lag Pago-Pago ohne einen Lufthauch da.

»Auf unseren Inseln«, fuhr Mrs. Davidson mit ihrer schrillen Stimme fort, »haben wir den *Lava-Lava* so gut wie ausgerottet. Ein paar alte Männer sieht man noch damit, und das ist alles. Die Frauen tragen alle das Wickelkleid und die Männer Hosen und Unterhemd. Am Anfang unseres dortigen Aufenthaltes schrieb Mr. Davidson in einem seiner Berichte: ›Die Einwohner dieser Inseln werden erst dann christianisiert sein, wenn jeder Knabe über zehn Jahre richtige Hosen trägt.‹«

Mrs. Davidson hatte inzwischen zwei-, dreimal rasche Vogelblicke zu den schweren grauen Wolken geworfen, die auf den Hafen zugesegelt kamen. Ein paar Tropfen fielen bereits.

»Wir sollten uns unterstellen«, sagte sie.

Sie flüchteten sich mit den übrigen unter ein großes Wellblechdach, und nun fiel der Regen schon in Strömen. Dort standen sie eine Weile, und schließlich kam auch Mr. Davidson zu ihnen. Auf der Fahrt sprach er hie und da sehr höflich mit den Macphails; doch besaß er nicht das gesellige Talent seiner Frau und hatte fast die ganze Zeit lesend zugebracht. Er war ein stiller, eigentlich mürrischer Mensch, und man spürte, daß Liebenswürdigkeit eine Pflicht für ihn bedeutete, die er sich christlich selbst auferlegt hatte. Von Natur aus war er reserviert und sogar finster. Seine Erscheinung fiel ins Auge. Er war sehr groß und mager, mit langen, locker hängenden Gliedern, hohlen Wangen und seltsam hohen Kinnbacken. Seine dunklen, tiefliegenden, trauervollen Augen und seine Hände mit den langen, knochigen, edlen Fingern verliehen ihm einen Nimbus von Macht. Das auffallendste an ihm war, daß man bei seinem Anblick an unterdrücktes Feuer denken mußte, was eindrucksvoll und leicht beunruhigend wirkte. Das war kein Mensch, mit dem man Vertraulichkeit pflegen konnte.

Er brachte unwillkommene Nachrichten. Die Masern waren hier epidemisch aufgetreten, bei den Kanaken eine ernste und oft tödliche Krankheit; und auch die Mannschaft des Schoners, mit dem sie fahren sollten, hatte einen Fall gemeldet. Der Mann war bereits an Land und in die Quarantäneabteilung des Krankenhauses geschafft worden, aber Apia hatte telegraphisch Weisung gegeben, der Schoner dürfe dort nicht anlaufen, ehe nicht mit Sicherheit festgestellt werden könne, daß kein weiteres Mitglied angesteckt sei.

»Das heißt, daß wir hier für mindestens zehn Tage bleiben müssen.«

»Aber ich werde dringend in Apia gebraucht«, sagte Doktor Macphail.

»Da ist nichts zu machen. Wenn sich kein weiterer Fall mehr auf dem Schoner zeigt, darf er mit weißen Passagieren abfahren, Eingeborene können erst in drei Monaten wieder reisen.«

»Gibt es hier ein Hotel?« fragte Mrs. Macphail.

Davidson kicherte leise.

»Ausgeschlossen.«

»Was sollen wir tun?«

»Ich habe mit dem Gouverneur gesprochen. Am Kai wohnt ein Kaufmann, der Zimmer vermietet. Ich schlage vor, sobald der Regen aufhört, dort hinzugehen und zu sehen, was zu machen ist. Aber erwarten Sie keinen Komfort! Wir können froh und dankbar sein, wenn wir ein Bett zum Schlafen und ein Dach über dem Kopf haben.«

Aber der Regen zeigte keine Neigung aufzuhören, und schließlich machten sie sich mit Schirmen und Regenmänteln auf den Weg. Es gab keine Stadt, nur ein paar offizielle Gebäude, ein, zwei Läden und im Hintergrund zwischen Kokospalmen und Bananenstauden einige wenige Eingeborenenhütten. Das Haus, das sie suchten, lag etwa fünf Minuten vom Hafen entfernt, ein zweistöckiger Holzbau mit breiten Veranden auf beiden Etagen und einem Wellblechdach. Der Besitzer war ein Mischling namens Horn, der eine von kleinen braunen Kindern umringte Eingeborene zur Frau hatte. Im unteren Stock führte er einen Laden, in dem er Büchsenwaren und Baumwolle verkaufte. Die Zimmer, die er ihnen zeigte, waren fast unmöbliert. In dem, das die Macphails nahmen, stand nichts als ein altes, abgenutztes Bett mit einem zerfetzten Moskitonetz, ein wackeliger Stuhl und ein Waschtisch. Sie blickten sich bestürzt um. Der Regen strömte pausenlos hernieder.

»Ich werde nicht mehr auspacken, als wir unbedingt brauchen«, sagte Mrs. Macphail.

Mrs. Davidson kam ins Zimmer, als sie gerade einen Handkoffer aufschloß. Sie war flott und munter. Die freudlose Umgebung hatte keinerlei Wirkung auf sie.

»Wenn ich Ihnen einen Rat geben darf, so nehmen Sie schnell Nadel und Faden und fangen Sie an, Ihr Moskitonetz zu reparieren«, sagte sie, »sonst werden Sie heute nacht kein Auge zutun.«

»Sind sie sehr schlimm?« fragte Dr. Macphail.

»Es ist die Jahreszeit. Wenn man Sie in Apia ins Haus des Gouverneurs einlädt, werden Sie bemerken, daß alle Damen eine Art Kissenbezug erhalten, in den sie ihre – ihre unteren Extremitäten stecken.«

»Wenn nur der Regen für einen Augenblick aufhören wollte!« klagte Mrs. Macphail. »Ich könnte den Raum bei Sonnenschein viel behaglicher machen.«

»Oh, wenn Sie darauf warten, müssen Sie noch lange Geduld haben«, entgegnete Mrs. Davidson. »Pago-Pago ist wahrscheinlich der regenreichste Ort im ganzen Pazifischen Ozean. Sehen Sie, die Berge und die Bucht ziehen das Wasser an, und außerdem ist ohnehin gerade Regenzeit.«

Sie blickte von Macphail zu dessen Frau, die in verschiedenen Zimmerecken hilflos dastanden wie verlorene Seelen, und spitzte den Mund. Sie sah, daß sie sich ihrer annehmen mußte. Ratlose Menschen machten sie nervös, aber es kribbelte ihr in den Händen, das in Ordnung zu bringen, was sich ihr so natürlich anbot.

»Kommen Sie, geben Sie mir Nadel und Faden, dann will ich Ihr Netz reparieren, während Sie weiter auspacken. Um ein Uhr wird gegessen. Dr. Macphail, Sie würden gut daran tun, zum Hafen zu gehen und dafür zu sorgen, daß Ihr großes Gepäck an einen trockenen Ort kommt. Sie wissen, wie diese Eingeborenen sind. Sie bringen es fertig, Ihre Sachen irgendwo aufzustellen, wo es die ganze Zeit über hineinregnet.«

Der Arzt zog seinen Regenmantel wieder an und ging hinunter. An der Tür stand Mr. Horn und unterhielt sich mit dem Quartiermeister des Schiffes, auf dem sie soeben angekommen waren, und einer Reisenden der zweiten Klasse, die Dr. Macphail mehrmals an Bord gesehen hatte. Der Quartiermeister, ein kleiner, verrunzelter, ungewöhnlich schmutziger Mann, nickte ihm zu, als er vorbeiging.

»Dumme Sache mit den Masern, Doc«, sagte er. »Ich sehe, Sie haben sich hier bereits niedergelassen.«

Dr. Macphail fand ihn ziemlich vertraulich, war aber ein furchtsamer Mensch und nicht sehr leicht gekränkt.

»Ja, wir haben ein Zimmer oben.«

»Miss Thompson fährt auch nach Apia, deshalb habe ich sie hierhergebracht.«

Der Quartiermeister zeigte mit dem Daumen auf die Frau, die neben ihm stand. Sie war etwa siebenundzwanzig, plump, auf grobe Weise schön und trug ein weißes Kleid und einen großen weißen Hut. Ihre prallen Waden in weißen Baumwollstrümpfen wölbten sich über den Rand ihrer hohen weißen Lederstiefel. Sie schenkte Macphail ein einschmeichelndes Lächeln.

»Dieser Kerl versucht, mir anderthalb Dollar pro Tag für ein winziges Zimmer abzuzapfen«, sagte sie mit heiserer Stimme.

»Ich sage dir, sie ist eine Freundin von mir, Jo«, drängte der Quartiermeister. »Sie kann nicht mehr als einen Dollar zahlen, und du mußt sie einfach dafür bei dir wohnen lassen.«

Der Kaufmann war dick und glatt und lächelte ruhig.

»Nun, wenn es so ist, Mr. Swan, dann will ich sehen, was zu machen ist. Auf jeden Fall werde ich mit Mrs. Horn sprechen, und wenn eine Ermäßigung möglich ist, soll sie sie bekommen.«

»Fangen Sie gar nicht mit solchen Tricks bei mir an«, sagte Miss Thompson. »Die Sache muß gleich in Ordnung kommen. Sie bekommen einen Dollar pro Tag für das Zimmer und keinen Pfifferling mehr.«

Dr. Macphail lächelte. Er bewunderte die Unverschämtheit, mit der sie verhandelte. Er gehörte zu den Leuten, die immer bezahlten, was man von ihnen verlangte. Lieber ließ er sich übervorteilen, als daß er gefeilscht hätte. Der Kaufmann seufzte.

»Nun, Mr. Swan zuliebe will ich mich zufriedengeben.«

»So ist's recht«, sagte Miss Thompson. »Kommen Sie gleich herein und trinken Sie bei mir einen Schluck Schnaps. Ich habe einen wirklich guten Korn in meiner Tasche, wenn Sie sie hereinbringen wollen, Mr. Swan. Sie kommen auch mit, Doktor?«

»Oh, ich glaube nicht, vielen Dank!« antwortete er. »Ich will eben hinuntergehen und schauen, ob mit unserem Gepäck alles in Ordnung ist.«

Damit trat er hinaus in den Regen. Er fegte nur so daher von der Hafeneinfahrt, und der gegenüberliegende Strand war kaum zu sehen. Er begegnete einigen Eingeborenen, die nichts anhatten als den *Lava-Lava* und riesige Regenschirme über sich hielten. Sie gingen herrlich mit lockeren Bewegungen und sehr aufrecht; und sie lächelten und grüßten ihn in einer fremden Sprache, als sie an ihm vorüberkamen.

Es war fast Essenszeit, als er zurückkehrte. Im Wohnzimmer des Kaufmanns hatte man für sie gedeckt. Dieses Zimmer war nicht zum Wohnen eingerichtet, sondern nur für Prestigezwecke, und die Luft darin war dumpf und melancholisch. Eine Garnitur aus gestanztem Plüsch stand an den Wänden, und von der Mitte der Decke hing, gegen die Fliegen durch gelbes Seidenpapier geschützt, ein vergoldeter Kronleuchter. Davidson war nicht gekommen.

»Ich weiß, er hat einen Besuch beim Gouverneur gemacht«, sagte Mrs. Davidson, »und ich nehme an, er wurde zum Essen dabehalten.«

Ein kleines eingeborenes Mädchen brachte ihnen ein Gericht aus gehacktem Fleisch, und nach einer Weile kam der Kaufmann herein, um zu sehen, ob sie mit allem Nötigen versehen seien.

»Wir haben doch noch einen Mitbewohner, Mr. Horn«, sagte Dr. Macphail.

»Sie hat nur ein Zimmer genommen, das ist alles«, erwiderte der Kaufmann, »und bekommt ihr Essen dort.« Dabei schaute er die beiden Damen unterwürfig an.

»Ich habe sie im unteren Stockwerk einlogiert, damit sie Ihnen nicht im Wege ist. Sie wird Sie nicht belästigen.«

»Ist es jemand vom Schiff?« fragte Mrs. Macphail.

»Ja, Ma'am. Sie war in der zweiten Klasse. Sie geht nach Apia, hat dort einen Posten als Kassiererin.«

»Oh!«

Als der Kaufmann gegangen war, sagte Macphail:

»Ich glaube, sie wird das nicht besonders lustig finden, allein auf ihrem Zimmer zu essen.«

»Wenn sie in der zweiten Klasse war, ist es besser so«, antwortete Mrs. Davidson. »Ich weiß nicht so recht, wer es sein kann.«

»Ich war zufällig dabei, als der Quartiermeister sie herbrachte. Sie heißt Thompson.«

»Es ist doch nicht etwa die Frau, die mit dem Quartiermeister gestern abend getanzt hat?« fragte Mrs. Davidson.

»Das muß sie wohl sein«, meinte Mrs. Macphail. »Die ganze Zeit über frage ich mich schon, wo ich sie gesehen habe. Sie schien mir ziemlich frei zu sein.«

»Kein guter Stall«, sagte Mrs. Davidson.

Dann sprachen sie über andere Dinge, und müde vom frühen Aufstehen, trennten sie sich nach dem Essen und gingen schlafen. Als sie aufwachten, regnete es nicht mehr, obgleich der Himmel immer noch grau war und die Wolken tief hingen. Sie machten einen Spaziergang auf der Landstraße, die längs der Bucht von den Amerikanern angelegt worden war.

Bei ihrer Rückkehr sahen sie, daß Davidson auch eben heimgekommen war.

»Vierzehn Tage lang werden wir hier sitzen müssen«, sagte er verärgert. »Ich habe mit dem Gouverneur hin und her verhandelt, aber er sagt, er könne nichts machen.«

»Mr. Davidson sehnt sich nur danach, zu seiner Arbeit zurückzukehren«, erklärte seine Frau mit einem unruhigen Blick auf ihn.

»Wir sind ein Jahr lang fortgewesen«, sagte er und ging auf der Veranda hin und her. »Die Mission lag inzwischen in den Händen eingeborener Missionare, und ich bin schrecklich nervös und fürchte, sie haben viel vernachlässigt. Es sind gute Menschen, ich will nichts gegen sie sagen. Gottesfürchtig, ergeben und wahre Christen – ihre Christlichkeit könnte manche sogenannte Christen zu Hause schamrot machen –, aber sie haben jämmerlich wenig Energie. Sie können einmal Widerstand leisten, sie können es auch zweimal, aber sie können es nicht die ganze Zeit über. Wenn man einem eingeborenen Missionar, mag er noch so vertrauenswürdig scheinen, eine Mission überläßt, so werden sich immer wieder mit der Zeit Mißbräuche einschleichen.«

Mr. Davidson blieb stehen. Mit seiner hohen, dürren Gestalt und den großen Augen, die aus dem bleichen Gesicht blitzten, war er eine eindrucksvolle Erscheinung. In dem Feuer seiner

Gebärden und der tiefen, klingenden Stimme lag absolute Aufrichtigkeit.

»Ich erwarte, daß ich mein ganzes Werk werde umformen müssen. Ich werde handeln, und zwar sofort. Ist der Baum verfault, muß er gefällt und ins Feuer geworfen werden.«

Und am Abend nach dem Tee, der ihre letzte Mahlzeit war, sprach der Missionar, während die Damen handarbeiteten und Dr. Macphail eine Pfeife rauchte, von seiner Arbeit auf den Inseln.

»Als wir hinkamen, existierte für sie der Begriff der Sünde überhaupt noch nicht«, sagte er. »Sie verletzten die Gebote eines nach dem andern, ohne zu wissen, daß sie unrecht taten. Und ich glaube, das war der schwerste Teil meiner Arbeit, den Eingeborenen beizubringen, was Sünde ist.«

Die Macphails wußten bereits, daß Davidson fünf Jahre lang auf den Salomoninseln gearbeitet hatte, ehe er seine Frau kennenlernte. Sie hatte als Missionarin in China gewirkt, und sie waren sich in Boston begegnet, wo sie einen Teil ihres Urlaubs verbrachten, um einem Missionskongreß beizuwohnen. Nach ihrer Heirat wurden sie zu den Inseln geschickt, wo sie sich seitdem betätigten.

Im Laufe der vielen Unterhaltungen, die sie mit Mrs. Davidson gehabt hatten, war eines klar zutage getreten, und zwar der unwandelbare Mut ihres Gatten. Als ärztlich geschulter Missionar mußte er immer darauf gefaßt sein, zu der einen oder anderen Insel der Gruppe gerufen zu werden. Selbst ein Walfänger ist während der Regenzeit kein sehr sicheres Transportmittel im stürmischen Pazifik, doch oft wurde er in einem Kanu geholt, und dann war die Gefahr groß. Bei Krankheits- oder Unglücksfällen kannte er kein Zögern. Mehr als ein dutzendmal schwebte er nächtelang in Todesgefahr, und oft hatte Mrs. Davidson ihn schon verloren geglaubt.

»Ich flehe ihn manchmal an, nicht zu gehen«, sagte sie, »oder mindestens zu warten, bis das Wetter sich aufklärt, aber er hört nicht darauf. Er ist halsstarrig; wenn er sich einmal etwas in den Kopf gesetzt hat, kann nichts ihn davon abbringen.«

»Wie dürfte ich von den Eingeborenen fordern, auf den Herrn zu vertrauen, wenn ich mich fürchtete, es zu tun?« rief Davidson. »Aber ich fürchte mich nicht, ich nicht. Sie wissen, daß ich komme, sobald sie mich rufen, wenn es nur irgend menschenmöglich ist. Ja, glauben Sie denn, Gott werde mich verlassen, wenn ich in Seinem Namen wirke? Der Wind weht, wenn Er es befiehlt, und die Wogen schäumen auf und wüten auf Sein Wort.«

Dr. Macphail war ein furchtsamer Mensch. Es war ihm nie möglich gewesen, sich an das Heulen der Granaten über den Schützengräben zu gewöhnen, und wenn er in einer vorgerückten Verbandsstation zu operieren hatte, brach ihm ständig bei der Bemühung, die zitternde Hand zu beherrschen, der Schweiß aus und trübte die Gläser seiner Brille. Ihn schauderte ein wenig beim Anblick des Missionars.

»Ich wünschte, ich könnte von mir sagen, ich hätte nie Angst gehabt«, murmelte er.

»Ich wünschte, Sie könnten sagen, daß Sie immer an Gott geglaubt haben«, entgegnete der andere.

Aber aus irgendeinem Grunde wandten sich die Gedanken des Missionars immer wieder der ersten Zeit zu, die er und seine Frau auf den Inseln verbracht hatten.

»Manchmal schauten Mrs. Davidson und ich uns an, und die Tränen liefen uns die Wangen herab. Wir arbeiteten ohne Unterlaß Tag und Nacht und schienen keinen Schritt weiterzukommen. Ich weiß nicht, was ich damals ohne sie gemacht hätte. Wenn mein Mut versagte, wenn ich der Verzweiflung nahe war, gab sie mir wieder Kraft und Hoffnung.«

Mrs. Davidson schaute auf ihre Handarbeit nieder, und eine leichte Röte stieg ihr in die Wangen. Ihre Hände zitterten ein wenig. Aus Angst, die Stimme werde ihr versagen, wagte sie nicht zu sprechen.

»Wir hatten keinen, der uns hätte helfen können. Wir waren allein, Tausende von Meilen fern von unseren eigenen Leuten und umgeben von Finsternis. Wenn ich entmutigt und erschöpft war, legte sie ihre Arbeit beiseite, nahm die Bibel und las mir daraus vor, bis der Friede kam und sich auf mich senkte wie der Schlaf auf die Lider eines Kindes, und wenn sie schließlich das Buch schloß, sagte sie: ›Wir werden sie retten, auch wenn sie nicht wollen.‹ Und ich fühlte mich wieder stark im Herrn und antwortete: ›Ja, mit Gottes Hilfe werde ich sie retten. Ich muß sie retten.‹«

Er trat an den Tisch und stand ihnen gegenüber, als wollte er eine Vorlesung halten.

»Verstehen Sie, sie waren so von Natur aus verdorben, daß sie nicht dazu gebracht werden konnten, ihre Schlechtigkeit zu begreifen. Wir mußten sie lehren, Sünde in Handlungen zu sehen, die sie für ganz natürlich hielten. Wir mußten ihnen klarmachen, daß es Sünde sei, nicht nur die Ehe zu brechen oder zu lügen und zu stehlen, sondern auch den Leib zur Schau zu stellen, zu tanzen oder nicht zur Kirche zu kommen. Ich machte für die Frauen eine Sünde daraus, den Busen zu zeigen, und für die Männer, keine Hosen zu tragen.«

»Wie?« fragte Dr. Macphail nicht ohne Neugier.

»Ich führte Geldstrafen ein. Offenbar ist die Strafe das einzige Mittel, durch das die Menschen einsehen lernen, daß eine Tat sündig ist. Ich strafte sie, wenn sie nicht zur Kirche kamen; ich strafte sie, wenn sie tanzten; ich strafte sie, wenn sie unzüchtig gekleidet waren. Ich habe einen Tarif ausgearbeitet, und jede Sünde mußte entweder mit Geld oder mit Arbeit gebüßt werden. Und schließlich habe ich sie so weit gebracht, daß sie es verstanden.«

»Haben sie sich denn nie geweigert, zu bezahlen?«

»Wie sollten sie?« fragte der Missionar.

»Es bedarf großer Tapferkeit, gegen Mr. Davidson aufzutreten«, sagte Mrs. Davidson mit ihren schmalen Lippen.

Dr. Macphail schaute Mr. Davidson erschreckten Auges an. Was er hörte, empörte ihn, aber er wagte nicht, seine Mißbilligung laut werden zu lassen.

»Bedenken Sie, daß ich sie im schlimmsten Falle von der Kirchengemeinschaft ausschließen konnte.«

»Hätte ihnen das viel bedeutet?«

Davidson lächelte ein wenig und rieb sich die Hände.

»Dann konnten sie ihre Kopra nicht verkaufen. Gingen die Männer fischen, bekamen sie ihren Anteil nicht. Es hieß soviel wie verhungern. O ja, es hätte ihnen schon etwas bedeutet.«

»Erzähle ihm von Fred Ohlson«, sagte Mrs. Davidson.

Der Missionar heftete den glühenden Blick auf Dr. Macphail.

»Fred Ohlson war ein dänischer Kaufmann, der seit vielen Jahren auf der Insel lebte. Er war ein ziemlich reicher Mann und nicht sehr erbaut von unserem Erscheinen. Sie verstehen, er hatte sich alles so eingerichtet, wie es ihm paßte, bezahlte den Eingeborenen für ihre Kopra, was er wollte, und zwar in Waren und Whisky. Er hatte eine Eingeborene zur Frau, die er aber dauernd betrog. Und er war ein Trinker. Ich gab ihm die Möglichkeit, sich zu bessern, aber er schlug sie in den Wind und lachte mich aus.«

Davidson sprach diese letzten Worte im tiefsten Baß und schwieg danach eine Zeitlang. Die Stille lastete schwer und drohend.

»In zwei Jahren war er ein ruinierter Mann. Alles ging in die Brüche, was er in einem Vierteljahrhundert aufgebaut hatte. Und ich war es, der ihn zugrunde richtete und schließlich dazu zwang, zu mir zu kommen und mich um das Geld zur Rückreise nach Sydney anzuflehen.«

»Ich wünschte, Sie hätten ihn gesehen, als er zu Mr. Davidson kam«, sagte die Frau des Missionars. »Früher ein stattlicher, kräftiger Mann, gut gepflegt und mit einer lauten Stimme, war er plötzlich nur mehr halb so groß und ein alter Mann, der an allen Gliedern schlotterte.«

Mit abwesenden Augen schaute Davidson hinaus in die Nacht. Es regnete wieder.

Plötzlich kam ein Laut von unten; Davidson drehte sich um und schaute seine Frau fragend an. Es war der rauhe, lärmige Laut eines Grammophons, das eine moderne Tanzplatte spielte.

»Was ist das?«

Mrs. Davidson rückte das Pincenez auf der Nase zurecht.

»Ein Passagier der zweiten Klasse hat ein Zimmer in diesem Haus. Ich nehme an, das Geräusch kommt von dorther.«

Sie lauschten schweigend und vernahmen nun auch den Laut tanzender Schritte. Dann hörte die Musik auf, Pfropfen knallten, und Stimmen erhoben sich in animierter Unterhaltung.

»Ich glaube, sie gibt eine Abschiedsgesellschaft für ihre Freunde an Bord«, sagte Dr. Macphail. »Das Schiff fährt um zwölf Uhr ab, nicht wahr?«

Davidson bemerkte nichts dazu, schaute aber auf seine Uhr.

»Bist du fertig?« fragte er seine Frau.

Sie stand auf und faltete ihre Arbeit zusammen.

»Ja, gewiß«, antwortete sie.

»Ist es nicht zu früh, ins Bett zu gehen?« fragte der Arzt.

»Wir haben noch sehr viel zu lesen«, erklärte Mrs. Davidson. »Wo immer wir sind, lesen wir ein Kapitel aus der Bibel, ehe wir uns zur Nacht zurückziehen, und wir studieren es mit dem Kommentar, verstehen Sie, und sprechen es gründlich durch. Dies ist ein wundervolles Kopftraining.«

Die beiden Paare sagten einander gute Nacht. Der Arzt und seine Frau blieben zurück. Drei oder vier Minuten lang sprach keiner von ihnen ein Wort.

»Ich gehe hinauf und hole die Karten«, sagte Dr. Macphail schließlich.

Mrs. Macphail schaute ihn zweifelnd an. Die Unterhaltung mit den Davidsons hatte sie ein wenig unsicher gemacht, aber sie wollte nicht gerne aussprechen, daß sie es für besser hielte, nicht Karten zu spielen, solange die Davidsons jeden Augenblick hereinkommen konnten.

Dr. Macphail brachte die Karten, und sie schaute zu, wenn auch mit einem leichten Schuldgefühl, während er seine Patience legte. Die Lustbarkeit aus dem unteren Stock drang weiter geräuschvoll herauf.

Am nächsten Tag war das Wetter ganz gut, und die Macphails, zu zwei Wochen Nichtstun in Pago-Pago verurteilt, beschlossen, gute Miene zum bösen Spiel zu machen. Sie gingen hinunter zum Kai und holten aus ihren Kisten eine Anzahl Bücher. Der Doktor suchte den Oberarzt des Flottenhospitals auf und machte mit ihm einen Rundgang durch die Krankenzimmer. Beim Gouverneur gaben sie ihre Karte ab. Auf dem Weg begegneten sie Miss Thompson. Dr. Macphail zog den Hut, und sie rief ihm mit lauter, fröhlicher Stimme »Guten Morgen, Doc!« zu. Sie trug wie am Tage zuvor ein weißes Kleid; ihre leuchtend weißen Stiefel mit den hohen Hacken und ihre sich herauswölbenden dicken Waden wirkten sonderbar in dieser exotischen Landschaft.

»Sie ist unpassend gekleidet, das muß ich sagen«, bemerkte Mrs. Macphail, »kommt mir überhaupt recht gewöhnlich vor.«

Als sie ins Haus zurückkamen, saß sie auf der Veranda und spielte mit einem der dunkelhäutigen Kinder des Kaufmanns.

»Rede ein paar Worte mit ihr«, flüsterte Dr. Macphail seiner Frau zu.

Mrs. Macphail war etwas scheu, hatte sich aber daran gewöhnt, zu tun, was ihr Mann von ihr verlangte.

»Ich glaube, wir sind Hausgenossen«, sagte sie ziemlich einfallslos.

»Schrecklich, nicht wahr, so zusammengepfercht zu werden?«

antwortete Miss Thompson. »Und dabei sagt man mir, daß ich froh sein muß, überhaupt ein Zimmer zu haben. Ich möchte ja auch nicht bei den Eingeborenen wohnen, und manche wurden dort untergebracht. Ich verstehe nicht, warum es hier kein Hotel gibt.«

Sie wechselten noch ein paar Worte. Miss Thompson in ihrer lauten, geschwätzigen Art war sichtlich froh über eine kleine Plauderei, aber Mrs. Macphail hatte nur einen armseligen Vorrat an fertigen Redewendungen und verabschiedete sich.

»Nun, ich glaube, wir müssen jetzt hinaufgehen.«

Am Abend, als sie sich zum Tee niedersetzten, kam Davidson herein und sagte:

»Ich sehe, die Frau da drunten hat ein paar Matrosen auf Besuch. Ich frage mich, wie sie mit ihnen bekannt geworden ist.«

»Sie kann nicht sehr wählerisch sein«, bemerkte Mrs. Davidson.

Sie waren alle ziemlich müde nach dem müßig verbrachten Tag.

»Wenn das noch zwei Wochen lang so weitergehen soll, weiß ich wirklich nicht, wie das enden wird«, sagte Dr. Macphail.

»Dagegen gibt es nur eines: den Tag genau einteilen«, antwortete der Missionar. »Ich nehme mir ein paar Stunden zum Studieren, einige zur körperlichen Übung, ob das Wetter gut oder schlecht ist – in der Regenzeit können wir es uns nicht leisten, allzusehr darauf Rücksicht zu nehmen –, und eine gewisse Zeit zur Erholung.«

Dr. Macphail schaute seinen Gefährten besorgt an. Davidsons Programm bedrückte ihn. Wieder aßen sie Hackfleisch. Es schien das einzige Gericht zu sein, das die Köchin herstellen konnte. Unter ihnen begann das Grammophon zu spielen. Davidson schrak nervös zusammen, als er es hörte, sagte aber nichts. Männerstimmen drangen herauf. Miss Thompsons Gäste sangen ein wohlbekanntes Lied, und auch ihre heisere, laute Stimme war zu hören. Außerdem wurde viel gebrüllt und gelacht. Die vier Menschen im oberen Stock versuchten Konversation zu machen und horchten doch gegen ihren Willen auf das Klirren der Gläser und das Scharren der Stühle. Offensichtlich waren noch mehr Leute hinzugekommen. Miss Thompson gab eine Gesellschaft.

»Ich frage mich, wie sie alle unterbringt«, sagte Mrs. Macphail und unterbrach damit eine ärztliche Unterhaltung zwischen dem Missionar und ihrem Mann.

Dies zeigte, wohin ihre Gedanken gewandert waren. Das Zucken in Davidsons Gesicht bewies, daß auch seine Aufmerksamkeit, obwohl er sich über wissenschaftliche Dinge ausließ, von der gleichen Sache abgelenkt wurde. Plötzlich, gerade als der Arzt ihm ziemlich langweilig von einem Erlebnis aus seiner Praxis an der Front von Flandern erzählte, sprang er mit einem Schrei in die Höhe.

»Was ist geschehen, Alfred?« fragte Mrs. Davidson.

»Natürlich! Daß mir das auch nicht gleich eingefallen ist! Sie ist aus Iwelei.«

»Unmöglich.«

»In Honolulu kam sie an Bord. Es ist klar. Und hier treibt sie ihr Gewerbe weiter. Hier!«

Die letzten Worte stieß er mit leidenschaftlichem Unwillen hervor.

»Was ist Iwelei?« fragte Mrs. Macphail.

Er heftete die glühenden Augen auf sie, und seine Stimme bebte vor Abscheu.

»Das verpestete Viertel von Honolulu. Der Distrikt der roten Lampen. Ein Schandfleck unserer Zivilisation.«

Iwelei befand sich am Rande der Stadt. Man ging durch Seitenstraßen am Hafen in der Dunkelheit über eine baufällige Brücke, kam in eine verödete, durchfurchte und holperige Straße und trat plötzlich hinaus ins Licht. Auf beiden Seiten der Straße waren Parkplätze für Autos, es gab glitzernde, hellerleuchtete Restaurants, aus denen der Lärm eines mechanischen Klaviers drang, und es gab Friseurläden und Tabakgeschäfte.

Die Luft war erregend, und ein Anflug erwartungsvoller Lustigkeit lag darin. Man ging eine enge Gasse hinunter, entweder nach links oder nach rechts, denn die Straße teilte Iwelei in zwei Hälften, und man befand sich in jenem Distrikt. Kleine, schmucke, hübsch grün bemalte Bungalows standen dort in Reihen, und die Verbindungswege dazwischen waren breit und gerade. Es lag da wie eine Gartenstadt. In seiner ehrbaren Regelmäßigkeit, seiner Ordnung und Sauberkeit jagte es einem einen gelinden Schauer des Entsetzens über den Rücken. Wo hatte man je die Suche nach Liebe so systematisiert und geordnet? Auf den Verbindungswegen brannte hie und da eine Lampe, aber sie wären dunkel gewesen, hätten nicht die hellen Lichter aus den Bungalowfenstern sie erleuchtet. Männer wanderten herum und schauten die Frauen an, die lesend oder nähend an den Fenstern saßen und meistens keine Notiz von den Vorübergehenden nahmen. Wie die Frauen gehörten sie allen Nationen an. Da waren Amerikaner, Matrosen von den eingelaufenen Schiffen oder den Kanonenbooten, schwermütig betrunken, und Soldaten von den Regimentern, schwarze und weiße, die auf den Inseln einquartiert waren. Da waren Japaner, die zu zweit und zu dritt herumgingen, Hawaiianer, Chinesen in langen Kleidern und Filipinos mit verrückten Hüten. Schweigend und wie überlastet schlenderten sie umher. Begierde ist traurig.

»Es war die zum Himmel schreiende Schande des Stillen Ozeans«, erklärte Davidson voller Heftigkeit. »Die Missionare haben sich schon seit Jahren dagegen gewandt, und schließlich hat sich die Presse damit befaßt. Die Polizei weigerte sich, einzuschreiten. Man kennt ihr Argument, Laster sei etwas Unvermeidliches, deshalb sei es das beste, es zu lokalisieren und unter Kontrolle zu halten. In Wirklichkeit aber war sie gekauft. Gekauft! Gekauft von den Restaurateuren, den Zuhältern und den Frauen selbst. Aber schließlich wurden sie zum Wegzug gezwungen.«

»Ich habe etwas darüber in der Zeitung gelesen, die in Honolulu an Bord kam«, sagte Dr. Macphail.

»Iwelei mit seiner Sünde und Schande hörte am gleichen Tage zu existieren auf, als wir ankamen. Die ganze Bevölkerung wurde vor den Richter gebracht. Ich begreife einfach nicht, wieso ich nicht sogleich erkannt habe, was diese Frau ist.«

»Da Sie jetzt davon sprechen«, sagte Mrs. Macphail, »erinnere ich mich, daß ich sie einige Minuten vor Abgang des Schiffes habe an Bord kommen sehen. Ich dachte noch, daß sie Glück gehabt hat.«

»Wie kann sie es wagen, hierherzukommen!« rief Davidson aufgebracht. »Ich werde es nicht dulden.«

Er schritt zur Tür.

»Was wollen Sie tun?« fragte Macphail.

»Was erwarten Sie von mir? Ich werde dies unterbinden.

Ich lasse es nicht zu, daß dieses Haus herabsinkt zu einem, zu einem ...«

Er suchte nach einem Wort, das die Ohren der Damen nicht beleidigte. Seine Augen blitzten, und sein bleiches Gesicht war vor Erregung noch bleicher geworden.

»Es klingt so, als seien mindestens drei, vier Männer dort drunten«, sagte der Arzt. »Finden Sie es nicht ziemlich gewagt, gerade jetzt hineinzugehen?«

Der Missionar warf ihm nur einen verachtungsvollen Blick zu und eilte wortlos aus dem Zimmer.

»Sie kennen Mr. Davidson schlecht, wenn Sie meinen, Angst vor persönlicher Gefahr könne ihn von der Ausübung seiner Pflicht abhalten«, sagte seine Frau.

Sie saß mit nervös gefalteten Händen da, zwei Flecken erschienen auf ihren hohen Backenknochen, und sie horchte angestrengt nach unten. Sie alle horchten, hörten ihn die Holztreppe hinuntersteigen und eine Tür aufstoßen. Das Singen verstummte plötzlich, aber das Grammophon fuhr fort, seine vulgäre Melodie hinauszuplärren. Sie vernahmen Mr. Davidsons Stimme und dann das Geräusch von etwas Schwerem, das niederfiel.

Die Musik hörte plötzlich auf. Er hatte anscheinend das Grammophon auf den Boden geschleudert. Abermals drang Davidsons Stimme, deren Worte sie aber nicht verstehen konnten, nach oben, dann die laute, schrille von Miss Thompson, danach ein wirrer Lärm, als brüllten mehrere Menschen gleichzeitig aus voller Kraft. Mrs. Davidson stieß einen kleinen Seufzer aus und schlang die Hände noch fester ineinander. Dr. Macphail blickte unsicher von ihr zu seiner Frau. Er hatte durchaus keine Lust, hinunterzugehen, fragte sich aber, ob sie es von ihm erwarteten. Dann kam etwas, das klang wie ein Handgemenge. Der Lärm wurde deutlicher. Wahrscheinlich waren sie dabei, Davidson hinauszuwerfen. Die Tür wurde zugeschlagen. Dann folgte eine Stille, und gleich darauf hörten sie Davidson die Treppe hinaufsteigen. Er ging weiter in sein Zimmer.

»Ich glaube, ich werde zu ihm gehen«, sagte Mrs. Davidson. Sie stand auf und verschwand.

»Sollten Sie mich brauchen, so rufen Sie mich!« rief Mrs. Macphail ihr nach, und als die andere gegangen war, sagte sie: »Ich hoffe, er wurde nicht verletzt.«

»Warum mischt er sich in fremde Angelegenheiten?« murmelte Dr. Macphail.

Schweigend saßen sie eine Zeitlang da und schraken gleichzeitig zusammen, denn das Grammophon begann wieder herausfordernd zu spielen, und höhnische Stimmen brüllten heiser den Text eines zotigen Liedes.

Am nächsten Tag war Mrs. Davidson bleich und müde. Sie klagte über Kopfweh und sah alt und runzelig aus. Sie erzählte Mrs. Macphail, der Missionar habe überhaupt nicht geschlafen, sondern die Nacht in entsetzlicher Erregung verbracht. Um fünf Uhr sei er aufgestanden und fortgegangen. Ein Glas Bier habe man über ihn ausgegossen, und seine Kleider seien fleckig und stänken. Aber ein düsteres Feuer glomm in Mrs. Davidsons Augen, wenn sie von Miss Thompson sprach.

»Sie wird den Tag, an dem sie Mr. Davidson verhöhnt hat, noch bitter bereuen«, sagte sie. »Mr. Davidson hat das beste Herz der Welt, und niemand, der in Not war, ist je zu ihm gekommen, ohne Trost von ihm zu empfangen, aber gegen die Sünde geht er gnadenlos vor, und wenn sein gerechter Zorn entfacht wird, ist er fürchterlich.«

»Was wird er tun?« fragte Mrs. Macphail.

»Ich weiß es nicht, aber ich möchte nicht in der Haut dieser Person stecken, um nichts in der Welt.«

Mrs. Macphail erschauerte. Etwas ernstlich Beunruhigendes lag in der triumphierenden Sicherheit dieser kleinen Frau. Sie gingen an diesem Morgen zusammen aus und stiegen nebeneinander die Treppe hinunter. Miss Thompsons Tür stand offen, und sie sahen sie in einem fleckigen Morgenrock, wie sie sich etwas auf einem kleinen Kocher zubereitete.

»Guten Morgen!« rief sie heraus. »Geht es Mr. Davidson heute besser?«

Sie gingen mit hochgereckter Nase schweigend vorbei, als existierte sie nicht. Doch erröteten sie, als sie in eine Kaskade höhnischen Gelächters ausbrach. Plötzlich wandte Mrs. Davidson sich um.

»Wagen Sie es nicht, mich anzusprechen!« schrie sie. »Wenn Sie mich beleidigen, werde ich Sie aus dem Hause werfen lassen.«

»He, habe ich vielleicht Mr. Davidson gebeten, mich zu besuchen?«

»Antworten Sie ihr nicht«, flüsterte Mrs. Macphail hastig.

Wortlos gingen sie weiter, bis sie außer Hörweite waren.

»Sie ist schamlos, einfach schamlos«, zischte Mrs. Davidson. Sie erstickte fast vor Wut.

Auf dem Heimweg begegneten sie ihr wieder, wie sie am Kai entlangschlenderte. Sie hatte ihren ganzen Putz angelegt. Ihr großer weißer Hut mit den billigen, auffallenden Blumen war direkt eine Herausforderung. Sie rief ihnen fröhlich etwas zu, und ein paar amerikanische Matrosen, die dort standen, grinsten, als die Damen mit eisigen Gesichtern vorübergingen.

Kurz bevor es wieder zu regnen begann, traten sie ins Haus.

»Das wird ihr die feinen Kleider ruinieren«, bemerkte Mrs. Davidson mit bitterem Hohn.

Davidson kam erst herein, als sie das Essen schon zur Hälfte hinter sich hatten. Er war völlig durchnäßt, wollte sich aber nicht umkleiden. Er saß finster und schweigend da, aß nicht mehr als einige Bissen und starrte hinaus in den strömenden Regen. Als Mrs. Davidson ihm von ihren zwei Begegnungen erzählte, antwortete er nicht. Nur die tiefer werdenden Falten auf seiner Stirn zeigten an, daß er zugehört hatte.

»Glaubst du nicht, daß wir Mr. Horn veranlassen sollten, sie vor die Tür zu setzen?« fragte Mrs. Davidson. »Wir dürfen ihr nicht gestatten, uns zu beleidigen.«

»Es scheint aber kein anderes Haus zu geben, wohin sie gehen könnte«, bemerkte Dr. Macphail.

»Sie kann bei einem von den Eingeborenen wohnen.«

»Bei solchem Wetter müssen diese Hütten nicht sehr angenehm sein, um darin zu leben.«

»Ich habe jahrelang in einer gelebt«, sagte der Missionar.

Als das kleine eingeborene Mädchen die gebackenen Bananen hereinbrachte, die ihr tägliches Dessert waren, wandte Davidson sich an sie.

»Frage Miss Thompson, wann es ihr passen würde, mich zu empfangen«, sagte er.

Das Mädchen nickte scheu und verschwand.

»Warum willst du sie besuchen, Alfred?« fragte Mrs. Davidson.

»Ich tue meine Pflicht. Ich will nicht gegen sie vorgehen, ehe ich ihr nicht jede Möglichkeit geboten habe.«

»Du weißt nicht, wie sie ist. Sie wird dich beleidigen.«

»Sie soll mich ruhig beleidigen, sie soll mich anspeien. Aber sie hat eine unsterbliche Seele, und ich muß alles tun, was in meiner Macht steht, um sie zu retten.«

In Mrs. Davidsons Ohren klingelte noch das höhnische Dirnengelächter.

»Sie ist zu weit gegangen.«

»Zu weit für die Gnade Gottes?« Seine Augen blitzten plötzlich, und seine Stimme wurde weich und sanft. »Niemals! Der Sünder mag im tiefsten Höllenschlund der Sünde stecken, die Liebe unseres Herrn Jesu kann ihn immer noch erreichen.«

Das Mädchen kam mit der Antwort zurück.

»Viele Grüße von Miss Thompson, und wenn Reverend Davidson nicht gerade in den Geschäftsstunden kommt, freut sie sich jederzeit, ihn zu empfangen.«

Die vier Leute nahmen diese Botschaft schweigend entgegen, und Dr. Macphail ließ schnell das Lächeln von seinen Lippen verschwinden, das dort entstanden war. Er wußte, seine Frau würde es übelnehmen, wenn er Miss Thompsons Unverschämtheit komisch fände.

Sie beendeten das Mahl wortlos. Als es vorüber war, erhoben sich die beiden Frauen und griffen zu ihren Handarbeiten; Mrs. Macphail strickte an einem der unzähligen Schals, die sie seit Ausbruch des Krieges verfertigt hatte, und der Arzt zündete sich eine Pfeife an. Aber Davidson blieb sitzen und starrte mit abwesendem Blick auf die Tischplatte. Schließlich erhob er sich und ging schweigend aus dem Zimmer. Sie hörten ihn hinuntergehen, und sie hörten Miss Thompsons herausforderndes »Herein!«, nachdem er an ihre Tür geklopft hatte. Eine geschlagene Stunde lang blieb er bei ihr. Dr. Macphail schaute hinaus in den Regen, der anfing, ihm auf die Nerven zu gehen. Dieser Regen war nicht wie der englische, der sanft zur Erde fällt, sondern gnadenlos und irgendwie furchtbar; man spürte in ihm die Bosheit der primitiven Naturkräfte. Er rieselte nicht, er stürzte hernieder. Er kam wie die Sintflut und prasselte auf das Wellblechdach mit einer stetigen Hartnäckigkeit, die einen verrückt machen konnte. Voller Wut schien er daherzufegen. Und manchmal hatte man das Gefühl, schreien zu müssen, wenn das so weitergehen sollte, und gleich darauf fühlte man sich so kraftlos, als wären einem sämtliche Knochen weich geworden. Jämmerlich war einem zumute, und alle Hoffnung schwand.

Macphail drehte sich um, als der Missionar zurückkam. Die beiden Frauen blickten auf.

»Ich habe alles versucht. Ich habe sie ermahnt, zu bereuen. Sie ist eine böse Frau.«

Er hielt inne, und Dr. Macphail sah, wie seine Augen sich verdunkelten und sein Gesicht hart und finster wurde.

»Und jetzt werde ich die Peitsche nehmen, mit der unser Herr Jesus die Händler und Wechsler aus dem Tempel des Allerhöchsten verjagt hat.«

Er ging im Zimmer auf und ab. Seine Lippen preßten sich aufeinander, und seine schwarzen Brauen zogen sich dicht zusammen. »Und wenn sie in den fernsten Winkel der Erde flüchtete, ich würde sie auch dorthin verfolgen.«

Mit einer plötzlichen Bewegung wandte er sich um und ging aus dem Zimmer. Sie hörten ihn wieder hinuntergehen.

»Was wird er tun?« fragte Mrs. Macphail.

»Ich weiß es nicht.« Mrs. Davidson nahm ihr Pincenez ab und reinigte es. »Wenn er im Namen des Herrn arbeitet, stelle ich ihm nie Fragen.«

Sie seufzte.

»Machen Sie sich Sorgen?«

»Er reibt sich auf. Er weiß nicht, was es heißt, mit sich selbst zu sparen.«

Dr. Macphail erfuhr die ersten Resultate der Missionarstätigkeit von dem Kaufmann, in dessen Haus sie wohnten. Mr. Horn rief den Arzt an, als dieser am Laden vorüberging, kam heraus und sprach mit ihm auf der Schwelle. Sein Gesicht zeigte einen besorgten Ausdruck.

»Reverend Davidson hat mir Vorstellungen gemacht, weil ich Miss Thompson ein Zimmer vermietet habe«, sagte er, »aber ich wußte ja nicht, wer sie ist. Wenn jemand kommt und ein Zimmer mieten will, interessiert es mich nur, ob er auch Geld genug hat zum Bezahlen. Und sie hat mir für das ihre auf eine Woche im voraus bezahlt.«

Dr. Macphail wollte sich keine Blöße geben.

»Nun, wenn man es recht bedenkt, so ist das schließlich Ihr eigenes Haus, und wir können dankbar sein, daß Sie uns aufgenommen haben.«

Mr. Horn schaute ihn zweifelnd an. Er war nicht ganz sicher, wieweit Macphail auf der Seite des Missionars stand.

»Die Missionare halten alle zusammen«, sagte er zögernd. »Wenn sie einmal etwas gegen einen Kaufmann haben, dann kann er am besten gleich einpacken.«

»Hat er verlangt, daß Sie ihr kündigen?«

»Nein, er sagte, solange sie sich anständig verhalte, könne er das nicht von mir fordern. Er sagte, er wolle auch gegen mich gerecht sein. Ich habe ihm versprochen, dafür zu sorgen, daß sie keine Besucher mehr empfängt. Gerade habe ich es ihr gesagt.«

»Und wie hat sie es aufgenommen?«

»Sie hat mir die Hölle heiß gemacht.«

Der Kaufmann schrumpfte förmlich zusammen in seinem Leinenanzug. Miss Thompson war eine harte Nuß.

»Nun, ich glaube, sie wird von selbst ausziehen. Wahrscheinlich wird sie nicht in einem Hause bleiben wollen, wo sie keine Besuche empfangen darf«, sagte Dr. Macphail.

»Aber hier gibt es ja nichts, wohin sie gehen könnte, abgesehen von den Hütten der Eingeborenen. Doch jetzt, da sie sich die Missionare zu Feinden gemacht hat, wagt kein Eingeborener mehr, sie aufzunehmen.«

Dr. Macphail schaute in den fallenden Regen.

»Nun, ich glaube, es hat keinen Sinn, zu warten, bis es sich aufklärt.«

Als sie am Abend im Wohnzimmer saßen, erzählte Davidson ihnen von den vergangenen Tagen seiner Universitätszeit. Er war völlig mittellos gewesen und hatte sich durchkämpfen müssen, indem er merkwürdige Arbeiten während der Ferien übernahm. Unten war es mäuschenstill. Miss Thompson saß allein in ihrem kleinen Zimmer. Aber plötzlich begann das Grammophon zu spielen. Aus Trotz ließ sie es laufen, um sich über ihre Einsamkeit hinwegzutäuschen, aber niemand war da, der hätte mitsingen können. Es klang recht traurig, ja es klang wie ein Hilfeschrei. Davidson nahm keine Notiz davon. Er war gerade mitten in einer langen Anekdote und fuhr damit fort, ohne den Ausdruck zu wechseln. Das Grammophon spielte weiter. Miss Thompson ließ eine Platte nach der anderen ablaufen, als ginge ihr die Stille der Nacht auf die Nerven. Es war atemraubend und bedrückend. Als die Macphails zu Bett gegangen waren, konnten sie nicht schlafen. Sie lagen nebeneinander mit weitoffenen Augen und horchten auf das grausame Singen der Moskitos außerhalb des Netzes.

»Was ist das?« flüsterte Mrs. Macphail plötzlich.

Sie vernahm eine Stimme durch die hölzerne Trennungswand, Davidsons Stimme. Sie erklang mit monotoner, ernster Eindringlichkeit. Er betete laut. Er betete für Miss Thompsons Seele.

Zwei, drei Tage vergingen. Begegneten sie jetzt Miss Thompson auf der Straße, so grüßte sie nicht mehr mit ironischer Herzlichkeit und spöttischem Lächeln, sondern sie hob die Nase in die Luft, einen schmollenden Ausdruck im geschminkten Gesicht, und tat mit gerunzelter Stirn, als sähe sie sie nicht. Der Kaufmann erzählte Macphail, sie habe versucht, anderswo Wohnung zu finden, was ihr aber mißlungen sei. Am Abend ließ sie wieder sämtliche Platten spielen, die sie besaß, doch jetzt war die geheuchelte Lustigkeit deutlich zu spüren. Der Ragtime hatte einen knarrenden, schwermütigen Rhythmus, als wäre er ein Verzweiflungstanz. Als sie auch am Sonntag zu spielen begann, schickte Davidson den Kaufmann zu ihr und ließ sie bitten, augenblicklich damit aufzuhören, denn es sei der Tag des Herrn. Die Platte wurde abgenommen, und kein Laut war im Haus zu vernehmen, abgesehen von dem ständigen Geprassel des Regens auf dem Wellblechdach.

»Ich glaube, sie wird langsam mürbe«, sagte der Kaufmann am nächsten Tage zu Macphail. »Sie weiß nicht, was Mr. Davidson vorhat, und das macht ihr angst.«

Macphail konnte an diesem Morgen einen raschen Blick auf sie werfen, und es entging ihm nicht, daß der arrogante Ausdruck ihres Gesichts geschwunden war. Sie hatte nun ein gehetztes Aussehen. Der Mischling schaute ihn von der Seite an.

»Ich glaube, Sie wissen auch nicht, was Mr. Davidson mit ihr macht«, wagte er zu fragen.

»Keine Ahnung.«

Sonderbar, daß Horn ihm diese Frage stellte, denn auch er hatte das Gefühl, der Missionar gehe auf geheimnisvolle Art zu Werke. Es war, als webe er sorgfältig und systematisch ein Netz um diese Frau und werde es, wenn es soweit sei, plötzlich zuziehen.

»Er hat mich gebeten, ihr zu sagen«, fuhr der Kaufmann fort, »sie brauche, wann immer sie ihn sehen wolle, nur nach ihm zu senden, er werde jederzeit kommen.«

»Was hat sie gesagt, als Sie ihr das ausgerichtet haben?«

»Gar nichts. Ich habe mich nicht lange aufgehalten, habe nur wiederholt, was er mir aufgetragen hat, und mich dann schnell gedrückt. Ich glaube, sie hat angefangen zu weinen.«

»Sicher geht ihr die Einsamkeit auf die Nerven«, sagte der Arzt, »und der Regen. Das genügt, um einen verrückt zu machen. Hört denn das nie mehr auf an diesem vermaledeiten Ort?« fügte er gereizt hinzu.

»In der Regenzeit dauert es eine ganze Weile, bis sich das Wetter ändert. Wir haben dreihundert Zoll Wasser im Jahr. Wissen Sie, das kommt von der Form unserer Bucht. Sie scheint den Regen vom ganzen Stillen Ozean her anzuziehen.«

»Der Teufel soll diese Bucht holen!« sagte der Arzt.

Er kratzte seine Moskitostiche und war schlechter Laune. Hörte der Regen auf und brach die Sonne hervor, so war es wie in einem Treibhaus, heiß, feucht, drückend, stickig, und man hatte das Gefühl, alles wachse mit wilder Heftigkeit. Die sonst so frohen, kindlichen Eingeborenen schienen dann mit ihren Tätowierungen und dem gefärbten Haar etwas Finsteres an sich zu haben; und wenn sie dicht hinter einem her gingen mit ihren nackten Füßen, schaute man sich instinktiv um. Es war einem, als könnten sie sich jeden Augenblick heranschleichen und einem ein langes Messer zwischen die Rippen jagen. Man konnte nie wissen, was für schwarze Gedanken hinter ihrer Stirn lauerten. Sie sahen ein wenig so aus wie die alten, auf Tempelmauern abgebildeten Ägypter, und der Schauer des unermeßlich Alten umgab sie.

Der Missionar kam und ging. Er war äußerst tätig, doch die Macphails wußten nicht, was er tat. Horn erzählte dem Arzt, Davidson besuche täglich den Gouverneur, und einmal sprach auch der Missionar davon.

»Er sieht aus, als sei er voller Energie«, sagte er, »aber wenn es ernst wird, zeigt es sich, daß er kein Rückgrat hat.«

»Ich nehme an, das heißt, er will nicht so, wie Sie gern wollen«, warf der Arzt scherzhaft ein.

Der Missionar lächelte nicht.

»Ich verlange von ihm nur, daß er das Rechte tut. Es sollte nicht nötig sein, ihn davon überzeugen zu müssen.«

»Aber es kann ja auch Meinungsverschiedenheiten geben über das, was das Rechte ist.«

»Wenn ein Mann einen brandigen Fuß hat, wären Sie dann geduldig mit dem Arzt, der zögerte, ihn zu amputieren?«

»Brand ist eine Tatsache.«

»Und das Laster?«

Bald stellte es sich heraus, was Davidson getan hatte. Die vier hatten gerade ihr Mittagsmahl beendet und sich noch nicht getrennt für die Siesta, die die Hitze den beiden Damen und dem Arzt aufzwang. Davidson hatte wenig Sinn für solche Trägheit. Plötzlich wurde die Tür aufgerissen, und Miss Thompson stürzte herein. Sie schaute sich im Zimmer um und trat dann vor Davidson.

»Sie hundsgemeiner Kerl, was haben Sie dem Gouverneur von mir erzählt?«

Sie sprühte vor Wut. Ein Augenblick der Stille trat ein. Dann zog der Missionar einen Stuhl heran.

»Wollen Sie sich nicht setzen, Miss Thompson? Ich habe längst auf eine weitere Unterhaltung mit Ihnen gehofft.«

»Sie niederträchtiger Schweinehund!«

Sie brach in eine Flut von wüsten und gemeinen Beschimpfungen aus. Davidson heftete seinen tiefernsten Blick auf sie.

»Mich berühren die Kränkungen nicht, die Sie meinen auf mich ausschütten zu müssen, Miss Thompson«, sagte er, »aber ich muß Sie bitten, daran zu denken, daß zwei Damen zugegen sind.«

Tränen kämpften jetzt mit ihrer Wut. Ihr Gesicht war rot und verschwollen, als sei sie am Ersticken.

»Was ist denn geschehen?« fragte Dr. Macphail.

»Ein Mann ist gerade gekommen und sagt, ich muß mit dem nächsten Schiff weg.«

Flackerte es auf in den Augen des Missionars? Sein Gesicht blieb unbewegt.

»Sie konnten doch kaum erwarten, daß der Gouverneur Sie unter diesen Umständen hierließe.«

»Das haben Sie mir eingebrockt!« schrie sie. »Mir können Sie nichts vormachen. Sie haben es getan.«

»Ich will Ihnen gar nichts vormachen. Gewiß, ich habe den Gouverneur gedrängt, den einzig möglichen Schritt zu tun, der mit seinen Pflichten im Einklang steht.«

»Warum können Sie mich denn nicht in Frieden lassen? Ich habe Ihnen nichts getan.«

»Und wenn Sie mir etwas getan hätten, so können Sie sicher sein, ich wäre der letzte, der es Ihnen übelnähme.«

»Glauben Sie denn, ich will ewig hierbleiben in diesem jämmerlichen Nest? Sehe ich aus wie ein Buschweib?«

»In diesem Fall begreife ich nicht, wieso Sie Ursache haben, sich zu beklagen«, antwortete er.

Da stieß sie einen unartikulierten Wutschrei aus und stürzte aus dem Zimmer. Eine kurze Stille folgte.

»Wie gut, zu wissen, daß der Gouverneur endlich gehandelt hat!« sagte Davidson schließlich. »Er ist ein schwacher Mensch und konnte sich nicht entschließen, sagte, sie sei ohnehin nur auf zwei Wochen hier, und wenn sie nach Apia wolle, so habe das nichts mit ihm zu tun, da dies unter britischem Rechtsschutz stehe!«

Der Missionar sprang auf und durchschritt den Raum.

»Es ist schrecklich, wie die Männer an der Spitze sich der Verantwortlichkeit zu entziehen suchen. Sie reden, als höre das Übel, das außer Sehweite geschieht, auf, Übel zu sein. Die pure Existenz dieser Frau ist eine Schmach, und nichts ist damit getan, wenn man sie auf eine andere Insel abschiebt. Schließlich mußte ich mit ihm frei von der Leber weg sprechen.«

Davidsons Brauen senkten sich, und er schob das feste Kinn vor.

Er sah grimmig und entschlossen drein.

»Was wollen Sie damit sagen?«

»Unsere Mission ist nicht ganz ohne Einfluß in Washington. Ich deutete dem Gouverneur an, daß es ihm bestimmt nicht bekäme, wenn dort eine Beschwerde über die Art einliefe, mit der er die Dinge hier leitet.«

»Und wann soll sie nun von hier fort?« fragte der Arzt nach einer Pause.

»Das Schiff nach San Francisco kommt am nächsten Dienstag von Sydney hier an. Damit muß sie fahren.«

Fünf Tage lagen noch dazwischen. Am nächsten Mittag war es, als Macphail aus dem Krankenhaus kam, wo er aus Mangel an anderer Betätigung beinahe jeden Morgen verbrachte, daß Mr. Horn ihn anhielt, als er eben die Treppe hinaufgehen wollte.

»Entschuldigen Sie, Dr. Macphail, Miss Thompson ist krank. Wollen Sie auf einen Augenblick zu ihr hineinschauen?«

»Gewiß.«

Horn führte ihn zu ihrem Zimmer. Sie saß untätig auf einem Stuhl, las nicht, nähte nicht, sondern starrte nur vor sich hin. Sie trug ihr weißes Kleid und den großen Hut mit den Blumen. Macphail bemerkte, wie gelb und fleckig ihre Haut unter dem Puder war und wie schwermütig sie dreinschaute.

»Tut mir sehr leid zu hören, daß Sie sich nicht wohl fühlen«, sagte er.

»Ach, ich bin doch nicht wirklich krank. Ich habe nur so getan, weil ich Sie sehen wollte. Ich muß mit dem Schiff fahren, das nach Frisco fährt.«

Sie schaute ihn an, und er sah, daß Entsetzen in ihrem Blick lag. Krampfhaft öffnete und ballte sie die Hände. Der Kaufmann stand an der Tür und hörte zu.

»Das hat man mir gesagt«, erwiderte der Arzt.

Sie schluckte.

»Es paßt mir aber nicht, jetzt nach Frisco zu gehen. Gestern nachmittag bin ich zum Gouverneur gegangen, wurde aber nicht vorgelassen. Ich habe nur mit dem Sekretär gesprochen, und der hat mir gesagt, ich müsse das Schiff nehmen, da sei nichts dagegen zu machen. Ich müsse mit dem Gouverneur selbst sprechen, und so habe ich heute morgen vor seinem Haus gewartet, und als er herauskam, habe ich mit ihm gesprochen. Er wollte nicht mit mir reden, aber ich habe mich nicht abschütteln lassen. Und schließlich hat er gesagt, er hätte nichts gegen mein Hierbleiben bis zum nächsten Schiff nach Sydney, wenn Reverend Davidson damit einverstanden sei.«

Sie hielt inne und schaute Dr. Macphail ängstlich an.

»Ich weiß nicht so recht, was ich für Sie tun kann«, sagte er.

»Nun, ich dachte, Sie würden vielleicht so freundlich sein und ihn fragen. Ich schwöre zu Gott, ich werde hier nichts anfangen, wenn er mich nur bleiben läßt. Ich werde keinen Schritt vor die Tür tun, wenn ihm damit gedient ist. Es handelt sich ja nur um vierzehn Tage.«

»Ich werde ihn fragen.«

»Er wird nicht einverstanden sein«, sagte Horn. »Er will Sie am Dienstag los sein, Sie werden sich schon damit abfinden müssen.«

»Sagen Sie ihm, daß ich in Sydney Arbeit bekommen kann, anständige Arbeit, meine ich. Ich verlange ja nicht viel.«

»Ich werde tun, was ich kann.«

»Und kommen Sie gleich danach zu mir, und sagen Sie mir, was Sie ausgerichtet haben, ja? Ich kann überhaupt nichts tun, ehe ich nicht weiß, was los ist.«

Es war dies nicht ein Auftrag, der dem Arzt sehr gefiel, und er versuchte – vielleicht charakteristisch für ihn – sich seiner indirekt zu entledigen. Er erzählte seiner Frau, was Miss Thompson zu ihm gesagt hatte, und bat sie, mit Mrs. Davidson darüber zu sprechen. Die Haltung des Missionars scheine doch reichlich despotisch, es könne niemandem schaden, wenn sie noch zwei Wochen in Pago-Pago bleibe. Auf das Resultat seiner Diplomatie war er aber nicht vorbereitet. Der Missionar wandte sich nämlich geradenwegs an ihn.

»Mrs. Davidson sagt mir, diese Thompson habe mit Ihnen gesprochen.«

Dr. Macphail, solcherart unmittelbar angegriffen, reagierte wie jeder Furchtsame, der gezwungen wird, Farbe zu bekennen. Er wurde wütend und lief rot an.

»Ich sehe nicht ein, was das ausmacht, wenn sie nach Sydney statt nach San Francisco geht. Und wenn sie ihr Versprechen hält, sich, solange sie hier ist, anständig zu benehmen, ist es sehr hartherzig, sie weiter zu verfolgen.«

Der Missionar richtete seinen finsteren Blick auf ihn.

»Warum will sie denn nicht zurück nach San Francisco?«

»Ich habe sie nicht gefragt«, antwortete der Arzt mit einer gewissen Schärfe. »Ich denke, es ist besser, sich um seine eigenen Angelegenheiten zu kümmern.«

Vielleicht war das keine sehr taktvolle Antwort.

»Der Gouverneur hat angeordnet, sie mit dem ersten Schiff, das die Insel verläßt, abzuschieben. Er tut nur seine Pflicht, und daran werde ich ihn nicht hindern. Diese Frau ist eine Gefahr.«

»Ich finde Sie sehr hart und tyrannisch.«

Die beiden Frauen schauten den Arzt beunruhigt an, aber sie hatten keinen Streit zu befürchten, denn der Missionar lächelte freundlich.

»Es tut mir sehr leid, daß Sie so von mir denken, Dr. Macphail. Glauben Sie mir, mein Herz blutet für diese unglückliche Frau, aber ich versuche, meine Pflicht zu tun.«

Der Arzt schwieg. Mürrisch sah er zum Fenster hinaus. Ausnahmsweise regnete es nicht, und auf der anderen Seite der Bucht sah man zwischen den Bäumen die Hütten der Eingeborenen.

»Ich glaube, ich werde die Regenpause ausnützen und ein wenig hinausgehen«, sagte er.

»Bitte, tragen Sie es mir nicht nach, daß ich Ihrem Wunsche nicht entsprechen kann«, bat Davidson mit einem melancholischen Lächeln. »Ich habe die größte Hochachtung vor Ihnen, Doktor, und es täte mir leid, wenn Sie schlecht von mir dächten.«

»Sie haben, daran zweifle ich nicht, eine so ausgezeichnete Meinung von sich selbst, daß Sie die meine mit Gleichmut ertragen werden«, erwiderte er.

»Jetzt hat er's mir gegeben«, kicherte Davidson.

Als Dr. Macphail, mit sich selbst entzweit, weil er zwecklos unhöflich gewesen war, die Treppe hinunterging, erwartete Miss Thompson ihn bereits an ihrer angelehnten Zimmertür.

»Nun«, fragte sie, »haben Sie mit ihm gesprochen?«

»Ja. Es tut mir leid, aber er wird keinen Finger rühren«, antwortete er und wagte vor Verlegenheit nicht, sie anzuschauen.

Doch dann warf er ihr einen schnellen Blick zu, da sie hart aufschluchzte. Er sah, daß ihr Gesicht weiß war vor Angst. Das machte ihn ganz bestürzt. Dann kam ihm ein Gedanke.

»Aber geben Sie die Hoffnung noch nicht auf. Ich finde es eine Schande, wie man Sie behandelt, und ich werde selbst zum Gouverneur gehen.«

»Jetzt?«

Er nickte. Ihr Gesicht hellte sich auf.

»Hören Sie, das ist wirklich gut von Ihnen. Ich bin sicher, er läßt mich bleiben, wenn Sie für mich sprechen. Ich werde auch nichts anstellen, habe gar nichts getan die ganze Zeit über, seit ich hier bin.«

Dr. Macphail hatte keine Ahnung, warum er sich plötzlich entschloß, den Gouverneur aufzusuchen. Miss Thompsons Angelegenheiten waren ihm völlig gleichgültig, aber der Missionar hatte ihn gereizt, und er spürte eine brodelnde Wut. Der Gouverneur war zu Hause, ein großer, stattlicher Mensch, ein schnauzbärtiger Seemann in makelloser Uniform aus weißem Drillich.

»Ich komme dieser Frau wegen zu Ihnen, die im gleichen Hause wohnt wie wir«, sagte Macphail. »Sie heißt Thompson.«

»Ach, ich glaube, ich habe nun schon genug über sie gehört, Dr. Macphail«, erwiderte der Gouverneur lächelnd. »Ich habe ihr anbefohlen, am nächsten Dienstag abzufahren, das ist alles, was ich tun kann.«

»Ich möchte Sie nun bitten, einmal fünf gerade sein zu lassen und ihr zu erlauben, hierzubleiben, bis das Schiff von San Francisco kommt, so daß sie nach Sydney gehen kann. Ich verbürge mich für ihr gutes Verhalten.«

Noch lächelte der Gouverneur, aber seine Augen wurden klein und ernst.

»Ich würde mich sehr freuen, Ihnen diesen Gefallen zu tun, Dr. Macphail, aber ich habe bereits Order gegeben und muß dazu stehen.«

Der Arzt setzte den Fall so vernünftig auseinander, wie er nur konnte, aber jetzt verschwand das Lächeln des Gouverneurs vollends. Er hörte verdrossen zu und schaute weg. Macphail merkte, daß er keinen Eindruck machte.

»Ich bedauere jederzeit, einer Dame Schwierigkeiten bereiten zu müssen, aber sie muß am Dienstag abfahren, und daran ist nicht zu rütteln.«

»Aber was macht denn das aus, wenn sie länger bleibt?«

»Verzeihen Sie, Doktor, aber ich fühle mich nicht berufen, meine amtlichen Handlungen zu erklären, es sei denn meinen eigenen Vorgesetzten.«

Macphail schaute ihn scharf an. Er erinnerte sich an Davidsons Bemerkung, er habe einen kleinen Druck ausgeübt, und tatsächlich las er aus dem Verhalten des Gouverneurs eine gewisse Verwirrung.

»Davidson ist ein verdammter Wichtigmacher«, sagte er hitzig.

»Ganz unter uns, Dr. Macphail, ich sage nicht, daß ich mir eine sehr günstige Meinung über Mr. Davidson gebildet habe, aber ich muß gestehen, er war im Recht, mich auf die Gefahr hinzuweisen, die der Verbleib einer Frau von Miss Thompsons Charakter für einen Ort wie diesen bedeutet, wo eine Anzahl staatlich angeworbener Matrosen stationiert ist.«

Er erhob sich, und Dr. Macphail sah sich verpflichtet, das gleiche zu tun.

»Ich muß Sie bitten, mich zu entschuldigen. Ich habe eine Verabredung. Meine besten Empfehlungen an Mrs. Macphail.«

Der Arzt verließ ihn völlig niedergeschlagen. Er wußte, daß Miss Thompson auf ihn wartete, und weil es ihm zuwider war, ihr selbst von seinem Mißerfolg zu erzählen, betrat er das Haus durch die Hintertür und schlich sich die Treppe hinauf, als habe er etwas zu verbergen.

Bei Tisch war er still und mißvergnügt, während der Missionar sich heiter und angeregt zeigte. Dr. Macphail glaubte Davidsons triumphierenden, gutgelaunten Blick auf sich zu spüren. Plötzlich durchfuhr ihn der Gedanke, Mr. Davidson wisse um seinen Besuch beim Gouverneur und auch um dessen erfolglosen Ausgang.

Aber wie, um Gottes willen, konnte er davon gehört haben? Etwas Geheimnisvolles war um die Macht dieses Mannes. Nach dem Essen sah er Horn auf der Veranda, und als wolle er nur ein paar gelegentliche Worte mit ihm wechseln, ging er hinaus.

»Sie möchte wissen, ob Sie mit dem Gouverneur gesprochen haben«, flüsterte der Kaufmann.

»Ja. Er wird nichts für sie tun. Ich bedauere das sehr, aber mehr kann ich nicht unternehmen.«

»Ich habe es gleich gewußt, daß er nichts tun wird. Gegen die Missionare wagt niemand etwas zu tun.«

»Worüber sprechen Sie?« fragte Davidson freundlich, als er näher trat.

»Ich sagte, es sei nicht möglich für Sie, früher nach Apia zu kommen als in einer Woche«, sagte der Kaufmann glattzüngig.

Er verließ sie, und die beiden Männer kehrten ins Wohnzimmer zurück. Mr. Davidson widmete eine Stunde nach jeder Mahlzeit der Erholung. Plötzlich ertönte ein schüchternes Klopfen an der Tür.

»Herein!« sagte Mrs. Davidson mit ihrer scharfen Stimme.

Die Tür tat sich nicht auf. Mrs. Davidson erhob sich und öffnete sie. Da sahen sie Miss Thompson auf der Schwelle stehen. Aber die Veränderung, die mit ihr vorgegangen war, hatte etwas Erschreckendes. Das war nicht mehr jene aufgedonnerte, liederliche Person, die auf der Straße gehöhnt hatte, sondern eine gebrochene, verängstigte Frau. Sie trug Pantoffeln und Rock und Bluse, die zerknittert und beschmutzt waren. Die Tränen strömten ihr die Wangen herab, und sie stand an der Tür und wagte nicht einzutreten.

»Was wünschen Sie?« fragte Mrs. Davidson barsch.

»Kann ich Mr. Davidson sprechen?« sagte sie mit erstickter Stimme.

Der Missionar erhob sich und ging auf sie zu.

»Kommen Sie nur herein, Miss Thompson«, sagte er in herzlichem Ton. »Was kann ich für Sie tun?«

Sie trat ein.

»Hören Sie, es tut mir leid, was ich neulich zu Ihnen gesagt habe, und – auch alles andere. Ich glaube, ich war ein wenig frech. Ich bitte um Verzeihung.«

»Oh, das macht doch nichts. Mein Rücken ist breit genug, der kann schon etwas ertragen.«

Sie trat mit einer Bewegung näher, die ersichtlich kriecherisch war.

»Sie haben mich geschlagen. Ich bin ganz klein. Aber, bitte, schicken Sie mich nicht nach Frisco.«

Seine milde Art war plötzlich wie weggewischt, und seine Stimme wurde hart und finster.

»Warum wollen Sie nicht dorthin zurück?«

Sie kauerte sich vor ihm nieder.

»Meine Leute leben dort. Ich will nicht, daß sie mich so sehen. Ich gehe, wohin Sie wollen, nur dorthin nicht.«

»Warum wollen Sie nicht nach San Francisco zurück?«

»Ich habe es Ihnen schon gesagt.«

Er beugte sich vor, starrte sie an, und seine großen, leuchtenden Augen schienen sich in ihre Seele zu bohren. Dann hielt er plötzlich den Atem an.

»Das Zuchthaus!«

Sie schrie auf, fiel ihm zu Füßen und umfaßte seine Knie.

»Schicken Sie mich nicht zurück. Ich schwöre Ihnen vor Gott, ich will eine gute Frau sein. Ich werde das alles aufgeben.«

Sie brach in einen Strom wirrer Bitten aus, und die Tränen rannen ihr stromweise über die geschminkten Wangen herab. Er beugte sich zu ihr, hob ihr Gesicht hoch und zwang sie, ihn anzuschauen.

»Stimmt es, das Zuchthaus?«

»Ich bin ausgerissen, ehe sie mich erwischt haben«, keuchte sie. »Wenn sie mich kriegen, heißt das drei Jahre für mich.«

Er ließ sie los, und sie fiel bitterlich schluchzend auf den Boden zurück. Dr. Macphail erhob sich.

»Das ändert alles«, sagte er. »Jetzt, nachdem Sie das wissen, können Sie sie nicht mehr zurückschicken. Geben Sie ihr diese Chance. Sie wird ein neues Leben beginnen.«

»Ich werde ihr die beste Chance bieten, die sie jemals hatte. Wenn sie bereut, dann soll sie ihre Strafe annehmen.«

Sie deutete seine Worte falsch und schaute auf. Ein Hoffnungsschimmer lag in ihren schweren Augen.

»Lassen Sie mich gehen?«

»Nein. Sie werden am Dienstag nach San Francisco fahren.«

Ein entsetztes Stöhnen rang sich in ihr hoch, dann brach sie in tiefe, heisere Schreie aus, die nichts Menschliches mehr an sich hatten, und schlug die Stirn verzweifelt gegen den Boden. Dr. Macphail sprang auf sie zu und hob sie auf.

»Kommen Sie, tun Sie das nicht. Gehen Sie lieber auf Ihr Zimmer und legen Sie sich nieder. Ich werde Ihnen etwas geben.«

Er stellte sie auf die Füße und brachte sie, indem er sie halb zog und halb trug, in ihr Zimmer hinunter. Auf Mr. Davidson und seine Frau war er ehrlich wütend, da sie keine Anstalten machten, ihm zu helfen. Mr. Horn stand unten auf dem Gang, und mit seiner Unterstützung gelang es ihm, sie auf ihr Bett zu legen. Sie stöhnte und schrie und war fast bewußtlos. Er machte ihr eine Injektion. Als er wieder hinaufkam, war er rot und erschöpft.

Die beiden Damen und Davidson nahmen noch immer die gleiche Haltung ein, in der er sie verlassen hatte. Sie konnten sich nicht bewegt, ja nicht einmal gesprochen haben, seit er fortgewesen war.

»Ich habe auf Sie gewartet«, sagte Mr. Davidson mit fremder, herber Stimme. »Ich möchte, daß Sie alle mit mir für die Seele dieser irrenden Schwester beten.«

Er nahm die Bibel aus einem Regal und setzte sich an den Tisch, an dem sie soeben gespeist hatten. Da er noch nicht abgeräumt worden war, schob er die Teekanne beiseite. Mit mächtig dröhnender, tiefer Stimme las er ihnen das Kapitel vor, das die Begegnung Jesu Christi mit dem ehebrecherischen Weib erzählt.

»Nun kniet nieder mit mir, und laßt uns für die Seele unserer lieben Schwester Sadie Thompson beten!«

Er brach in ein langes, leidenschaftliches Gebet aus, in dem er Gott anflehte, mit dieser sündigen Frau gnädig zu verfahren. Mrs. Davidson und Mrs. Macphail knieten mit gesenkten Augen. Überrumpelt beugte auch Dr. Macphail linkisch und blöde ein Knie. Das Gebet des Missionars war von wilder Beredsamkeit. Er war ungewöhnlich bewegt, so daß ihm, während er sprach, die Tränen über die Wangen rannen. Und draußen fiel der mitleidlose Regen mit einer grimmigen Feindseligkeit, die schon fast menschlich war.

Schließlich hielt er inne. Nach einer Pause sagte er:

»Wir wollen nun das Vaterunser wiederholen.«

Sie beteten es und standen dann, weil er sich erhob, ebenfalls auf. Mrs. Davidsons Gesicht war bleich und ruhig. Sie fühlte sich ermutigt und in Frieden, aber die Macphails schämten sich plötzlich. Sie wußten nicht, wohin schauen.

»Ich gehe rasch hinunter und sehe nach, wie es ihr geht«, sagte Dr. Macphail.

Als er an ihre Tür klopfte, wurde sie ihm von Horn geöffnet. Miss Thompson saß im Schaukelstuhl und schluchzte leise vor sich hin.

»Was machen Sie denn da?« rief Macphail aus. »Ich habe Ihnen doch geraten, sich niederzulegen.«

»Ich kann nicht liegenbleiben. Ich möchte Mr. Davidson sehen.«

»Mein armes Kind, glauben Sie wirklich, daß das etwas nützen kann? Sie werden ihn nicht erweichen.«

»Er hat gesagt, er kommt, wenn ich nach ihm schicke.«

Macphail wandte sich an den Kaufmann.

»Gehen Sie und holen Sie ihn.«

Er wartete schweigend bei ihr, während der Kaufmann hinaufging. Davidson kam sofort.

»Entschuldigen Sie, daß ich Sie bitte, zu mir zu kommen«, sagte sie und schaute ihn düster an.

»Ich habe erwartet, daß Sie mich rufen lassen. Ich wußte, der Herr werde mein Gebet erhören.«

Sie starrten einander einen Augenblick lang an, dann schaute sie weg.

Und mit abgewandtem Blick sagte sie:

»Ich bin eine schlechte Frau gewesen. Ich möchte Buße tun.«

»Gott sei Dank! Gott sei Dank! Er hat unser Gebet erhört.«

Er wandte sich an die beiden Männer.

»Lassen Sie mich allein mit ihr. Sagen Sie Mrs. Davidson, daß unser Beten nicht umsonst war.«

Sie gingen hinaus und schlossen die Tür hinter sich.

»Tschingbum!« sagte der Kaufmann.

In dieser Nacht konnte Dr. Macphail lange nicht einschlafen, und als er den Missionar heraufkommen hörte, schaute er auf die Uhr. Es war zwei Uhr. Doch selbst dann ging Davidson noch nicht zu Bett, denn der Arzt hörte ihn durch die Holzwand, die ihre Zimmer voneinander trennte, noch lange und laut beten, bis er selbst erschöpft einschlief.

Als er ihm am nächsten Morgen begegnete, war er überrascht von seinem Aussehen. Er war bleicher denn je und müde, aber in seinen Augen brannte ein Feuer, das nicht menschlich war. Er machte den Eindruck, als sei er von überwältigender Freude erfüllt.

»Ich bitte Sie, gleich hinunterzugehen und Sadie zu besuchen«, sagte er. »Ich kann nicht hoffen, daß es ihr körperlich besser geht, aber ihre Seele – ihre Seele ist verwandelt.«

Der Arzt fühlte sich kraftlos und nervös.

»Sie waren gestern nacht noch sehr lange bei ihr«, sagte er.

»Ja. Sie konnte es ohne mich nicht aushalten.«

»Und Sie schauen höchst vergnügt drein«, bemerkte der Arzt gereizt.

Davidsons Augen leuchteten ekstatisch auf.

»Eine große Gnade ist mir zuteil geworden. Gestern hatte ich das unsagbare Glück, eine verlorene Seele in die liebenden Arme Jesu zurückzuführen.«

Miss Thompson saß wieder in ihrem Schaukelstuhl. Das Bett war noch nicht gemacht und das Zimmer in großer Unordnung. Sie hatte sich nicht die Mühe genommen, sich anzuziehen, sondern trug ihren schmutzigen Morgenrock und hatte das Haar in einem wirren Knoten aufgesteckt. Mit einem feuchten Tuch hatte sie sich das Gesicht abgewischt, das noch ganz verschwollen vom Weinen war.

Als der Arzt eintrat, schaute sie auf. Sie sah eingeschüchtert und geknickt aus.

»Wo ist Mr. Davidson?« fragte sie.

»Er wird sofort kommen, wenn Sie ihn brauchen«, antwortete Macphail scharf. »Ich bin nur hier, um zu sehen, wie es Ihnen geht.«

»Ach, ich glaube, ich bin okay. Machen Sie sich keine Sorgen um mich.«

»Haben Sie etwas gegessen?«

»Horn hat mir Kaffee gebracht.«

Sie schaute unruhig zur Tür.

»Glauben Sie, er wird bald kommen? Ich habe das Gefühl, es ist nicht so schlimm, wenn er bei mir ist.«

»Müssen Sie immer noch am Dienstag fort?«

»Ja, er sagt, ich muß gehen. Bitte, sagen Sie ihm, er soll doch gleich kommen. Sie können mir nicht helfen. Er ist der einzige.«

»Gut«, antwortete Dr. Macphail.

Während der nächsten Tage verbrachte der Missionar fast seine ganze Zeit bei Sadie Thompson. Zu den anderen gesellte er sich nur bei den Mahlzeiten. Dr. Macphail bemerkte, daß er fast nichts aß.

»Er reibt sich auf«, sagte Mrs. Davidson voller Teilnahme. »Wenn er nicht aufpaßt, wird er einen Zusammenbruch haben, aber er kann nicht mit sich sparen.«

Sie selbst sah völlig weiß und bleich aus. Sie erzählte Mrs. Macphail, sie könne nicht schlafen. Wenn der Missionar von Miss Thompson heraufkomme, bete er bis zur Erschöpfung, aber selbst danach schlafe er noch lange nicht. Nach ein, zwei Stunden stehe er wieder auf, ziehe sich an und mache einen Marsch längs der Bucht. Er habe seltsame Träume.

»Heute morgen erzählte er mir, er habe von den Bergen in Nebraska geträumt«, sagte Mrs. Davidson.

»Das ist merkwürdig«, erwiderte Dr. Macphail.

Er erinnerte sich daran, sie vom Fenster des Zuges aus gesehen zu haben, als er Amerika durchquerte. Sie waren wie riesige Maulwurfshügel, so abgerundet und glatt, und stiegen jäh von der Ebene auf. Ihm fiel ein, daß er damals gedacht hatte, sie sähen eigentlich wie Frauenbrüste aus.

Davidsons Rastlosigkeit war sogar für ihn selbst unerträglich. Doch wurde er andrerseits von einer wunderbaren Heiterkeit aufrechterhalten. Er riß die letzten Überbleibsel der Sünde mit den Wurzeln aus den verborgensten Herzenswinkeln dieser armen Frau. Er las ihr vor und betete mit ihr.

»Es ist wundervoll«, sagte er eines Tages zu ihnen beim Abendessen. »Es ist eine wahre Wiedergeburt. Ihre Seele, die schwarz war wie die Nacht, ist nun rein und weiß wie frisch gefallener Schnee. Ich bin neben ihr kleinmütig und verzagt. Wie herrlich ist ihre Zerknirschung, wie bereut sie alle ihre Sünden! Ich bin nicht wert, auch nur den Saum ihres Kleides zu berühren.«

»Haben Sie trotzdem das Herz, sie nach San Francisco zurückzuschicken?« fragte der Arzt. »Drei Jahre in einem amerikanischen Gefängnis! Ich hätte gedacht, sie könnten sie davor bewahren.«

»Ach, sehen Sie das denn nicht ein? Das ist notwendig. Glauben Sie vielleicht, mein Herz blute nicht ihretwegen? Ich liebe sie, wie ich meine Frau und meine Schwester liebe. Während ihrer Gefängniszeit werde ich alle Qualen leiden, die sie zu erleiden hat.«

»Dummes Geschwätz!« schrie der Arzt ihn an.

»Sie können das nicht verstehen, weil Sie blind sind. Sie hat gesündigt und muß dafür büßen. Ich weiß, was ihr bevorsteht. Man wird sie hungern und dürsten lassen und sie demütigen. Ich wünsche, daß sie die Strafe der Menschen auf sich nimmt als ein Opfer vor Gott. Ich will, daß sie sie freudig auf sich nimmt. Sie hat eine Möglichkeit, die nur sehr wenigen von uns geboten wird. Gott ist sehr gut und sehr gnädig.«

Davidsons Stimme zitterte vor Erregung. Er konnte die Worte, die ihm von den Lippen stürzten, kaum formulieren.

»Den ganzen Tag lang bete ich mit ihr, und wenn ich sie verlasse, bete ich wieder. Ich bete mit meiner ganzen Gewalt und Macht dafür, daß Jesus ihr diese große Gnade erweise. Ich möchte in ihr Herz einen so leidenschaftlichen Wunsch nach Strafe pflanzen, daß sie, wenn ich ihr anböte, nicht nach San Francisco zu fahren, es ablehnen würde. Ich will ihr klarmachen, daß die furchtbare Gefängnisstrafe ein Dankesopfer ist, das sie dem zu Füßen legt, der sein Leben für sie gelassen hat.«

Die Tage schlichen langsam dahin. Der gesamte Haushalt drehte sich um die unglückliche, gequälte Frau im unteren Stockwerk, und alles war in einem Zustand unnatürlicher Erregung. Wie ein Opfer war sie, das für den wilden Ritus eines blutigen Götzendienstes zubereitet wurde. Sie wollte Davidson nicht mehr aus den Augen lassen und konnte seine Abwesenheit kaum ertragen; nur wenn er bei ihr war, hatte sie Mut. Sie war sklavisch von ihm abhängig, weinte sehr viel, las in der Bibel und betete. Manchmal war sie erschöpft und apathisch. Dann sehnte sie die Strafe herbei, denn sie erschien ihr, direkt oder indirekt, als ein Entkommen aus dem jetzigen qualvollen Zustand. Die unbestimmten Schrecknisse, die sie jetzt überfielen, konnte sie nicht mehr aushalten. Mit ihren Sünden hatte sie alle persönliche Eitelkeit abgelegt. Ungewaschen, unfrisiert und in ihrem schmutzigen Morgenrock schlich sie in ihrem Zimmer umher. Seit vier Tagen hatte sie ihr Nachthemd nicht ausgezogen und keine Strümpfe getragen. Das Zimmer sah wüst aus. Und die ganze Zeit über lärmte der Regen mit grausamer Eindringlichkeit. Man hätte meinen können, der Himmel habe sich seines gesamten Wasservorrats entäußert, aber immer noch goß es gerade und schwer mit enervierender Eintönigkeit auf das Wellblechdach hernieder. Alles war feucht und klebrig. Schimmel erschien an den Wänden und auf den Schuhen, die am Boden standen. Durch die Nächte dröhnte der wütende Gesang der Moskitos.

»Wenn es nur für einen einzigen Tag zu regnen aufhörte, wäre es nicht so schlimm«, sagte Dr. Macphail.

Sie alle sehnten den Dienstag herbei, an dem das Schiff von Sydney ankommen sollte. Die Spannung war unerträglich geworden. Dr. Macphails Mitleid und Wut traten durch den Wunsch, die unglückliche Frau loszuwerden, fast gänzlich in den Hintergrund. Das Unvermeidliche mußte eben hingenommen werden. Er hatte das Gefühl, erst wieder frei atmen zu können, wenn dieses Schiff abgefahren sei. Sadie Thompson sollte von einem Beamten des Gouverneurs an Bord gebracht werden. Dieser Mann kam am Montag abend und forderte Miss Thompson auf, sich für den nächsten Vormittag um elf Uhr bereit zu halten. Davidson war bei ihr.

»Ich sorge dafür, daß alles fertig ist. Ich selbst werde sie an Bord bringen.«

Miss Thompson sagte kein Wort.

Als Dr. Macphail seine Kerze ausblies und vorsichtig unter das Moskitonetz kroch, stieß er einen Seufzer der Erleichterung aus.

»Nun, Gott sei Dank, das wäre vorbei! Morgen um diese Zeit ist sie längst weg.«

»Mrs. Davidson wird auch froh sein. Sie sagt, er arbeite sich zuschanden«, bemerkte Mrs. Macphail. »Sie ist völlig verwandelt.«

»Wer?«

»Sadie. Ich hätte das nie für möglich gehalten. Es macht einen ganz klein und demütig.«

Dr. Macphail erwiderte nichts darauf und schlummerte sofort ein. Er war übermüdet und schlief tiefer als gewöhnlich.

Am Morgen erwachte er durch eine Hand, die sich auf seinen Arm gelegt hatte, und als er die Augen erschreckt aufriß, sah er Horn vor seinem Bett. Der Kaufmann legte einen Finger an den Mund, um jedem Ausruf Dr. Macphails zuvorzukommen, und bedeutete ihm, rasch aufzustehen. Gewöhnlich trug der Mischling schäbige Leinenhosen, jetzt aber war er barfuß und hatte nur den *Lava-Lava* der Eingeborenen an. Er machte plötzlich einen völlig wilden Eindruck. Als Dr. Macphail sich erhob, sah er, daß Horn über und über tätowiert war. Der Kaufmann winkte ihm zu, auf die Veranda zu kommen, und ging voraus; der Arzt folgte ihm.

»Machen Sie kein Geräusch«, flüsterte der Mischling. »Sie werden verlangt. Ziehen Sie Rock und Schuhe an. Schnell!«

Dr. Macphails erster Gedanke war, Miss Thompson sei etwas zugestoßen.

»Was ist los? Soll ich Instrumente mitnehmen?«

»Schnell, bitte, schnell!«

Dr. Macphail schlich ins Schlafzimmer zurück, zog den Regenmantel über den Pyjama und schlüpfte in Schuhe mit Gummisohlen. Dann kam er wieder heraus zu dem Kaufmann, und beide gingen auf Zehenspitzen die Treppe hinunter. Die Tür zur Straße war offen, und ein halbes Dutzend Eingeborener stand davor.

»Was ist los?« wiederholte der Arzt.

»Kommen Sie mit mir«, sagte Horn.

Er trat hinaus, und der Arzt folgte ihm. Die Eingeborenen kamen dichtgedrängt hinter ihnen her. Sie überquerten die Straße und erreichten den Strand. Der Arzt sah eine Gruppe von Eingeborenen, die sich um einen Gegenstand am Wasserrand versammelt hatten. Die letzten zwanzig, dreißig Meter liefen sie, und die Eingeborenen machten eine Gasse, als der Arzt anlangte. Der Kaufmann schob ihn vorwärts. Dann sah er etwas Schreckliches: halb im Wasser, halb auf dem Sand den reglosen Leib Davidsons. Dr. Macphail beugte sich über ihn – im Notfall verlor er den Kopf nicht – und drehte den Körper um. Die Kehle war von einem Ohr zum andern durchschnitten, und die rechte Hand hielt noch das Rasiermesser, mit dem die Tat ausgeführt worden war.

»Er ist bereits kalt«, sagte der Arzt, »er muß schon eine Zeitlang tot sein.«

»Einer von den Jungens, der zur Arbeit ging, sah ihn hier liegen und kam gleich und sagte es mir. Glauben Sie, er hat es selbst getan?«

»Ja. Irgend jemand muß zur Polizei gehen.«

Horn übersetzte seine Worte, und zwei junge Männer machten sich auf den Weg.

»Wir müssen ihn so liegenlassen, bis jemand kommt«, sagte der Arzt.

»Sie sollen ihn aber nicht in mein Haus tragen. Ich will ihn dort nicht haben.«

»Sie werden das tun, was die Behörde sagt«, entgegnete der Arzt mit Schärfe. »In diesem Fall aber nehme ich an, man wird ihn in die Leichenhalle bringen.«

Sie standen da und warteten. Der Kaufmann holte zwei Zigaretten aus der Falte seines *Lava-Lava* und gab eine davon dem Arzt. Sie rauchten und starrten den Leichnam an. Dr. Macphail zerbrach sich den Kopf.

»Warum hat er es wohl getan?« fragte der Kaufmann.

Dr. Macphail zuckte die Schultern. Bald langte die eingeborene Polizei unter Aufsicht eines Seesoldaten mit einer Bahre an, und gleich darauf erschienen ein paar Seeoffiziere und ein Marinearzt. Sie behandelten die Angelegenheit völlig sachlich.

»Wo ist die Frau?« fragte einer.

»Da Sie jetzt gekommen sind, kann ich zurückgehen, mich anziehen und es ihr mitteilen. Sie soll ihn lieber nicht sehen, ehe er nicht ein bißchen in Ordnung gebracht ist.«

»Ganz recht«, erwiderte der Marinearzt.

Als Dr. Macphail zurückkam, war seine Frau bereits fast mit dem Ankleiden fertig.

»Mrs. Davidson ist in einem furchtbaren Zustand ihres Mannes wegen«, sagte sie zu ihm, als er eintrat. »Er ist die ganze Nacht über nicht ins Bett gekommen. Sie hat gehört, wie er um zwei Uhr Miss Thompsons Zimmer verlassen hat, aber danach ging er fort. Wenn er seitdem herumläuft, muß er ja völlig tot sein.«

Dr. Macphail berichtete ihr, was sich ereignet hatte, und bat sie, Mrs. Davidson die Nachricht zu überbringen.

»Aber warum hat er das getan?« fragte sie entsetzt.

»Ich weiß es nicht.«

»Ich kann nicht, ich kann nicht.«

»Du mußt.«

Sie warf ihm einen erschrockenen Blick zu und ging hinaus. Er hörte sie bei Mrs. Davidson eintreten, verweilte eine Minute, um sich zu sammeln, und begann dann, sich zu rasieren und zu waschen. Als er angekleidet war, setzte er sich auf das Bett und erwartete seine Frau.

Endlich kam sie.

»Sie will ihn sehen«, sagte sie.

»Man hat ihn ins Leichenhaus getragen. Wir müssen sie hinbegleiten. Wie hat sie es aufgenommen?«

»Ich glaube, sie ist völlig betäubt. Sie hat nicht geweint. Aber sie zittert wie Espenlaub.«

»Wir wollen gleich hingehen.«

Als sie an Mrs. Davidsons Tür klopften, kam sie heraus. Sie war bleich, aber trockenen Auges. Dem Arzt kam sie unnatürlich ruhig vor. Kein Wort wurde gewechselt, als sie die Straße entlanggingen. Vor dem Leichenhaus sagte Mrs. Davidson: »Lassen Sie mich allein hineingehen zu ihm.«

Sie traten zur Seite. Ein Eingeborener öffnete die Tür und schloß sie hinter ihr. Sie setzten sich und warteten. Ein paar Weiße kamen und sprachen flüsternd mit ihnen. Dr. Macphail erzählte ihnen, was er von der Tragödie wußte. Schließlich wurde die Tür wieder ruhig geöffnet, und Mrs. Davidson trat heraus. Alle schwiegen.

»Ich bin bereit, zurückzugehen«, sagte sie.

Ihre Stimme war hart und ausgeglichen. Dr. Macphail konnte den Ausdruck ihrer Augen nicht enträtseln. Ihr bleiches Gesicht sah sehr finster drein. Langsam schritten sie die Straße entlang, keiner sprach ein Wort, und schließlich kamen sie um die Biegung auf die Seite, wo das Haus ihres Wirtes stand. Ein unglaubliches Geräusch stürzte sich auf ihre Ohren. Das Grammophon, das so lange geschwiegen hatte, spielte laut und kreischend einen Ragtime.

»Was ist das?« rief Mrs. Macphail entsetzt.

»Gehen wir weiter«, sagte Mrs. Davidson.

Sie stiegen die Eingangsstufen hinauf und betraten den Gang. Miss Thompson stand an ihrer Tür und plauderte mit einem Matrosen. Nichts mehr war zu sehen von dem geduckten Lasttier der letzten Tage. Sie trug ihren gesamten Staat: das weiße Kleid, die hohen, glänzenden Stiefel, über denen sich ihre dikken Waden in weißen Baumwollstrümpfen herauswölbten, und den riesigen Hut mit den bunten Blumen darauf. Die Haare hatte sie sorgfältig aufgesteckt. Ihr Gesicht war geschminkt, die Augenbrauen machten einen kühnen schwarzen Bogen, die Lippen lachten scharlachrot. Hoch aufgerichtet stand sie da. Sie war die herausgeputzte Vettel, die sie vorher gekannt hatten. Als sie vorübergingen, brach sie in lautes, höhnisches Gelächter aus. Unwillkürlich hielt Mrs. Davidson an. Da sammelte sie den Speichel im Mund und spie aus. Mrs. Davidson fuhr zurück, und zwei rote Flecken erschienen auf ihren Wangen. Dann bedeckte sie das Gesicht mit den Händen, stürzte vor und rannte die Treppe hinauf. Dr. Macphail war außer sich. An Miss Thompson vorbei drang er in ihr Zimmer.

»Was, zum Teufel, machen Sie denn da?« schrie er. »Halten Sie diesen verdammten Apparat an!«

Er ging darauf zu und riß die Platte weg. Miss Thompson wandte sich ihm zu.

»He, Doc, Sie wissen doch, wer ich bin. Was wollen Sie in meinem Zimmer?«

»Was meinen Sie?« rief er. »Was meinen Sie?«

Sie riß sich zusammen. Unbeschreiblich war der Hohn ihres Gesichtsausdruckes oder der verächtliche Haß, den sie in ihre Antwort legte.

»Ihr Männer! Ihr gemeinen, dreckigen Schweine! Alle seid ihr gleich, alle, alle! Schweine, nichts als Schweine!«

Dr. Macphail schnappte nach Luft. Er hatte verstanden.

# *Edward Barnards Untergang*

Bateman Hunter schlief schlecht. Vierzehn Tage lang hatte er auf dem Schiffe, das ihn von Tahiti nach San Francisco brachte, ausschließlich an die Geschichte gedacht, die er erzählen mußte, und drei Tage lang hatte er sich im Zug die Worte vorgesagt, in denen er sie zu berichten gedachte. Jetzt sollte er in wenigen Stunden in Chicago sein, und Zweifel überfielen ihn. Sein von jeher sensibles Gewissen war nicht befriedigt. Er fragte sich, ob er auch sein möglichstes getan habe, ja es war für ihn Ehrensache, mehr als das mögliche zu tun, und der Gedanke beunruhigte ihn, er habe vielleicht in einer Sache, die sein eigenes Interesse berührte, eben dieses eigene Interesse über seine Donquichotterie den Sieg davontragen lassen. Selbstaufopferung spielte in seinen Gedanken eine so große Rolle, daß die Unfähigkeit, sie zu üben, ihm das Gefühl von Enttäuschung bereitete. Er kam sich vor wie der Philanthrop, der aus altruistischen Motiven vorbildliche Wohnungen für die Armen erbauen läßt und hinterher bemerkt, daß dies eine sehr einträgliche Geldanlage war. Er kann das Gefühl der Genugtuung über die zehn Prozent, die das auf das Wasser gestreute Brot abwirft, nicht zurückdrängen, aber er hat die peinliche Empfindung, dieser Lohn schmälere die Lieblichkeit seiner Tugend. Bateman Hunter wußte, sein Herz war rein, aber er war nicht sicher, wie standhaft er beim Erzählen seiner Geschichte den forschenden Blick aus Isabel Longstaffes kühlen grauen Augen ertragen werde. Denn sie waren weitblickend und klug. Isabels Maßstab für den Wert anderer war ihre eigene peinlich unbestechliche Geradlinigkeit, und eine strengere Kritik ließ sich nicht denken als das kalte Schweigen, mit dem sie ihre Mißbilligung eines Verhaltens ausdrückte, das ihrem anspruchsvollen Kodex nicht entsprach. Gegen ihr Urteil gab es kein Appellieren, denn wenn sie einmal eine Meinung gefaßt hatte, änderte sie sie nicht mehr. Aber Bateman hätte sie nicht anders haben mögen. Er liebte nicht nur die Schönheit ihrer hohen, schlanken Gestalt mit der stolzen Kopfhaltung, sondern mehr noch die Schönheit ihrer Seele. Mit ihrer Aufrichtigkeit, ihrem scharf umrissenen Ehrbegriff, ihrem furchtlosen Blick vereinigte sie in sich alles, was er so sehr an seinen Landsmänninnen bewunderte. Aber er sah in ihr noch mehr als nur die vollkommene Vertreterin des amerikanischen Mädchens, denn er fühlte, daß ihre Vortrefflichkeit gewissermaßen in besonderem Zusammenhang mit ihrer Umgebung stand, und war überzeugt, keine Stadt der Welt könnte sie hervorgebracht haben als Chicago. Er verspürte einen plötzlichen Stich, als er daran dachte, daß er ihrem Stolz einen so harten Schlag versetzen mußte, und beim Gedanken an Edward Barnard flammte Zorn auf in seinem Herzen.

Aber schließlich fuhr der Zug in Chicago ein, und er frohlockte beim Anblick der langen grauen Straßenzüge. Als er an State und Wabash mit dem Menschengewimmel, dem drängenden Verkehr und dem Lärm dachte, konnte er seine Ungeduld kaum zügeln. Hier war er zu Hause. Und er war froh, in der bedeutendsten Stadt der Vereinigten Staaten geboren zu sein. San Francisco war Provinz, New York passé; die Zukunft Amerikas lag in der Entwicklung seiner ökonomischen Möglichkeiten, und Chicago mit seiner Lage und der Energie seiner Einwohner war dazu vorbestimmt, die wahre Hauptstadt des Landes zu werden.

›Ich glaube, ich werde es noch erleben, daß es die größte Stadt der Welt wird‹, sagte sich Bateman, als er den Bahnsteig betrat.

Sein Vater war an die Bahn gekommen, und nach einem herzlichen Händedruck verließen die beiden großen, schlanken gutgewachsenen Männer mit den gleichen feinen asketischen Zügen und den schmalen Lippen das Bahnhofsgebäude. Mr. Hunters Wagen wartete am Ausgang, und sie stiegen ein. Mr. Hunter erhaschte seines Sohnes stolzen, glücklichen, auf die Straße gerichteten Blick.

»Froh, wieder da zu sein, Junge?« fragte er.

»Das will ich meinen«, sagte Bateman.

Seine Augen verschlangen den Großstadtbetrieb.

»Ich nehme an, hier ist ein bißchen mehr Verkehr als auf deinen Südseeinseln«, bemerkte Mr. Hunter lachend. »Hat es dir dort gefallen?«

»Chicago ist mir lieber, Dad«, antwortete Bateman.

»Edward Barnard hast du nicht mitgebracht?«

»Nein.«

»Wie hast du ihn angetroffen?«

Bateman schwieg für einen Augenblick, und sein schönes, empfindsames Gesicht verdunkelte sich.

»Ich möchte lieber nicht über ihn sprechen, Dad«, sagte er.

»Schon gut, mein Junge. Ich meine, deine Mutter wird heute eine glückliche Frau sein.«

Sie ließen die belebten Straßen hinter sich und fuhren am See entlang, bis sie an ein imposantes Haus kamen, das getreue Abbild eines Schlosses an der Loire, das Mr. Hunter sich vor ein paar Jahren hatte bauen lassen. Kaum befand Bateman sich allein in seinem Zimmer, verlangte er auch schon eine Nummer am Telephon. Sein Herz hüpfte, als er die Stimme hörte, die antwortete.

»Guten Morgen, Isabel!« sagte er freudig.

»Guten Morgen, Bateman!«

»Wieso hast du meine Stimme erkannt?«

»Es ist nicht so lange her, seit ich sie das letzte Mal hörte. Abgesehen davon habe ich dich erwartet.«

»Wann kann ich dich sehen?«

»Willst du vielleicht, wenn du nichts Besseres vorhast, heute bei uns zu Abend essen?«

»Du weißt sehr wohl, daß ich unmöglich etwas Besseres vorhaben könnte.«

»Du hast, nehme ich an, viel Neues zu berichten.«

Er glaubte, in ihrer Stimme einen Ton von Furcht zu entdecken.

»Ja«, antwortete er.

»Nun, das mußt du mir heute abend erzählen. Auf Wiedersehen!«

Sie hängte ein. Es war charakteristisch für sie, daß sie so viele unnötige Stunden lang auf das warten konnte, was sie so unmittelbar anging. Für Bateman war dies wieder ein bewundernswürdiger Beweis ihrer Selbstbeherrschung.

Während des Abendessens, bei dem außer ihm und Isabel nur noch ihre Eltern zugegen waren, beobachtete er sie, wie sie die Unterhaltung in die Kanäle höflicher Plauderei leitete, und ihm fiel ein, daß eine Marquise sich in ebendieser Weise unter dem Schatten der Guillotine mit dem Kleinkram eines Tages befaßt hätte, dessen Abend sie nicht erleben sollte. Ihre feinen Züge, die aristokratische Kürze ihrer Oberlippe und ihr Reichtum an blondem Haar unterstützten noch den Gedanken an die

Marquise, und jedermann mußte erkennen, auch wenn er es nicht wußte, daß in ihren Adern bestes Chicagoer Blut floß. Das Speisezimmer war der passende Rahmen für ihre zartgliedrige Schönheit; denn Isabel hatte die Anregung gegeben, das Haus, die Kopie eines Palastes am Canal Grande zu Venedig, von einem englischen Experten im Louis-xv.-Stil einzurichten, und die elegante Dekoration, verknüpft mit dem Namen des amourösen Monarchen, erhöhte ihre Lieblichkeit und erhielt gleichzeitig von ihr einen tieferen Sinn. Denn Isabels Geist war wohl gerüstet, und ihre Konversation zwar leicht, aber nie geschwätzig. Sie sprach jetzt von dem Privatkonzert, das sie und ihre Mutter am Nachmittag besucht hatten, von der Vorlesung eines englischen Dichters im großen Auditorium, von der politischen Lage und von dem alten Meister, den ihr Vater vor kurzem für fünfzigtausend Dollar in New York erworben hatte. Es ermutigte Bateman, ihr zuzuhören. Er fühlte sich wieder in der zivilisierten Welt, im Zentrum von Kultur und Vornehmheit; und gewisse Stimmen, die ihn beunruhigten und gegen seinen Willen sich weigerten zu schweigen, wurden schließlich still in seinem Herzen.

»Ach«, sagte er, »es tut gut, wieder in Chicago zu sein!«

Endlich war das Abendessen vorüber, und als sie das Speisezimmer verließen, sagte Isabel zu ihrer Mutter:

»Ich gehe mit Bateman hinauf in mein Stübchen. Wir haben uns viel zu erzählen.«

»Sehr gut, meine Liebe«, erwiderte Mrs. Longstaffe. »Ihr werdet Vater und mich im Madame-Dubarry-Zimmer finden, wenn ihr fertig seid.«

Isabel führte den jungen Mann hinauf und in das Zimmer, an das sich für ihn so viele bezaubernde Erinnerungen knüpften. Obgleich er es gut kannte, vermochte er doch nicht den Ausruf des Entzückens zu unterdrücken, den es ihm jedesmal wieder entlockte. Mit einem Lächeln blickte sie umher.

»Ja, ich glaube, es ist gelungen«, sagte sie. »Die Hauptsache ist, daß nur echte Stücke darin sind. Du wirst keinen Aschenbecher finden, der nicht stilgerecht wäre.«

»Das ist es wohl, was es so wundervoll macht. Wie alles, was du tust, ist es im höchsten Grade echt.«

Sie setzten sich vor das Kaminfeuer, und Isabel schaute ihn mit ihren ruhigen, ernsten Augen an.

»Nun, was hast du mir zu sagen?« fragte sie.

»Ich weiß kaum, wie beginnen.«

»Kommt Edward Barnard zurück?«

»Nein.«

Ein langes Schweigen lag im Raum, ehe Bateman wieder sprach, und für beide war es angefüllt mit vielen Gedanken. Der Bericht der Geschichte, die er zu erzählen hatte, fiel ihm schwer, denn es gab darin Dinge, die für ihre empfindsamen Ohren so beleidigend waren, daß er es nicht über sich brachte, sie mitzuteilen; aber um ihr und auch sich selbst gerecht zu werden, mußte er ihr die volle Wahrheit sagen.

Das Ganze hatte vor langer Zeit begonnen, als er und Edward Barnard noch das College besuchten und Isabel Longstaffe bei einer Teegesellschaft begegneten, die gegeben wurde, um sie in die Gesellschaft einzuführen. Sie hatten sie gekannt, als sie noch ein Kind und die beiden langbeinige Knaben gewesen waren; doch dann hatte sie Jahre in Europa verbracht, um ihre Ausbildung zu vollenden, und als sie wiederkam, erneuerten sie die Bekanntschaft mit dem lieblich erblühten Mädchen voller Überraschung und Entzücken. Beide verliebten sich Hals über Kopf in sie, doch bemerkte Bateman rasch, daß sie nur für Edward Augen hatte, und begnügte sich als ergebener Freund mit der Rolle des Vertrauten. Er machte schlimme Augenblicke durch, doch konnte er nicht leugnen, daß Edward seines Glükkes würdig war, und besorgt, daß nichts die Freundschaft, die er so sehr schätzte, mindere, achtete er sorgfältig darauf, durch kein Anzeichen seine eigenen Gefühle zu verraten. Nach sechs Monaten war das schöne Paar verlobt. Da sie aber noch sehr jung waren, entschied Isabels Vater, daß sie erst nach Edwards Promotion heiraten sollten. Sie mußten also noch ein Jahr warten. Bateman dachte an den Winter, der der beschlossenen Heirat von Isabel und Edward vorausgegangen war, einen Winter der Bälle, Theaterbesuche und der Privateinladungen, bei denen er, der ständige Dritte, immer dabei war. Er liebte sie nicht weniger, weil sie bald seines Freundes Frau werden sollte; ihr Lächeln, ein fröhliches Wort, das sie ihm zuwarf, die vertrauten Gespräche über ihre Liebe hörten nicht auf, ihn zu entzükken. Und er beglückwünschte sich ein wenig selbstzufrieden, weil er sie um ihr Glück nicht beneidete. Dann ereignete sich ein Unglücksfall: eine große Bank ging fallit, auf der Börse entstand eine Panik, und Edward Barnards Vater mußte feststellen, daß er ruiniert war. Er kam eines Tages nach Hause, sagte seiner Frau, daß alles verloren sei, begab sich nach dem Abendessen in sein Studio und erschoß sich.

Eine Woche später erschien Edward Barnard mit müdem, bleichem Gesicht bei Isabel und bat sie, ihm sein Wort zurückzugeben. Ihre einzige Antwort bestand darin, ihn in die Arme zu schließen und in Tränen auszubrechen.

»Mach es mir nicht noch schwerer, Herz«, sagte er.

»Meinst du, ich könnte dich einfach weggehen lassen? Ich liebe dich.«

»Wie kann ich dich bitten, meine Frau zu werden? Die ganze Sache ist hoffnungslos. Dein Vater würde das niemals zulassen. Ich habe keinen Cent.«

»Was kümmert mich das? Ich liebe dich.«

Er besprach mit ihr seine Pläne. Er mußte sofort Geld verdienen, und George Braunschmidt, ein alter Freund der Familie, hatte ihm angeboten, ihn in sein eigenes Geschäft zu nehmen. Er war ein Südseekaufmann und hatte Niederlassungen auf den Inseln im Stillen Ozean. Deshalb schlug er Edward vor, auf ein oder zwei Jahre nach Tahiti zu gehen, wo er unter einem seiner besten Geschäftsführer die Einzelheiten des mannigfaltigen Betriebs erlernen sollte, und versprach dem jungen Mann nach Ablauf dieser Zeit eine Stellung in Chicago. Es war dies eine wundervolle Gelegenheit, und als er mit seinen Ausführungen zu Ende war, lächelte Isabel wieder wie die Sonne.

»Du böser Junge, warum hast du versucht, mich unglücklich zu machen?«

Sein Gesicht leuchtete auf, und seine Augen blitzten.

»Isabel, du willst doch nicht damit sagen, daß du auf mich warten wirst?«

»Glaubst du, du seist es nicht wert?« fragte sie lächelnd.

»Ach, mach dich nicht lustig über mich! Ich flehe dich an, sei ernst! Es kann sich um zwei Jahre handeln.«

»Habe keine Angst, Edward. Ich liebe dich. Wenn du zurückkommst, werde ich dich heiraten.«

Edwards Prinzipal war ein Mann, der keinen Aufschub liebte. Er teilte ihm mit, daß er, wollte er den angebotenen Posten übernehmen, sich in einer Woche in San Francisco einschiffen müsse. Edward verbrachte den letzten Abend bei Isabel. Nach dem Essen sagte Mr. Longstaffe, er wolle noch ein Wort mit Edward sprechen, und nahm ihn mit ins Rauchzimmer. Mr. Longstaffe hatte das Projekt, von dem er durch seine Tochter in Kenntnis gesetzt worden war, in seiner freundlichen Art gutgeheißen, und Edward konnte nicht ahnen, was für geheimnisvolle Mitteilungen er ihm jetzt zu machen hatte. Er war nicht wenig bestürzt, als er sah, daß sein Gastgeber verlegen wurde und sogar stotterte. Erst sprach er von belanglosen Dingen, aber schließlich fiel er mit der Tür ins Haus.

»Ich nehme an, du hast von Arnold Jackson gehört«, sagte er und schaute Edward stirnrunzelnd an.

Edward zögerte. Doch seine angeborene Ehrlichkeit zwang ihn, ein Wissen zuzugeben, das zu verneinen er gerne imstande gewesen wäre.

»Ja. Aber das war vor langer Zeit. Ich erinnere mich nicht mehr genau daran.«

»Es gibt nicht viele Leute in Chicago, die nichts von Arnold Jackson gehört haben«, sagte Mr. Longstaffe bitter, »und wenn, so werden sie ohne Schwierigkeiten jemanden finden, der ihnen gerne etwas von ihm erzählt. Weißt du eigentlich, daß er Mrs. Longstaffes Bruder ist?«

»Ja.«

»Natürlich haben wir seit Jahren keine Verbindung mehr mit ihm. Er verließ das Land, sobald er dazu imstande war. Man hat uns gesagt, er lebe auf Tahiti. Ich möchte dir raten, ihm weit aus dem Weg zu gehen, doch solltest du etwas von ihm hören, so wären Mrs. Longstaffe und ich sehr froh, du würdest es uns wissen lassen.«

»Gewiß.«

»Das war es, was ich dir sagen wollte. Nun denke ich, du möchtest sicher gerne wieder mit den Damen beisammen sein.«

Es gibt nur wenige Familien ohne ein Mitglied, das sie, wenn es der liebe Nachbar gestattete, gerne vergäßen, und sie können sich glücklich preisen, wenn im Laufe von ein oder zwei Generationen seine Streiche einen gewissen romantischen Glanz annehmen. Ist jedoch dieses Mitglied ein Zeitgenosse und sind seine Eigentümlichkeiten nicht abgetan mit einer Phrase wie: »Er ist nur sein eigener Feind« – ein guter Satz, wenn der Schuldige sich nicht schlimmer vergangen hat, als dem

Alkoholismus oder der Abenteuerei zu frönen –, dann ist es besser zu schweigen. Und eben dies taten die Longstaffes in bezug auf Arnold Jackson. Nie sprachen sie von ihm. Sie gingen nicht einmal durch die Straße, in der er gewohnt hatte. In ihrer Güte ließen sie natürlich weder seine Frau noch die Kinder unter seinen Missetaten leiden, sie unterstützten sie jahrelang, allerdings unter der Bedingung, daß sie nach Europa zogen. So taten sie alles, die Erinnerung an Arnold Jackson auszulöschen, und waren sich doch der Tatsache bewußt, daß die Geschichte so frisch im Gedächtnis der Allgemeinheit lebte wie an dem Tag, da der Skandal vor der starr staunenden Welt offenbar geworden war. Arnold Jackson war ein so schwarzes Schaf, wie kaum eine Familie es ertragen konnte. Ein wohlhabender Bankier, ein vorbildliches Kirchenmitglied, Philanthrop, ein Mann, der von allen hochgeachtet wurde, nicht nur seiner Beziehungen (in seinen Adern rann Chicagos blauestes Blut), sondern auch seines aufrechten Charakters wegen, wurde eines Tages wegen Unterschlagung verhaftet; und der Verstoß gegen die Ehrlichkeit, den die Verhandlung ans Licht brachte, war nicht einer, der mit ›plötzlicher Versuchung‹ erklärt werden konnte. Arnold Jackson hatte die Tat vorsätzlich und systematisch begangen. Er war ein Verbrecher. Nach seiner Verurteilung zu sieben Jahren Zuchthaus gab es nur wenige, die nicht fanden, daß er glimpflich davongekommen sei.

Als sich die Liebenden am Ende dieses letzten Abends trennten, geschah dies unter vielen Beteuerungen ihrer Zuneigung. Isabel, in Tränen aufgelöst, tröstete sich an dem Gedanken, daß ihr Edwards leidenschaftliche Liebe sicher war. Ein seltsames Gefühl beschlich sie. Es machte sie elend, sich von ihm zu trennen, und doch war sie gleichzeitig glücklich, weil er sie anbetete.

Dies alles war mehr als zwei Jahre her.

Er hatte ihr seitdem bei jeder Gelegenheit geschrieben, vierundzwanzig Briefe alles in allem, denn das Postschiff ging nur einmal im Monat, und seine Episteln waren genauso, wie Liebesbriefe zu sein hatten, intim und bezaubernd, manchmal humorvoll, besonders die späteren, und zärtlich. Zuerst ließen sie durchblicken, daß er Heimweh hatte, sie waren voller Verlangen, zurückzukommen nach Chicago und zu Isabel. Und etwas ängstlich schrieb sie ihm und bat ihn, durchzuhalten.

Sie fürchtete, er könne seine schöne Gelegenheit einfach hinwerfen und zu ihr zurückeilen. Aber sie wollte nicht, daß ihr Erkorener der Ausdauer ermangle, und in einem Brief zitierte sie diese Zeilen:

»Ich könnt' dich lieben nicht so sehr,
Liebt' ich die Ehr' nicht mehr.«

Doch allmählich schien er sich einzugewöhnen, und es machte Isabel sehr glücklich, zu beobachten, wie er sich immer mehr daran begeisterte, in diesem verlassenen Erdenwinkel amerikanische Methoden einzuführen. Aber sie kannte ihn, und nach einem Jahr, der kürzesten Lehrzeit in Tahiti, erwartete sie, ihren gesamten Einfluß aufbieten zu müssen, um ihn vom Heimkommen abzuhalten. Es war viel besser für ihn, das Geschäft gründlich zu erlernen, und da sie imstande gewesen waren, ein Jahr lang zu warten, gab es keinen Grund, warum sie das nicht auch noch ein zweites Mal aushalten sollten. Sie besprach sich darüber mit Bateman Hunter, dem stets großmütigsten aller Freunde (in den ersten Tagen nach Edwards Abreise hätte sie ohne ihn nicht gewußt, was tun), und sie kamen zu dem Resultat, daß Edwards Zukunft allem anderen vorgehe. Und als er auch in seinen nächsten Briefen keinen Vorschlag zum Heimkommen machte, atmeten sie erleichtert auf.

»Er ist herrlich, findest du nicht?« fragte sie Bateman begeistert.

»Makellos, durch und durch.«

»Wenn ich zwischen den Zeilen lese, weiß ich, daß er ungern drüben ist, aber er hält durch, weil . . .«

Sie errötete ein wenig, und Bateman mit jenem ernsten Lächeln, das ihn so anziehend machte, beendete den Satz für sie:

»Weil er dich liebt.«

»Ich fühle mich so gering neben ihm«, sagte sie.

»Du bist wunderbar, Isabel, einfach wunderbar.«

Aber das zweite Jahr verging, allmonatlich erhielt Isabel ihren Brief von Edward, und langsam wirkte es ein wenig seltsam, daß er nie von seiner Heimkunft sprach. Er schrieb so, als habe er sich für ständig in Tahiti niedergelassen, und was schlimmer war, anscheinend sehr zu seinem Behagen. Sie war überrascht. Dann las sie seine Briefe durch, und zwar alle, und als sie nun wirklich zwischen den Zeilen las, war sie verblüfft, eine Wandlung zu bemerken, die ihr bisher entgangen war. Die letzten Briefe waren so zärtlich und reizend wie die ersten, aber der Ton war ein anderer. Der Humor darin kam ihr leicht verdächtig vor, sie beargwöhnte ihn mit dem instinktiven Mißtrauen ihres Geschlechts und gewahrte in ihm eine Geschwätzigkeit, die sie bestürzte. Sie war nun nicht ganz sicher, ob dieser Edward, der ihr schrieb, der gleiche war, den sie gekannt hatte. Eines Nachmittags, am Tage nach der Ankunft der Post aus Tahiti, als sie mit Bateman ausfuhr, fragte er sie:

»Hat Edward dir schon mitgeteilt, wann er sich einschifft?«

»Nein, er hat nichts davon erwähnt. Ich dachte, er habe vielleicht in seinem Brief an dich etwas darüber geäußert.«

»Nicht ein Wort.«

»Du weißt, wie Edward ist«, sagte sie lachend. »Er hat überhaupt keinen Zeitbegriff. Wenn du ihm wieder schreibst und daran denken solltest, dann frage ihn doch, wann er heimzukommen gedenkt.«

Sie sprach so unbekümmert, daß nur Batemans wache Empfindsamkeit aus ihrer Bitte einen drängenden Wunsch vernehmen konnte. Er lachte leichthin.

»Ja, ich werde ihn fragen. Ich kann mir nicht vorstellen, wie er darüber denkt.«

Als sie ihn ein paar Tage später wieder traf, bemerkte sie, daß ihn etwas beunruhigte. Sie waren sehr häufig beisammen gewesen, seit Edward Chicago verlassen hatte; sie liebten ihn beide, und jeder fand in seinem Wunsch, von dem Abwesenden zu sprechen, im andern einen willigen Zuhörer. Die Folge war, daß Isabel jeden Ausdruck in Batemans Gesicht kannte und daß sein Leugnen vor ihrem sicheren Instinkt nicht standhielt. Sie ruhte erst, als er ihr alles gebeichtet hatte.

»Nun, es ist so«, sagte er endlich, »ich habe durch Hinundherfragen erfahren, daß Edward nicht mehr bei Braunschmidt & Co. arbeitet, und gestern habe ich die Gelegenheit ergriffen und Mr. Braunschmidt selbst gefragt.«

»Und?«

»Edward hat seine Stellung schon vor fast einem Jahr aufgegeben.«

»Wie seltsam, daß er nie etwas davon gesagt hat!«

Bateman zögerte, aber da er nun schon so weit gegangen war, fühlte er sich verpflichtet, auch noch das übrige zu berichten.

»Er wurde entlassen.«

»Aber um Himmels willen, weshalb denn?«

»Es stellte sich heraus, daß man ihn ein- oder zweimal gewarnt hatte und schließlich gezwungen war, ihm den Laufpaß zu geben, wegen Faulheit und Unfähigkeit.«

»Edward?«

Sie schwiegen eine Zeitlang, dann sah er, daß Isabel weinte. Instinktiv ergriff er ihre Hand.

»Oh, meine Liebe, nicht, nicht! Ich kann dich nicht weinen sehen.«

Sie war so niedergeschlagen, daß sie ihre Hand in der seinen ließ.

Er versuchte sie zu trösten.

»Es ist unbegreiflich, nicht wahr? Es klingt so gar nicht nach Edward. Ich kann mir nicht helfen, ich habe das Gefühl, daß da ein Irrtum vorliegen muß.«

»Ist dir irgend etwas Merkwürdiges in seinen letzten Briefen aufgefallen?« fragte sie und schaute, die Augen voller Tränen, abseits.

Er wußte nicht so recht, was er antworten sollte.

»Ich habe wohl eine Veränderung bemerkt«, gestand er schließlich. »Mir scheint, er hat etwas von dem hohen Ernst verloren, den ich immer so sehr an ihm bewundert habe. Man hat fast den Eindruck, daß die wesentlichen Dinge ihm – nun, ihm nicht mehr wesentlich sind.«

Isabel sagte nichts darauf. Sie fühlte sich ein wenig unsicher.

»Vielleicht wird er in seiner Antwort auf deinen Brief sagen, wann er zurückkommt. Wir können nichts anderes tun, als darauf warten.«

Ein weiterer Brief von Edward für jeden von ihnen kam, und wieder sprach er kein Wort von seiner Rückkehr; doch als er ihn geschrieben hatte, konnte er Batemans Anfrage noch nicht erhalten haben. Sicher sollte die nächste Post Aufklärung bringen. Die nächste Post kam, und Bateman brachte Isabel den Brief, den er erhalten hatte, doch ein einziger Blick in sein Gesicht sagte ihr, daß er völlig außer Fassung war. Sie las das Schreiben sorgfältig einmal durch und dann mit leicht zusammengezogenen Lippen ein zweites Mal.

»Das ist ein höchst seltsamer Brief«, sagte sie. »Ich verstehe ihn nicht ganz.«

»Man könnte fast denken, er will mich zum besten halten«, entgegnete Bateman errötend.

»Es hört sich so an, aber das war sicher nicht seine Absicht. Es sieht Edward so gar nicht ähnlich.«

»Er sagt nichts vom Zurückkommen.«

»Wenn ich nicht seiner Liebe so voll vertraute, könnte ich denken ... Ich weiß wirklich nicht, was ich denken könnte.«

Jetzt war der Augenblick, da Bateman offen von dem Plan sprach, der sich in seinem Kopf geformt hatte. Die Firma, die sein Vater gegründet hatte und in der er jetzt Teilhaber war, trug sich mit dem Gedanken, Filialen in Honolulu, Sydney und Wellington aufzumachen, und Bateman schlug vor, an Stelle des vorgesehenen Geschäftsführers hinzufahren. Er konnte über Tahiti zurückkommen, es war sogar, wenn er von Wellington abfuhr, unvermeidlich, und so sah er die Möglichkeit, Edward aufzusuchen.

»Es gibt da irgendein Geheimnis, und ich will das unbedingt lüften. Und dies ist die einzige Möglichkeit dazu.«

»Oh, Bateman, das wäre außerordentlich lieb und gut von dir!« rief Isabel aus.

»Du weißt, daß ich nichts auf der Welt dringender wünsche als dein Glück, Isabel.«

Sie schaute ihn an und reichte ihm beide Hände.

»Du bist ein herrlicher Freund, Bateman. Ich wußte nicht, daß es so etwas auf der Welt gibt. Wie kann ich dir dies jemals danken?«

»Ich will keinen Dank von dir, nur die Erlaubnis, dir helfen zu dürfen.«

Sie senkte die Augen und errötete ein wenig. Sie war so an ihn gewöhnt, daß sie ganz vergessen hatte, wie stattlich er war. Ebenso groß wie Edward und ebenso gut gewachsen, war er dunkelhaarig und hatte ein blasses Gesicht, während das von Edward rotwangig war. Natürlich wußte sie, daß er sie liebte. Das rührte sie, und sie empfand eine große Zärtlichkeit für ihn.

Und von dieser Reise war Bateman Hunter soeben zurückgekehrt.

Der geschäftliche Teil derselben hielt ihn länger auf, als er erwartet hatte, und er hatte viel Zeit, an seine beiden Freunde zu denken. Er war mit sich übereingekommen, daß es nichts Ernstliches sein konnte, das Edward vom Heimkommen abhielt, eine Art Stolz vielleicht, die ihn veranlaßte, etwas Besonderes zu leisten, ehe er sich würdig fühlte, die Braut seiner Wahl heimzuführen, aber dies war ein Stolz, den man ihm ausreden mußte, denn Isabel war unglücklich. Edward hatte sofort mit ihm nach Chicago zurückzukommen und Isabel möglichst bald zu heiraten. Eine Stellung konnte leicht für ihn in der Hunterschen Motoren- und Automobilgesellschaft gefunden werden. Bateman frohlockte mit blutendem Herzen über die Aussicht, den beiden Menschen, die er auf der Welt am meisten liebte, auf Kosten des eigenen Glückes zu dem ihren zu verhelfen. Er selbst wollte nicht heiraten, sondern Pate stehen bei den Kindern von Edward und Isabel und viele Jahre später nach dem Tod der beiden der Tochter Isabels erzählen, daß er vor langer, langer Zeit ihre Mutter geliebt habe. Batemans Augen verschleierten sich, als er sich diese Szene ausmalte.

Da er Edward überraschen wollte, teilte er ihm seine Ankunft nicht telegraphisch mit, und als er auf Tahiti landete, gestattete er einem Jüngling, der sagte, er sei der Sohn des Hauses, ihn ins Hotel de la Fleur zu führen. Er lachte heimlich beim Gedanken an das Staunen seines Freundes, wenn er, der unerwartetste aller Besucher, plötzlich zur Tür hereinkäme.

»Übrigens«, fragte er, als sie zum Hotel gingen, »können Sie mir sagen, wo ich Mr. Edward Barnard finden werde?«

»Barnard?« überlegte der Jüngling. »Der Name kommt mir bekannt vor.«

»Er ist Amerikaner, ein großer Mensch mit hellbraunem Haar und blauen Augen. Er ist schon über zwei Jahre lang hier.«

»Ach, natürlich, jetzt weiß ich, wen Sie meinen, Mr. Jacksons Neffen.«

»Der Neffe von wem?«

»Von Mr. Arnold Jackson.«

»Ich glaube nicht, daß wir von dem gleichen Herrn sprechen«, sagte Bateman kühl.

Er war bestürzt. Es kam ihm seltsam vor, daß Arnold Jackson, der allen und jedem bekannt war, hier unter diesem unseligen, an sein Vergehen gebundenen Namen lebte. Wer aber das sein konnte, den er für seinen Neffen ausgab, war Bateman ein vollkommenes Rätsel. Mrs. Longstaffe war Arnold Jacksons einzige Schwester, und einen Bruder hatte er nie gehabt. Der junge Mann neben ihm sprach ein geläufiges Englisch, dem aber doch ein fremder Tonfall eigen war, und Bateman erspähte mit einem Seitenblick, was er vorher gar nicht bemerkt hatte, daß er einen guten Schuß Eingeborenenblut haben mußte. Unwillkürlich bekam Batemans Verhalten einen Anflug von Hochmut. Sie erreichten das Hotel. Als Bateman ein Zimmer genommen hatte, bat er um Angabe, wo das Haus von Braunschmidt & Co. zu finden sei. Es lag an der Meereszunge, wie er erfuhr, und froh, nach achttägiger Seefahrt wieder festen Boden unter den Füßen zu spüren, schlenderte er den sonnigen Weg am Rande des Wassers entlang. Als er das gesuchte Haus gefunden hatte, ließ er dem Geschäftsführer seine Karte übergeben und wurde durch einen luftigen, scheunengleichen Raum, halb Laden, halb Lager, zu einem Büro geführt, in dem ein untersetzter, bebrillter, kahlköpfiger Mann saß.

»Können Sie mir sagen, wo ich Mr. Edward Barnard finden kann? Ich hörte, er habe einige Zeit in Ihrem Hause gearbeitet.«

»Das stimmt. Aber ich weiß nicht, wo er jetzt ist.«

»Ich dachte, er kam mit einer besonderen Empfehlung von Mr. Braunschmidt hierher. Ich kenne Mr. Braunschmidt sehr gut.«

Der feiste Mann schaute Bateman mit schlauen, mißtrauischen Augen an. Dann rief er einem Lehrjungen im Lager zu:

»Sag, Henry, weißt du, wo Barnard jetzt ist?«

»Er arbeitet bei Cameron, glaube ich«, kam von irgend jemandem die Antwort, der sich nicht einmal die Mühe machte, näher zu kommen.

Der Dicke nickte.

»Wenn Sie von hier aus nach links umbiegen, stoßen Sie nach drei Minuten auf Cameron.«

Bateman zögerte.

»Ich glaube, ich muß Ihnen sagen, daß Edward Barnard mein bester Freund ist. Ich war aufs höchste erstaunt, als ich hörte, daß er Braunschmidt & Co. verlassen hat.«

Die Augen des Dicken zogen sich zusammen, bis sie wie Stecknadelköpfe aussahen, und ihr forschender Blick machte Bateman so unsicher, daß er errötete.

»Ich glaube, Braunschmidt & Co. und Edward Barnard schauten verschiedene Dinge nicht mit gleichen Augen an«, entgegnete er.

Bateman gefielen die Manieren dieses Mannes gar nicht, deshalb stand er nicht ohne Würde auf und verabschiedete sich mit der Bitte, die Störung zu verzeihen, höflich von ihm. Er verließ das Haus mit dem seltsamen Gefühl, der Mann, den er soeben gefragt hatte, könne ihm viel erzählen, habe aber sichtlich nicht die Absicht, es zu tun. Er ging in die angegebene Richtung und befand sich bald vor Camerons Haus. Es war einer der Kaufläden, wie man sie hier zu Dutzenden antraf, und der erste Mensch, den er sah, wie er hemdsärmelig dabei war, ein Stück groben Baumwollstoffs abzumessen, war Edward. Es gab ihm einen Stich, ihn mit so einer minderen Arbeit beschäftigt zu sehen. Aber er war kaum eingetreten, als Edward aufschaute, ihn erblickte und einen überraschten Freudenausruf von sich gab.

»Bateman! Wer hätte je gedacht, dich hier zu sehen!«

Er streckte ihm den Arm über den Ladentisch hinweg entgegen und drückte seine Hand. Keinerlei Gehemmtheit lag in seinem Betragen, und die Verlegenheit war ganz und gar auf Batemans Seite.

»Warte nur einen Augenblick, bis ich dieses Paket gemacht habe.«

Mit völliger Sicherheit ließ er die Schere durch den Stoff laufen, den er dann faltete, einpackte und ihn dem dunkelhäutigen Kunden reichte.

»An der Kasse zu zahlen, bitte!«

Dann wandte er sich lächelnd und mit strahlenden Augen Bateman zu.

»Wie bist du denn hierhergekommen? Mein Gott, wie ich mich freue, dich zu sehen! Setze dich, mein Alter, mach es dir bequem.«

»Hier können wir nicht sprechen. Komm mit mir in mein Hotel. Kannst du so einfach von hier weggehen?« fügte er etwas ängstlich hinzu.

»Natürlich kann ich weggehen. So sehr geschäftsmäßig geht es hier in Tahiti nicht zu.« Er rief dem Chinesen, der hinter dem gegenüberliegenden Ladentisch stand, zu: »Ah-Ling, wenn der Chef kommt, sage ihm, ein Freund von mir sei soeben von Amerika hier angelangt, und ich sei mit ihm auf einen Schluck fortgegangen.«

»Ganz recht«, erwiderte der Chinese mit einem Grinsen.

Edward schlüpfte in eine Jacke und ging, indem er den Hut aufsetzte, mit Bateman zusammen aus dem Laden. Bateman versuchte, die Sache von der scherzhaften Seite her anzupacken.

»Ich habe nicht erwartet, dich dabei anzutreffen, wie du einem schmutzigen Nigger dreieinhalb Meter Baumwolle verkaufst«, sagte er lachend.

»Braunschmidt hat mich hinausgeworfen, weißt du, und ich dachte, dies ist so gut wie irgend etwas anderes.«

Edwards Aufrichtigkeit machte auf Bateman einen seltsamen Eindruck, doch fand er es indiskret, weiter auf dieses Thema einzugehen.

»Ich nehme an, daß du es dort, wo du jetzt bist, nicht zum Millionär bringen wirst«, sagte er ein wenig trocken.

»Ich glaube nicht. Aber ich verdiene genug, um Seele und Leib zusammenzuhalten, und damit bin ich vollauf zufrieden.«

»Vor zwei Jahren wärest du es nicht gewesen.«

»Wir werden weiser, wenn wir älter werden«, erwiderte Edward vergnügt.

Bateman streifte ihn mit einem Blick. Edward trug einen schäbigen weißen, nicht allzu sauberen Leinenanzug und den breiten Strohhut wie die Einheimischen. Er war magerer als früher, tiefbraun gebrannt von der Sonne und sah bestimmt besser aus denn je. Aber es war etwas in seiner Erscheinung, das Bateman verwirrte. Wie er so dahinging, zeigte er eine neue Munterkeit, eine Sorglosigkeit war in seiner Haltung, eine Fröhlichkeit über nichts im besonderen, die Bateman nicht eigentlich tadeln konnte, die ihn aber aufs äußerste befremdete.

›Der Teufel soll mich holen, wenn ich weiß, warum er so unheimlich vergnügt ist!‹ dachte Bateman für sich.

Sie kamen zum Hotel und setzten sich auf die Terrasse. Ein Chinese brachte ihnen Cocktails. Edward war höchst begierig, alles Neue aus Chicago zu erfahren, und bombardierte seinen Freund mit lebhaften Fragen. Sein Interesse war natürlich und aufrichtig. Doch das Seltsame war, daß es über eine Unzahl von Menschen und Dingen gleich verteilt zu sein schien. Er war ebenso begierig, zu erfahren, wie es Batemans Vater ginge, wie zu hören, was Isabel mache. Er sprach von ihr ohne die geringste Spur von Verlegenheit, aber sie hätte ebensogut seine Schwester und nicht seine Braut sein können. Und noch ehe Bateman den genauen Sinn von Edwards Bemerkungen hatte analysieren können, war das Gespräch bereits auf seine eigene Arbeit und die Baulichkeiten, die Mr. Hunter inzwischen hatte errichten lassen, übergesprungen. Er war entschlossen, die Unterhaltung wieder auf Isabel zurückzuführen, und suchte soeben nach einer Gelegenheit dazu, als er sah, daß Edward jemandem freundschaftlich zuwinkte. Ein Mann kam zu ihnen auf die Terrasse, aber Bateman hatte ihm den Rücken zugewandt und konnte ihn nicht sehen.

»Komm her und setze dich zu uns!« rief Edard ihm heiter entgegen.

Der Ankömmling trat näher. Er war ein großer, schlanker Mensch in weißem Leinen mit gutgeschnittenem Gesicht und lockigem weißem Haar. Sein Gesicht mit der großen gebogenen Nase und dem schönen, ausdrucksvollen Mund war ebenfalls lang und schmal.

»Das ist mein alter Freund Bateman Hunter. Ich habe dir von ihm erzählt«, sagte Edward, ein ständiges Lächeln auf den Lippen.

»Ich freue mich, Sie zu sehen, Mr. Hunter. Ich habe Ihren Vater gut gekannt.«

Der Fremde reichte ihm die Hand hin und nahm die des jungen Mannes mit festem, freundlichem Griff. Erst dann erwähnte Edward den Namen des anderen.

»Mr. Arnold Jackson.«

Bateman erbleichte und fühlte, wie seine Hände kalt wurden. Dies also war der Betrüger, der Zuchthäusler, dies war Isabels Onkel. Er wußte nicht, was er sagen sollte, und versuchte, seine Unsicherheit zu verbergen.

Arnold Jackson schaute ihn mit blinkenden Augen an.

»Ich nehme an, mein Name ist Ihnen nicht unbekannt.«

Wieder wußte Bateman nicht, was er tun, was er antworten sollte, und was ihn noch unsicherer machte, war die Tatsache, daß die beiden, Jackson und Edward, sich darüber zu belustigen schienen. Es war schon schlimm genug, ihm die Bekanntschaft mit einem Manne aufzuzwingen, die er lieber vermieden hätte, aber schlimmer war die Entdeckung, daß man sich über ihn lustig machte. Doch war dies vielleicht ein voreiliger Schluß, denn Jackson fügte ohne Pause hinzu:

»Wie ich hörte, sind Sie sehr befreundet mit den Longstaffes. Mrs. Longstaffe ist meine Schwester.«

Nun fragte sich Bateman, ob Jackson vielleicht glaube, er wisse nichts von dem scheußlichsten Skandal, den Chicago je gekannt hatte. Jackson legte jetzt die Hand auf Edwards Schulter.

»Ich kann mich nicht zu euch setzen, Teddy«, sagte er. »Ich habe zu tun. Aber kommt doch beide heute abend zu mir, wir essen zusammen.«

»Großartige Idee«, sagte Edward.

»Das ist sehr freundlich von Ihnen, Mr. Jackson«, erwiderte Bateman eisig, »aber ich bin nur sehr kurz hier. Mein Schiff geht morgen ab, Sie verstehen. Ich glaube, Sie werden mir verzeihen, wenn ich nicht komme.«

»Ach, Unsinn! Ich gebe euch ein Original-Tahiti-Essen. Meine Frau ist eine wunderbare Köchin. Teddy wird Ihnen den Weg zeigen. Kommt so, daß ihr den Sonnenuntergang seht. Ihr könnt auch bei mir übernachten, wenn ihr wollt.«

»Natürlich kommen wir«, antwortete Edward. »An Abenden, wenn ein Schiff anlangt, ist immer ein Höllenlärm im Hotel, und in seinem Bungalow können wir uns richtig aussprechen.«

»Ich kann Sie nicht entlassen, Mr. Hunter«, fuhr Jackson mit der größten Herzlichkeit fort. »Ich will alles über Chicago und Mary hören.«

Er nickte ihnen zu und ging weg, noch ehe Bateman ein Wort erwidern konnte.

»Wir in Tahiti nehmen keine Absage an«, sagte Edward. »Übrigens wirst du das beste Essen kennenlernen, das man auf dieser Insel bekommen kann.«

»Was meinte er damit, als er sagte, seine Frau sei eine gute Köchin? Ich weiß zufällig, daß seine Frau in Genf ist.«

»Das ist ziemlich weit weg für eine Frau, oder?« entgegnete Edward. »Und es ist auch schon lange her, seit er sie zuletzt gesehen hat. Es ist eben eine andere Frau, von der er gesprochen hat.«

Bateman schwieg eine Zeitlang. Sein Gesicht lag in ernsten Falten.

Doch als er aufschaute, erhaschte er Edwards belustigten Blick und errötete tief.

»Arnold Jackson ist ein übler Betrüger«, sagte er.

»Ich fürchte, das stimmt«, antwortete Edward lächelnd.

»Ich verstehe nicht, wie ein anständiger Mensch etwas mit ihm zu tun haben kann.«

»Vielleicht bin ich kein anständiger Mensch.«

»Bist du häufig mit ihm zusammen, Edward?«

»Oh, ja, sehr oft. Er hat mich als Neffen adoptiert.«

Bateman beugte sich vor und schaute Edward mit forschenden Augen an.

»Gefällt er dir?«

»Sehr sogar.«

»Aber weißt du denn nicht, weiß denn nicht jedermann, daß er ein Betrüger ist und im Zuchthaus war? Er sollte aus jeder zivilisierten Gesellschaft verjagt werden.«

Edward schaute einem Rauchring nach, der von seiner Zigarette in die stille, duftende Luft entschwebte.

»Ich nehme an, er ist ein recht unentschuldbarer Gauner«, sagte er schließlich, »und ich kann mir nicht einmal schmeicheln, daß irgendwelche Reue über seine Missetaten einen veranlassen könnte, ihm zu verzeihen. Er war ein Schwindler und ein Heuchler. Das ist nicht zu leugnen. Aber ich habe niemals einen sympathischeren Menschen kennengelernt. Er hat mich alles gelehrt, was ich weiß.«

»Was hat er dich gelehrt?« rief Bateman voller Staunen.

»Zu leben.«

Bateman brach in ironisches Gelächter aus.

»Ein feiner Meister! Hat man es seinem Unterricht zu verdanken, daß du dir die Chance, ein Vermögen zu erwerben, verscherzt hast und durch Bedienen hinter dem Ladentisch in einem Zehncentgeschäft deinen Lebensunterhalt verdienst?«

»Er ist eine große Persönlichkeit«, sagte Edward mit einem guten Lächeln. »Vielleicht kannst du heute abend einsehen, was ich meine.«

»Ich werde nicht bei ihm zu Abend essen, wenn du davon sprechen solltest. Nichts kann mich veranlassen, meinen Fuß über die Schwelle seines Hauses zu setzen.«

»Tu mir den Gefallen und komme mit, Bateman. Wir sind seit so vielen Jahren befreundet, und du wirst mir doch nicht eine Bitte abschlagen, die ich an dich richte.«

In Edwards Stimme lag etwas, das Bateman neu war. Ihre Sanftheit war von unwiderstehlicher Überzeugungskraft.

»Wenn du es so sagst, Edward, bin ich ja gezwungen zu kommen«, sagte er lächelnd.

Außerdem überlegte Bateman, daß es natürlich sehr gut sei, soviel wie möglich über Arnold Jackson zu erfahren. Es war klar, daß er großen Einfluß auf Edward hatte, und wenn dieser Einfluß bekämpft werden sollte, mußte man herausfinden, worin er bestand. Je mehr er mit Edward sprach, desto deutlicher wurde ihm die Wandlung, die in seinem Freund stattgefunden hatte. Sein Instinkt sagte ihm, daß er vorsichtig zu Werke gehen müsse, und er faßte den Entschluß, den eigentlichen Anlaß seines Besuches erst nach deutlicherer Fühlungnahme wieder zu berühren. Deshalb fing er an, von tausenderlei Dingen zu sprechen, von seiner Reise und was er durch sie erreicht hatte, von der Politik in Chicago, von diesem und jenem gemeinsamen Freund und von den einstigen Tagen auf dem College.

Schließlich sagte Edward, er müsse wieder an seine Arbeit gehen, und schlug vor, Bateman um fünf Uhr abzuholen, um mit ihm hinauszufahren zu Arnold Jacksons Haus.

»Übrigens dachte ich, du würdest vielleicht in diesem Hotel wohnen«, sagte Bateman, als er mit Edward die Terrasse verließ und durch den Garten schlenderte. »Ich hörte, es sei das einzig anständige hier.«

»Ich?« lachte Edward. »Das ist viel zu großartig für mich. Ich habe ein Zimmer außerhalb des Ortes gemietet, es ist sauber und billig.«

»Wenn ich mich recht entsinne, waren dies nicht die Punkte, die dir am wichtigsten erschienen, als du noch in Chicago lebtest.«

»Chicago!«

»Ich weiß nicht, was du damit sagen willst, Edward. Es ist die großartigste Stadt der Welt.«

»Ich weiß«, erwiderte Edward.

Bateman schaute ihn rasch an, aber sein Gesicht war unergründlich.

»Wann kommst du wieder dorthin zurück?«

»Das frage ich mich oft«, sagte Edward lächelnd.

Diese Antwort und die Art, wie sie gegeben wurde, machten Bateman stutzig, aber ehe er um eine Erklärung bitten konnte, hatte Edward bereits einem Mischling gewinkt, der ein Taxi lenkte.

»Nimm mich ein Stück weit mit, Charlie«, sagte er.

Er nickte Bateman zu und rannte dem Wagen nach, der ein paar Meter weiter angehalten hatte. Bateman blieb zurück und hatte eine Menge von einander widersprechenden Eindrücken zusammenzufassen.

In einem klapprigen Vehikel, das von einer alten Stute gezogen wurde, holte Edward seinen Freund ab und fuhr ihn über eine Straße, die am Meer entlangführte. Zu beiden Seiten lagen Plantagen, Kokosnüsse und Vanille, und hier und da sahen sie einen großen Mangobaum, dessen Früchte gelb, rot und violett aus dem massigen Grün der Blätter lugten. Ab und zu konnten sie einen Blick auf die Lagune werfen, die mit ihren palmenbewachsenen graziösen Inselchen glatt und blau dalag. Arnold Jacksons Haus stand auf einem Hügel, und da nur ein schmaler Pfad dort hinführte, schirrten sie die Stute aus, machten sie an einem Baum fest und ließen den Wagen am Rande der Straße stehen. Für Bateman war das eine recht unbekümmerte Art, mit Dingen umzugehen. Als sie zum Haus hinaufkamen, wurden sie von einer großen, stattlichen, nicht mehr jungen Eingeborenen empfangen, der Edward herzlich die Hand drückte. Dann stellte er ihr Bateman vor.

»Dies ist mein Freund, Mr. Hunter. Wir sollen bei euch zu Abend essen, Lavinia.«

»Sehr gut«, sagte sie mit einem raschen Lächeln. »Arnold ist noch nicht zurück.«

»Wir gehen hinunter und baden. Gib uns zwei *Pareos*.«

Die Frau nickte und verschwand im Haus.

»Wer ist das?« fragte Bateman.

»Oh, das ist Lavinia, Arnolds Frau.«

Bateman preßte die Lippen zusammen und schwieg. Einen Augenblick später kehrte die Frau mit einem Bündel zurück, das sie Edward reichte. Die beiden Männer kletterten einen steilen Pfad hinunter zu einem Kokospalmenhain am Strand. Sie zogen sich aus, und Edward zeigte seinem Freund, wie man einen Streifen roten Baumwollstoffes, *Pareo* genannt, zu einem hübschen Badekostüm verknoten konnte. Bald planschten sie in dem warmen, seichten Wasser. Edward war in bester Laune. Er lachte und schrie und sang und benahm sich wie ein Fünfzehnjähriger. Bateman hatte ihn noch nie so fröhlich gesehen. Als sie später am Strand lagen und den Zigarettenrauch in die klare Luft bliesen, ging eine so unwiderstehliche Lebensfreude von ihm aus, daß Bateman ganz verwirrt war.

»Du scheinst das Leben höchst angenehm zu finden«, sagte er.

»Das tue ich.«

Sie vernahmen ein kleines Geräusch, und als sie sich umschauten, sahen sie Arnold Jackson auf sich zukommen.

»Ich dachte mir schon, daß ich herunterkommen muß, um euch zu holen«, sagte er. »Haben Sie das Bad genossen, Mr. Hunter?«

»Sehr«, sagte Bateman.

Arnold Jackson trug nun nicht mehr den schmucken Leinenanzug, sondern nichts als einen *Pareo* um die Lenden und keine Schuhe. Sein Körper war tief gebräunt von der Sonne. Mit seinen langen, weißen, lockigen Haaren und seinem asketischen Gesicht wirkte er sehr phantastisch in dem Kleid der Eingeborenen, doch war er sich dessen nicht bewußt und gab sich ganz ungezwungen und natürlich.

»Wenn ihr fertig seid, wollen wir hinaufgehen«, sagte er.

»Ich werde mich gleich anziehen«, erwiderte Bateman.

»Ach, Teddy, hast du keinen *Pareo* für deinen Freund mitgenommen?«

»Ich glaube, er will lieber Kleider tragen«, antwortete Edward lächelnd.

»Ganz bestimmt«, bestätigte Bateman grimmig, als er sah, wie Edward sich mit einem trockenen Lendentuch schmückte und fertig und bereit dastand, noch ehe er auch nur sein Hemd angelegt hatte.

»Tut es dir nicht weh, ohne Schuhe zu gehen?« fragte er. »Der Pfad ist doch ziemlich steinig.«

»Oh, ich bin daran gewöhnt.«

»Es ist so erholsam, den *Pareo* zu tragen, sobald man aus der Stadt kommt«, sagte Jackson. »Wenn Sie hierblieben, würde ich es Ihnen dringend anraten, diese Sitte aufzunehmen. Er gehört zu den vernünftigsten Kleidungsstücken, die mir je untergekommen sind, denn er ist kühl, angenehm und billig.«

Sie wanderten hinauf, und Jackson führte sie in einen großen Raum mit weißgetünchten Wänden und offener Decke, in dem ein großer Tisch stand. Bateman bemerkte, daß er für fünf Personen gedeckt war.

»Eva, komm, zeige dich Teddys Freund und bereite uns einen Cocktail!« rief Jackson.

Dann zog er Bateman an ein langes, niedriges Fenster.

»Sehen Sie sich das an«, sagte er mit großer Geste, »sehen Sie es sich gut an!«

Unter ihnen fiel der Hang mit den Kokospalmen steil ab, und die Lagune hatte im abendlichen Licht die zarten und mannigfaltigen Farben einer Taubenbrust. Ein wenig weiter entfernt klebten am Rand eines Baches die Hütten eines Eingeborenendorfes, und draußen am Riff lag ein Kanu, das sich scharf abzeichnete und in dem ein paar Eingeborene fischten. Dahinter sah man die weite Ruhe des Pazifischen Ozeans und, zwanzig Meilen entfernt, hauchgleich und substanzlos wie das Gebilde einer Dichterphantasie, die unvorstellbare Schönheit der Insel, die den Namen Murea trägt. Dies alles war von solch einer Herrlichkeit, daß Bateman sprachlos dastand.

»Noch nie habe ich etwas Ähnliches gesehen«, sagte er schließlich.

Arnold Jackson stand vor ihm, schaute hinaus, und seine Augen waren von träumerischer Sanftheit. Tiefer Ernst lag auf seinem schmalen Denkergesicht. Bateman schaute ihn an, und wieder war er betroffen von der intensiven Geistigkeit seiner Züge.

»Schönheit«, murmelte Arnold Jackson, »selten steht man ihr Aug in Auge gegenüber. Prägen Sie sich dies alles gut ein, Mr. Hunter; was Sie jetzt sehen, werden Sie nie wieder sehen, denn der Augenblick ist flüchtig, aber er wird weiterleben im unzerstörbaren Gedächtnis Ihres Herzens. Hier rühren Sie an die Ewigkeit.«

Seine Stimme war tief und wohlklingend. Er schien von reinstem Idealismus beseelt, und Bateman hatte Mühe, sich zu erinnern, daß der Mann, der da sprach, ein Verbrecher und ein gerissener Betrüger war. Jackson, der ein kleines Geräusch vernommen hatte, drehte sich rasch um.

»Hier ist meine Tochter, Mr. Hunter.«

Bateman reichte ihr die Hand. Sie hatte dunkle, prachtvolle Augen und einen roten, zum Lachen bereiten Mund; aber ihre Haut war braun und das Lockenhaar, das ihr über die Schultern fiel, war rabenschwarz. Sie trug nur ein einziges Kleidungsstück, einen Kittel aus rosafarbener Baumwolle, keine Schuhe und auf dem Kopf ein Gewinde aus weißen, duftenden Blumen. Ein herrliches Geschöpf, schön wie die Göttin des polynesischen Frühlings.

Sie war ein wenig scheu, aber nicht scheuer als Bateman, den diese ganze Situation aufs äußerste verwirrte; und es trug nicht zu seiner Ungezwungenheit bei, als er sah, daß dieses sylphengleiche Wesen den Shaker nahm und mit geübten Händen drei Cocktails mixte.

»Nun laß uns einmal kosten, Kind«, sagte Jackson.

Sie schenkte ein und reichte jedem der Männer mit einem hinreißenden Lächeln sein Glas. Bateman bildete sich nicht wenig auf seine Gabe ein, Cocktails zu mixen, und sein Erstaunen war riesig, als er nach einem Schluck zugeben mußte, daß dieser ausgezeichnet schmeckte. Jackson lachte stolz, da er den unwillkürlichen Ausdruck der Billigung auf dem Gesicht seines Gastes bemerkte.

»Nicht schlecht, oder? Ich selbst habe das dem Kind beigebracht. Früher in Chicago war ich überzeugt, daß es in der ganzen Stadt keinen Barmixer gäbe, der es mir gleichtun könnte. Wenn ich nichts Besseres zu tun hatte im Zuchthaus, beschäftigte ich mich damit, mir neue Cocktails auszudenken, aber wenn man der Sache auf den Grund geht, so ist ein Dry Martini durch nichts zu schlagen.«

Bateman hatte das Gefühl, jemand habe ihm einen heftigen Schlag gegen das Schienbein gegeben, und er spürte, wie er erst rot und dann kalkweiß wurde. Doch ehe er sich etwas zu sagen ausdenken konnte, brachte ein junger Eingeborener eine große Suppenschüssel, und die ganze Gesellschaft setzte sich zum Abendessen nieder. Arnold Jacksons Bemerkung hatte in ihm selbst anscheinend eine Reihe von Erinnerungen geweckt, denn er begann jetzt von den Tagen seiner Gefangenschaft zu erzählen. Er sprach völlig natürlich und frei von Groll, als berichte er von seinen Erlebnissen auf einer fremden Universität. Er wandte sich häufig an Bateman, und Bateman fühlte sich zuerst verwirrt und dann beschämt. Wie er sah, ruhten Edwards Augen auf ihm, und ein belustigtes Flackern strahlte aus ihnen. Er wurde dunkelrot, denn er glaubte zu bemerken, Jackson mache sich über ihn lustig, und dann, weil er sich albern vorkam – obwohl dazu nicht der geringste Grund vorlag, wie er wußte –, wurde er wütend. Arnold Jackson war einfach schamlos – es gab kein anderes Wort dafür –, und seine Taktlosigkeit, ob gespielt oder nicht, konnte einen rasend machen. Das Abendessen nahm seinen Verlauf. Bateman wurden vielerlei Speisen angeboten, roher Fisch und weiß Gott was nicht alles, das hinunterzuschlucken ihn nur die Höflichkeit veranlaßte, das aber zu seinem eigenen Erstaunen ganz vorzüglich schmeckte. Dann ereignete sich etwas, das Bateman als das peinlichste Erlebnis dieses Abends empfand. Ein kleiner Blumenkranz lag vor ihm, und um Konversation zu machen, ließ er ein paar Worte darüber fallen.

»Es ist eine Girlande, die Eva für Sie gemacht hat«, sagte Jackson, »aber ich glaube, sie war zu schüchtern, sie Ihnen zu geben.«

Bateman nahm sie in die Hand und wandte sich mit ein paar höflichen Dankesworten an das Mädchen.

»Sie müssen sie aufsetzen«, erwiderte sie mit einem Lächeln und errötete.

»Das ist eine der liebenswürdigen Sitten des Landes«, erklärte Jackson.

Auch vor ihm lag solch ein Kranz, und er setzte ihn sich aufs Haar.

»Ich fürchte, ich bin nicht im richtigen Kostüm, um so etwas zu tragen«, wehrte Bateman unsicher ab.

»Wollen Sie einen *Pareo* haben?« fragte Eva rasch. »Ich kann Ihnen sofort einen holen.«

»Nein, danke! Mir ist ganz behaglich in meinem Anzug.«

»Zeige ihm, wie man den Kranz aufsetzt, Eva«, sagte Edward.

In diesem Augenblick haßte Bateman seinen besten Freund. Eva erhob sich und drückte ihm unter viel Gelächter das Gewinde auf das schwarze Haar.

»Er steht ihm gut«, behauptete Mrs. Jackson, »nicht wahr, Arnold?«

»Natürlich.«

Bateman schwitzte aus allen Poren.

»Wie schade, daß es dunkel ist!« rief Eva, »sonst könnten wir euch drei photographieren.«

Bateman dankte den Sternen dafür. Er hatte das Gefühl, unwahrscheinlich albern auszusehen in seinem blauen Sergeanzug und dem steifen Kragen – sehr adrett und gentlemanlike – mit dieser lächerlichen Blumengirlande auf dem Kopf. Er kochte vor Gereiztheit und hatte noch niemals in seinem Leben so viel Selbstbeherrschung geübt wie jetzt, als er eine freundliche Miene zur Schau trug. Er war wütend auf diesen alten Mann, der da halbnackt am Ende der Tafel saß mit seinem Heiligengesicht und den Blumen auf den schönen weißen Locken. Die ganze Situation war einfach unmöglich.

Als das Abendessen zu Ende war, blieben Eva und ihre Mutter da, um abzuräumen, während die drei Männer sich auf die Veranda setzten. Die sehr warme Luft war erfüllt vom Duft der weißen Nachtblumen. Der Vollmond zog seine Bahn am wolkenlosen Himmel und ließ einen Streifen auf der weiten Fläche des Meeres, der in die grenzenlosen Bezirke der Ewigkeit führte. Arnold Jackson sprach. Seine Stimme war voll und klangschön. Er erzählte seltsame Geschichten aus der Vergangenheit, Geschichten von wagemutigen Expeditionen ins Unbekannte, von Liebe und Tod, von Haß und Rache. Er sprach von Abenteurern, die diese entlegenen Inseln entdeckt hatten, von Schiffern, die sich dort niederließen und die Töchter der großen Häuptlinge heirateten, und von Strandräubern, die ihr Leben an den silbrigen Küsten gelassen hatten. Bateman hörte erst verlegen, erbittert und mürrisch zu, doch dann erfaßte ihn irgendwie der Zauber, der in den Worten lag, und er saß völlig verzückt da. Das Traumbild der Romantik stellte das Licht des Alltags in den Schatten. Hatte er vergessen, daß Arnold Jackson eine glatte Zunge besaß, eine Zunge, mit der er Riesensummen aus einem gutgläubigen Publikum gelockt, eine Zunge, die es ihm beinahe erwirkt hatte, der Strafe für seine Verbrechen zu entgehen? Niemand verfügte über größere Beredsamkeit, niemand über mehr Sinn für den Höhepunkt des Augenblicks. Plötzlich erhob er sich.

»Nun, ihr beiden habt euch so lange nicht gesehen. Ich werde euch jetzt allein lassen, damit ihr euch aussprechen könnt. Teddy wird Ihnen Ihr Lager zeigen, wenn Sie zu Bett gehen wollen.«

»Oh, aber ich hatte gar nicht die Absicht, die Nacht hier zu verbringen, Mr. Jackson«, sagte Bateman.

»Es ist aber viel bequemer für Sie. Wir werden dafür sorgen, daß man Sie morgen rechtzeitig weckt.«

Mit einem höflichen Händedruck, stattlich, als sei er ein Bischof im Ornat, nahm Arnold Jackson Abschied von seinen Gästen.

Eine Zeitlang sprach keiner von ihnen. Bateman überlegte, wie er die Unterhaltung beginnen könne, die durch die Ereignisse des Tages seiner Ansicht nach noch dringender geworden war.

»Wann kommst du nach Chicago zurück?« fragte er plötzlich.

Einen Augenblick lang gab Edward keine Antwort. Dann wandte er sich lässig um, schaute seinen Freund an und erwiderte:

»Ich weiß es nicht. Vielleicht nie mehr.«

»Was um Himmels willen willst du damit sagen?« rief Bateman.

»Ich bin sehr glücklich hier. Wäre es nicht Wahnsinn, etwas daran zu ändern?«

»Menschenskind, du kannst hier doch nicht dein Lebtag lang bleiben! Das ist kein Leben für einen Mann. Das ist der lebendige Tod. Oh, Edward, komm sofort mit mir, ehe es zu spät ist! Ich hatte schon lange das Gefühl, etwas stimme da nicht. Du hast dich betören lassen von diesem Ort, bist üblen Einflüssen erlegen, aber es bedarf nur eines Rucks, und wenn du dann frei bist von dieser Umgebung, wirst du sämtlichen Göttern auf den Knien danken. Wie ein Süchtiger wirst du sein, der sich von seinem Rauschgift befreien konnte, und du wirst einsehen, daß du zwei volle Jahre lang vergiftete Luft eingeatmet hast. Du kannst dir jetzt nicht vorstellen, was für eine Wonne es für dich sein wird, wieder einmal die reine, frische Luft deines Heimatlandes zu atmen.«

Er sprach rasch, die Worte überstürzten sich fast durch die Erregung, und in seiner Stimme schwang echte, liebevolle Besorgnis mit.

Edward war gerührt.

»Wie gut von dir, dich so für mein Wohl einzusetzen, alter Freund!«

»Reise morgen mit mir ab, Edward! Es war ein Fehler, daß du jemals hierhergekommen bist. Das ist kein Leben für dich.«

»Du sprichst von dieser Art zu leben und von jener. Wie gelangt deiner Ansicht nach der Mensch zur Erfüllung des Lebens?«

»Nun, ich hätte gedacht, darauf gibt es nur eine Antwort: durch Ausübung seiner Pflicht, durch ernste Arbeit, durch Erledigung aller Verbindlichkeiten, die Staat und Stand ihm auferlegen.«

»Und was ist sein Lohn?«

»Sein Lohn besteht in dem Bewußtsein, das erreicht zu haben, was er sich als Ziel gesetzt hat.«

»Das klingt ein wenig schauerlich für meine Ohren«, sagte Edward, und in der Helligkeit der Nacht konnte Bateman sehen, daß er lächelte. »Ich fürchte, du wirst mich für furchtbar heruntergekommen halten. Es gibt verschiedene Dinge, die ich jetzt bejahe und bestimmt vor drei Jahren noch für entsetzlich gehalten hätte.«

»Hast du sie von Arnold Jackson gelernt?«

»Du magst ihn nicht. Das war vielleicht auch nicht anders zu erwarten. Mir ging es anfangs genauso. Ich hatte das gleiche Vorurteil gegen ihn wie du. Er ist ein außergewöhnlicher Mensch. Du hast selbst gesehen, daß er aus der Tatsache, daß er im Zuchthaus gewesen ist, kein Hehl macht. Ich hörte ihn nie darüber oder über seine Verbrechen, die ihn dorthin brachten, ein Wort der Klage oder der Reue äußern. Das einzige Wort des Bedauerns, das mir von ihm zu Ohren gekommen ist, galt seiner nach den Zuchthausjahren beeinträchtigten Gesundheit. Ich glaube, er weiß nicht, was Gewissensbisse sind. Er ist völlig amoralisch. Er heißt alles gut, auch sich selbst. Dabei ist er großzügig und gütig.«

»Das war er immer«, warf Bateman ein, »auf Kosten anderer.«

»Ich habe in ihm einen sehr guten Freund gefunden. Ist es unnatürlich, einen Menschen so zu nehmen, wie er ist?«

»Das Ergebnis davon ist, daß du nicht mehr zwischen Recht und Unrecht unterscheiden kannst.«

»Nein, diese Unterscheidung ist mir genauso klar wie je, aber eine andere hat sich mir ein wenig verwirrt, nämlich die zwischen einem guten und einem bösen Menschen. Ist Arnold Jackson ein böser Mensch, der gute Dinge tut, oder ein guter Mensch, der Böses getan hat? Eine Frage, die schwer zu beantworten ist. Vielleicht nehmen wir die Unterschiede zwischen Mensch und Mensch zu wichtig. Vielleicht sind die besten unter uns große Sünder und die schlimmsten große Heilige. Wer kann's wissen?«

»Du wirst mich niemals davon überzeugen, daß schwarz weiß und weiß schwarz sei«, sagte Bateman.

»Sicher nicht, Bateman.«

Bateman begriff nicht, warum gerade in dem Augenblick, als Edward mit ihm übereinstimmte, der Anflug eines Lächelns über seine Lippen flackerte. Edward schwieg eine Zeitlang.

»Als ich dich heute morgen sah, Bateman«, sagte er dann, »kam's mir vor, als sähe ich mich selbst, wie ich vor zwei Jahren war. Den gleichen Kragen, die gleichen Schuhe, den gleichen blauen Anzug, die gleiche Energie habe ich zur Schau getragen, die gleiche Entschlossenheit. Bei Gott, ich war geladen mit Tatkraft. Die schläfrige Art hierzulande brachte mein Blut in Wallung. Ich schaute mich um und sah überall Möglichkeiten zu Unternehmen und Entwicklungen. Hier konnten Vermögen erworben werden. Es schien mir absurd, daß Kopra hier in Säcke verladen wird, damit man in Amerika Öl daraus presse. Es wäre doch so viel ökonomischer, wenn dies alles am gleichen Orte geschähe, mit verbilligten Arbeitskräften und sicherer Verfrachtung, und ich sah schon riesige Fabriken hier aus dem Boden wachsen. Auch erschien mir die Methode, wie die Kokosnuß verarbeitet wird, ganz und gar unzeitgemäß, und ich erfand eine Maschine, die in einer Stunde zweihundertvierzig Kokosnüsse öffnete und schälte. Der Hafen war nicht groß genug. Ich machte Pläne zu seiner Erweiterung und wollte gleichzeitig ein Syndikat zum Landankauf gründen und zwei oder drei große Hotels errichten lassen und Bungalows für Touristen. Ich hatte auch schon ein Schema ausgearbeitet zur Verbesserung des Dampfverkehrs, um Besucher aus Kalifornien anzuziehen. An Stelle dieses halb französischen, faulen kleinen Ortes Papeete sah ich in zwanzig Jahren eine große amerikanische Stadt mit zehnstöckigen Gebäuden und Autobussen, einem Theater, einem Opernhaus, einer Börse und einem Bürgermeisteramt.«

»Sprich weiter, Edward«, rief Bateman und sprang vor Erregung aus seinem Stuhl. »Du hast die Ideen und die Fähigkeiten zu alledem. Mein Gott, du wirst der reichste Mann zwischen Australien und den Staaten sein!«

Edward kicherte leise.

»Aber das will ich doch gar nicht«, sagte er.

»Willst du vielleicht damit sagen, daß dir nichts am Geld liegt, an viel Geld, Geld, das in die Millionen geht? Weißt du, was du alles damit tun kannst? Kennst du die Macht, die damit zusammenhängt? Und wenn dir nichts für dich selber daran gelegen ist, bedenke, was du damit tun kannst, indem du dem menschlichen Unternehmungsgeist neue Kanäle öffnest, Tausenden Arbeit gibst. Mein Kopf wirbelt bei der Vision, die du heraufbeschworen hast.«

»Setze dich nur wieder hin, mein lieber Bateman«, sagte Edward lachend. »Meine Kokosnußschneidemaschine wird nie in Betrieb kommen, und sofern ich etwas damit zu tun habe, sollen niemals Autobusse durch die verschlafenen Straßen von Papeete rasen.«

Bateman sank schwer in seinen Stuhl zurück.

»Ich begreife dich nicht«, sagte er.

»Es kam ganz allmählich über mich. Ich fing an, Gefallen an dem Leben hier zu finden, mit seinem Behagen, seiner Muße, den Menschen mit ihrer Gutartigkeit und ihren glücklichen, lächelnden Gesichtern. Ich begann nachzudenken. Dazu hatte ich vorher nie Zeit gehabt. Und ich begann zu lesen.«

»Du hast immer gelesen.«

»Für die Examina habe ich gelesen oder um bei Unterhaltungen meinen Mann stellen zu können, oder um mich zu belehren. Hier lernte ich, zu meinem Vergnügen zu lesen. Weißt du, daß die Unterhaltung eines der größten Vergnügen im Leben ist? Ich war vorher dazu viel zu beschäftigt gewesen. Und allmählich erschien mir das ganze bisherige Leben, das mir so wichtig vorgekommen war, recht alltäglich und gewöhnlich. Was nützt das ganze Hasten und unaufhörliche Streben? Wenn ich jetzt an Chicago denke, sehe ich eine dunkle graue Stadt, einen Steinhaufen – es ist wie ein Gefängnis – und eine unausgesetzte Plackerei. Und wozu führt all diese Aktivität? Kommt man damit zum höchsten Genuß des Lebens? Sind wir wirklich dazu auf die Welt gekommen, um ins Büro zu hetzen, Stunden um Stunden bis in die Nacht hinein zu arbeiten, dann nach Hause zu rasen, zu Abend zu essen und ins Theater zu gehen? Muß ich so meine Jugend zubringen? Jugend währt nur so kurz, Bateman. Und wenn ich alt sein werde, was habe ich dann zu erwarten? Muß ich weiter morgens ins Büro hasten, Stunden um Stunden bis in die Nacht hinein arbeiten, nach Hause rasen, zu Abend essen und ins Theater gehen? Vielleicht mag sich das lohnen, wenn man ein Vermögen dabei verdient, ich weiß es nicht, es hängt ganz von der jeweiligen Natur ab. Aber wenn nicht, lohnt es sich dann? Ich möchte mehr aus meinem Leben holen als das, Bateman.«

»Was sind dann für dich die Werte des Lebens?«

»Ich fürchte, du wirst mich auslachen. Schönheit, Wahrheit und Güte.«

»Glaubst du, daß du diese nicht auch in Chicago haben könntest?«

»Manche können es vielleicht, nicht ich.« Nun sprang Edward auf. »Ich sage dir, wenn ich an das Leben denke, das ich früher geführt habe, packt mich das wahre Grausen!« rief er heftig. »Ich zittere vor Angst, wenn ich an die Gefahr denke, der ich entronnen bin. Ich habe nie gewußt, daß ich eine Seele besitze, ehe ich sie hier gefunden habe. Wenn ich ein reicher Mann geblieben wäre, hätte ich sie vielleicht auf immer verloren.«

»Ich verstehe nicht, wie du das sagen kannst!« rief Bateman empört. »Wie oft haben wir Diskussionen darüber gehabt!«

»Ja, ich weiß, sie waren wie die Diskussionen der Taubstummen über Harmonik. Ich werde nie wieder nach Chicago zurückkehren, Bateman.«

»Und was ist mit Isabel?«

Edward ging zum Geländer der Veranda, beugte sich darüber und schaute lange hinaus in den blauen Zauber der Nacht. Ein feines Lächeln lag auf seinem Gesicht, als er sich wieder Bateman zuwandte.

»Isabel ist unendlich viel zu gut für mich. Ich bewundere sie mehr als irgendeine andere Frau, die ich je gekannt habe. Sie ist außerordentlich intelligent und ebenso gut wie schön. Ich achte ihre Energie und ihr Streben. Sie ist dazu geboren, Erfolg im Leben zu haben. Ich bin ihrer gänzlich unwürdig.«

»Sie denkt anders darüber.«

»Aber du mußt es ihr so sagen, Bateman.«

»Ich?« rief Bateman aus. »Ich bin der letzte, der das tun kann.«

Edward stand mit dem Rücken zu dem starken Mondlicht, so daß Bateman sein Gesicht nicht recht sehen konnte. War es möglich, daß er auch jetzt lächelte?

»Es wäre nicht gut, wenn du versuchtest, ihr irgend etwas zu verheimlichen, Bateman. Sie mit ihrer Intelligenz wird dich doch in den ersten fünf Minuten umstülpen. Besser, du machst von Anfang an reinen Tisch.«

»Ich weiß nicht, was du meinst. Selbstverständlich werde ich ihr erzählen, daß ich dich gesehen habe.« Bateman sprach mit einiger Erregung. »Aber ehrlich gesagt, ich weiß wirklich nicht, was ich ihr erzählen soll.«

»Sage ihr, ich hätte nichts erreicht. Sage ihr, ich sei nicht nur arm, sondern durchaus zufrieden, arm zu sein. Sage ihr, daß man mich aus meiner Stellung verjagt hat, weil ich faul und uninteressiert war. Erzähle ihr alles, was du heute abend gesehen hast, und alles, was ich dir gesagt habe.«

Der Gedanke, der jetzt durch Batemans Hirn schoß, ließ ihn aufspringen und Edward mit unbeherrschter Verwirrung anstarren.

»Menschenskind, ja, willst du sie denn nicht heiraten?«

Edward schaute ihn ernst an.

»Ich kann sie nicht bitten, mich freizugeben. Wenn sie mich durch mein gegebenes Wort halten will, werde ich mein Bestes tun, ihr ein guter, liebevoller Gatte zu sein.«

»Willst du, daß ich ihr dies ausrichte, Edward? Ach, das kann ich nicht, das ist zu schrecklich. Nicht einen Augenblick lang ist ihr je der Gedanke gekommen, du wolltest sie etwa nicht heiraten. Sie liebt dich. Wie könnte ich ihr diesen Schmerz antun?«

Wieder lächelte Edward.

»Aber warum heiratest du sie denn nicht selbst, Bateman? Seit unendlichen Zeiten bist du doch schon in sie verliebt. Ihr beide seid füreinander wie geschaffen, und du wirst sie sehr glücklich machen.«

»Sprich nicht so zu mir, ich halte das nicht aus.«

»Ich entsage zu deinen Gunsten, Bateman. Du bist der Bessere.«

Etwas lag in Edwards Stimme, das Bateman rasch aufschauen

ließ, aber Edwards Augen blickten ernst, und er lächelte nicht. Bateman wußte nicht, was er sagen sollte. Er war völlig verwirrt. Er fragte sich, ob Edward etwa vermuten könne, daß er im besonderen Auftrag nach Tahiti gekommen war. Und obgleich er wußte, wie schrecklich das war, konnte er doch das Entzücken in seinem Herzen nicht zum Schweigen bringen.

»Was wirst du tun, wenn Isabel dir schreibt und die Verlobung löst?« fragte er langsam.

»Überleben«, antwortete Edward.

Bateman war so erregt, daß er die Antwort nicht hörte.

»Ach, wenn du nur wenigstens normal gekleidet wärest«, sagte er leicht gereizt. »Es ist eine so unheimlich schwerwiegende Entscheidung, die du da triffst. Dein Phantasiekostüm ist dem Ernst der Situation nicht angepaßt.«

»Ich versichere dir, ich kann in einem *Pareo* und mit einer Rosengirlande ebenso feierlich sein wie in einem Gehrock mit Zylinder.«

Dann befiel Bateman noch ein anderer Gedanke.

»Edward, du tust das doch nicht meinetwegen? Ich weiß es noch nicht, aber vielleicht wird dies alles meine Zukunft von Grund auf ändern. Du opferst dich doch nicht auf für mich? Das könnte ich nicht annehmen, verstehst du?«

»Nein, Bateman, ich habe hier gelernt, nicht albern und sentimental zu sein. Ich wäre sehr froh, dich und Isabel glücklich zu wissen, aber ich habe nicht die geringste Absicht, deswegen selbst ein unglückliches Dasein zu führen.«

Diese Antwort kühlte Bateman ein wenig ab. Sie schien ihm leicht zynisch. Er wäre nicht traurig gewesen, die Rolle des Edlen zu spielen.

»Willst du damit sagen, daß du zufrieden bist, hier dein Leben zu vergeuden? Denn was du hier treibst, ist so gut wie Selbstmord. Wenn ich an die großen Hoffnungen denke, die du gehegt hast, als wir das College verließen, ist es mir entsetzlich, daß du dich jetzt begnügst, Verkäufer beim ›billigen Jakob‹ zu sein.«

»Oh, das tue ich nur im Augenblick und sammle dort viel Erfahrung. Aber ich plane anderes. Arnold Jackson besitzt eine kleine Insel in den Paumotas, etwa tausend Meilen von hier entfernt. Dort hat er eine Kokospalmenpflanzung, die er mir angeboten hat.«

»Warum sollte er dir seine Pflanzung geben?« fragte Bateman.

»Weil ich, wenn Isabel mich freigibt, seine Tochter heiraten werde.«

»Du?« Bateman war niedergeschmettert. »Du kannst doch nicht einen Mischling heiraten. Du wirst doch nicht solch einen Wahnsinn begehen?«

»Sie ist ein gutes Mädchen und hat einen süßen, sanften Charakter. Ich glaube, ich könnte sehr glücklich mit ihr sein.«

»Liebst du sie?«

»Ich weiß es nicht«, antwortete Edward nachdenklich. »Ich liebe sie nicht so, wie ich Isabel geliebt habe. Ich habe Isabel angebetet, sie für das herrlichste Geschöpf gehalten, dem ich je begegnet war. Ich war bei weitem nicht gut genug für sie. Meine Gefühle für Eva sind ganz andere. Sie ist wie eine schöne exotische Blume, die vor rauhen Winden geschützt werden muß. Und ich will sie beschützen. Niemand könnte auf den Gedanken kommen, Isabel beschützen zu wollen. Und ich glaube, Eva liebt mich als den, der ich bin, und nicht als den, der ich vielleicht einmal werde! Was auch aus mir wird, ich werde sie nie enttäuschen. Sie paßt zu mir.«

Bateman schwieg.

»Wir müssen morgen früh aufstehen«, sagte Edward schließlich. »Es ist wirklich Zeit, jetzt ins Bett zu gehen.«

Dann sprach Bateman, und seine Stimme war voll echter Trauer.

»Ich bin ganz verwirrt und weiß wirklich nicht, was ich sagen soll. Ich bin hierhergekommen, weil ich wußte, daß etwas nicht in Ordnung war. Ich dachte, du hättest das nicht erreicht, was du dir vorgenommen hattest, und schämtest dich, dieses Versagens wegen zurückzukommen. Doch was ich vorgefunden habe, übertrifft alle meine Befürchtungen. Ich bin tief unglücklich, Edward. Ich bin tief enttäuscht. Ich habe Großes von dir erwartet. Der Gedanke, daß du deine Gaben, deine Jugend und dein Glück hier vergeudest, ist fast mehr, als ich ertragen kann.«

»Gräme dich nicht, alter Freund«, sagte Edward. »Ich habe nicht versagt, ich habe gesiegt. Du kannst dir nicht vorstellen, mit welcher Lust ich in die Zukunft schaue, wie herrlich voll mir das Leben erscheint und wie wichtig. Manchmal, wenn du mit Isabel verheiratet sein wirst, denke an mich. Ich werde mir auf meiner Koralleninsel ein Haus bauen und dort leben und meine Kokospalmen pflegen. Und ich werde die Früchte aus den Schalen auf die alte Weise holen, die man seit unzähligen Jahren angewendet hat. Allerlei werde ich anpflanzen in meinem Garten und fischen gehen. Es wird genug Arbeit geben, so daß ich stets beschäftigt sein werde, aber nicht genug, daß ich daran verdumme. Und ich habe meine Bücher und Eva und Kinder, so hoffe ich, und vor allem die unendliche Vielgestalt des Meeres und des Himmels, die Frische des Morgens, die Herrlichkeit des Sonnenunterganges und den Reichtum und die Großartigkeit der Nacht. Ich werde einen Garten machen aus dem, was noch so kurz vorher nichts als pure Wildnis war. Und dann werde ich auch etwas geschaffen haben. Unbemerkt werden die Jahre dahingehen, und wenn ich alt bin, hoffe ich, auf ein glückliches, einfaches, friedliches Leben zurückblicken zu können. Auf meine bescheidene Weise werde auch ich in Schönheit gelebt haben. Schätzt du es so gering, erfahren zu haben, was Zufriedenheit ist? Wir hier wissen, daß es dem Menschen wenig nützt, die ganze Welt zu gewinnen und seine Seele zu verlieren. Und ich glaube, ich habe die meine wiedergefunden.«

Edward führte ihn zu dem Zimmer, in dem zwei Betten standen, und warf sich auf das eine. Zehn Minuten später erkannte Bateman an dem regelmäßigen Atem, der friedvoll ging wie der eines Kindes, daß sein Freund eingeschlafen war. Er selbst jedoch fand keine Ruhe, sein Gemüt war erschüttert, und erst, als die Dämmerung sich geisterhaft und still ins Zimmer schlich, schlummerte auch er.

Bateman kam zum Ende der Geschichte, die er Isabel erzählte. Er hatte nichts vor ihr verborgen, mit Ausnahme des wenigen, das sie verletzen und ihn hätte lächerlich machen können. So verschwieg er ihr, daß man ihn gezwungen hatte, mit einem Blumenkranz auf dem Kopf bei Tisch zu sitzen, und ebenso, daß Edward, sobald sie ihn freigeben werde, die Absicht hege, die Halbbluttochter ihres Onkels zu heiraten. Aber vielleicht hatte Isabel mehr Intuition, als er wußte, denn als er fortfuhr mit seiner Geschichte, wurden ihre Augen kälter, und ihre Lippen preßten sich fester aufeinander. Hier und da schaute sie ihn fest an, und er hätte sich, wäre er weniger eingehend mit seiner Erzählung beschäftigt gewesen, vielleicht über den Ausdruck auf ihrem Gesicht gewundert.

»Wie sah dieses Mädchen aus?« fragte sie ihn. »Onkel Arnolds Tochter? Würdest du sagen, daß zwischen ihr und mir eine gewisse Ähnlichkeit besteht?«

Bateman war über diese Frage mehr als erstaunt.

»Mir ist nichts aufgefallen. Du weißt, ich habe für niemanden Augen außer für dich, und ich könnte mir nicht vorstellen, daß irgend jemand so ist wie du. Wer könnte dir gleichen?«

»Ist sie hübsch?« fragte sie mit einem leichten Lächeln.

»Ich nehme an. Sicher gibt es Menschen, die sie für eine ausgesprochene Schönheit halten.«

»Nun, das hat nichts zu sagen. Ich glaube, wir brauchen ihr keinen weiteren Gedanken mehr zu schenken.«

»Was wirst du tun, Isabel?« fragte er.

Isabel schaute nieder auf ihre Hand, die immer noch den Ring trug, den Edward ihr zu ihrer Verlobung geschenkt hatte.

»Ich habe Edward damals unsere Verbindung nicht abbrechen lassen, weil ich glaubte, sie werde ihn anspornen. Ich wollte eine Inspiration für ihn sein. Ich dachte, wenn irgend etwas fähig sei, ihn zum Erfolg zu führen, so wäre es der Gedanke an meine Liebe. Ich habe getan, was ich konnte. Es hat nichts genützt. Es wäre nur Schwäche meinerseits, diese Tatsache nicht anzuerkennen. Armer Edward, er ist sein eigener größter Feind. Er war ein lieber, guter Junge, aber etwas hat ihm immer gefehlt. Ich glaube, es war Rückgrat. Ich hoffe, er wird glücklich.«

Damit streifte sie den Ring vom Finger und legte ihn auf den Tisch. Bateman schaute ihr dabei mit so heftig klopfendem Herzen zu, daß er kaum atmen konnte.

»Du bist groß, Isabel, du bist einfach groß.«

Sie lächelte, stand auf und reichte ihm die Hand.

»Wie kann ich dir jemals danken, was du für mich getan hast?« sagte sie. »Du hast mir einen großen Dienst erwiesen. Ich wußte, daß ich dir vertrauen durfte.«

Er nahm ihre Hand und ließ sie nicht mehr los. Noch nie hatte sie so schön ausgesehen.

»Oh, Isabel, ich möchte soviel mehr für dich tun als das. Du weißt, daß ich mir nichts anderes wünsche als die Erlaubnis, dich zu lieben und dir zu dienen.«

»Du bist so stark, Bateman«, seufzte sie. »Das gibt mir ein so köstliches Gefühl von Zuversicht.«

»Isabel, ich bete dich an.«

Er wußte kaum, wie er dazu gekommen war, aber plötzlich schlang er die Arme um sie, und ohne sich zu wehren, lächelte sie ihm in die Augen.

»Isabel, weißt du, daß ich dich von dem Tage an, da ich dich zum erstenmal gesehen hatte, immer heiraten wollte?« rief er voller Leidenschaft.

»Warum in aller Welt hast du dann nicht um mich angehalten?« erwiderte sie.

Sie liebte ihn. Er konnte kaum glauben, daß dies kein Traum sei. Sie hielt ihm die lieblichen Lippen zum Kusse hin. Und als er sie umarmte, hatte er eine Vision: er sah die Huntersche Motoren- und Automobilgesellschaft wachsen an Größe und Wichtigkeit, er sah Millionen von Motoren daraus hervorgehen; er sah eine große Bildersammlung, die er anlegen wollte und die alles schlug, was es an ähnlichem in New York gab. Und sich selbst sah er: er trug eine Hornbrille. Und sie, umschlossen vom köstlichen Druck seiner Arme, seufzte vor Glück, denn sie dachte an das erlesene Haus, das sie besitzen würde, ausgestattet mit antiken Möbeln, und an die Konzerte, die darin stattfinden würden, und an die *thés dansants* und die großen Essen, zu denen nur die besten und kultiviertesten Menschen Zutritt haben sollten. Und sie sah Bateman mit Hornbrille.

»Armer Edward!« seufzte sie.

# *Honolulu*

Der kluge Mann reist nur in Gedanken. Ein alter Franzose (in Wirklichkeit war es ein Savoyarde) schrieb einmal ein Buch mit dem Titel: *Voyage autour de ma Chambre.* Ich habe es nicht gelesen und weiß nicht einmal, wovon es handelt, aber der Titel regt meine Phantasie an. Auf solch einer Reise möchte ich den Globus umsegeln. Eine Ikone auf dem Kaminsims kann mich nach Rußland tragen, zu seinen riesigen Birkenwäldern und seinen weißen Kirchen mit den Zwiebeltürmen. Die Wolga ist breit, und am Ende des einsamen Dorfes sitzen bärtige Männer mit ungegerbten Schafpelzen in einer Weinhandlung und trinken. Ich stehe auf dem kleinen Hügel, von dem aus Napoleon zum ersten Male Moskau gesehen hat, und ich blicke nieder auf die ausgedehnte Stadt. Ich will hinuntergehen und dort die Menschen treffen, die ich besser kenne als so manchen meiner Freunde, Aljoscha und Wronsky und noch ein Dutzend anderer. Doch nun fällt mein Blick auf eine Porzellanschale, und schon rieche ich die scharfen Düfte Chinas. In einer Sänfte werde ich über einen schmalen Pfad zwischen Reisfeldern getragen, oder ich bewege mich am Fuß eines bewaldeten Berges entlang. Meine Träger plaudern fröhlich, während sie durch den hellen Morgen wandern, und hie und da vernehme ich von ferne und geheimnisvoll den tiefen Ton einer Klosterglocke. Auf den Straßen Pekings wogt eine bunte Menge; sie teilt sich, um einer Karawane von vorsichtig schreitenden Kamelen Platz zu machen, die Felle und seltsame Arzneien aus der mongolischen Steinwüste bringen.

In England, in London, gibt es solche Winternachmittage, da die Wolken schwer und tief herunterhängen und das Licht so freudlos ist, daß einem das Herz im Leib sinkt; doch dann kann man aus dem Fenster schauen und die Kokospalmen am Strande einer Koralleninsel sehen. Der Sand ist silbrig, und man wandert durch das Sonnenlicht, das so blendet, daß man kaum die Augen offenzuhalten vermag. Über einem machen die Mynahvögel großen Lärm, und die Brandung schlagt pausenlos gegen das Riff. Die Reisen, die man vor seinem eigenen

Kamin unternimmt, sind wahrlich die schönsten; denn dabei büßt man keine Illusionen ein.

Aber es gibt Leute, die Salz in den Kaffee schütten. Sie sagen, dadurch entstehe ein Wohlgeschmack von seltsamer und bezaubernder Güte. So gibt es auch gewisse vom Glorienschein der Romantik umgebene Orte, die durch die unvermeidliche Enttäuschung, die sie einem bereiten, von einzigartigem Reiz sind. Man hat etwas vollkommen Schönes erwartet und gewinnt nun einen viel komplizierteren Eindruck, den Schönheit nie vermitteln könnte. Es wirkt wie eine Schwäche im Charakter eines großen Mannes, die ihn weniger bewundernswert, aber entsprechend interessanter macht.

Nichts hatte mich auf Honolulu vorbereitet. Es liegt so fern von Europa, es wird erst nach einer so langen Reise von San Francisco aus erreicht, so seltsame und bezaubernde Vorstellungen verbinden sich mit seinem Namen, daß ich zuerst meinen Augen fast nicht trauen wollte. Ich weiß nicht, ob ich mir je in Gedanken irgendein deutliches Bild von dem ausgemalt hatte, was ich erwartete, doch was ich vorfand, bereitete mir die größte Überraschung. Honolulu ist eine typisch westliche Stadt. Hütten lehnen sich an steinerne Mietskasernen; verfallene Häuser stehen dicht neben eleganten Geschäften mit spiegelnden Glasschaufenstern. Elektrische Bahnen rumpeln geräuschvoll durch die Straßen, und Autos, Fords, Buicks, Packards, rasen über das Pflaster. Die Läden sind überfüllt mit den Unerläßlichkeiten der amerikanischen Zivilisation. Jedes dritte Haus ist eine Bank und jedes fünfte die Agentur einer Schiffahrtsgesellschaft.

In den Straßen bewegt sich eine Menge von unvorstellbarer Vielfalt. Die Amerikaner tragen ungeachtet des Klimas schwarze Jacken und hohe, steife Kragen, Strohhüte, weiche Hüte und Melonen. Die lichtbraunen Kanaken mit dem krausen Haar haben nichts an als Hemd und Hose; doch die Mischlinge sind sehr elegant mit ihren hellfarbigen Krawatten und den Lackschuhen. Die unterwürfig lächelnden Japaner kleiden sich sauber und schmuck mit weißen Leinenhosen, während ihre Frauen ein, zwei Schritte hinter ihnen, ein Kind auf dem Rücken, im Gewand ihrer Heimat daherkommen. Die japanischen Kinder in leuchtend bunten Kleidchen mit kahlgeschorenem Kopf schauen aus wie wunderliche Puppen. Sehr viele Chinesen sieht man. Die fetten, wohlhabenden Männer tragen ihre amerikanischen Anzüge wie etwas Fremdes; aber die Frauen sind entzückend mit ihrem schön aufgebauten schwarzen Haar, das so sorgfältig frisiert ist, daß man meint, es könne nie in Unordnung geraten; sehr sauber kommen sie daher in ihren weißen, staubblauen oder schwarzen Tuniken und langen Hosen. Schließlich sind da noch die Filipinos, die Männer mit ihren riesigen Strohhüten, die Frauen in gelben Musselinkleidern mit Puffärmeln.

Es ist der Treffpunkt von Ost und West. Das Allerneueste lebt Schulter an Schulter neben unerforschbar Altem. Und wenn man auch nicht die Romantik vorfindet, die man erwartet hat, so lernt man doch etwas einzigartig Reizvolles kennen. Alle diese verschiedenen Menschen leben dicht beieinander, sprechen verschiedene Sprachen, denken verschiedene Gedanken, glauben an verschiedene Götter und hängen an verschiedenen Werten; zwei Triebe aber haben sie gemeinsam: Hunger und Liebe. Und während man sie beobachtet, drängt sich einem ihre außergewöhnliche Vitalität auf. Obgleich die Luft so sanft und der Himmel so blau ist, hat man, ich weiß nicht warum, das Gefühl, eine überhitzte Leidenschaft ströme als ständig hämmernder Pulsschlag durch diese Menschenmenge. Obwohl der eingeborene Polizist, der an der Ecke auf seinem erhöhten Posten mit einem weißen Stab den Verkehr regelt, das Bild durchaus zivilisiert erscheinen läßt, kann man nicht umhin, zu spüren, daß diese Zivilisation nur auf der Oberfläche sitzt; dicht unter dieser dünnen Schicht ist Dunkelheit und Geheimnis. Dies versetzt einem den gleichen Schauder, jenen Stoß gegen das Herz, den man spürt, wenn nachts im Wald die Stille plötzlich wie ein leiser, andauernder Trommelwirbel zu dröhnen beginnt. Und man erwartet ich weiß nicht was.

Wenn ich mich so lange bei der Gegensätzlichkeit von Honolulu aufgehalten habe, so geschah es deshalb, weil gerade sie in der Geschichte, die ich erzählen will, die Hauptrolle spielt. Es ist dies eine Geschichte primitiven Aberglaubens, und es erschreckt mich, daß irgend etwas dieser Art in einer Zivilisation weiterleben kann, die zwar nicht sehr tief geht, aber bis ins feinste ausgearbeitet ist. Ich komme nicht über die Tatsache hinweg, daß solche unglaublichen Dinge geschehen können, oder zumindest, daß ihr Vorkommen geglaubt wird, sozusagen inmitten von Telephonen, Trambahnen und Tageszeitungen. Und der Freund, der mir Honolulu zeigte, war mit der gleichen Gegensätzlichkeit gezeichnet, die, wie ich von Anfang an bemerkte, das auffallendste Charakteristikum war.

Er hieß Winter, war Amerikaner, und ich hatte einen Einführungsbrief an ihn von irgendeinem gemeinsamen New Yorker Bekannten. Er war zwischen vierzig und fünfzig, mit spärlichem schwarzem, an den Schläfen ergrauendem Haar und einem scharfgeschnittenen mageren Gesicht. Seine Augen pflegten zu blinzeln, und die große Hornbrille gab ihm ein ehrbares Aussehen, das nichts Verlockendes an sich hatte. Er war ziemlich groß und recht dürr. In Honolulu war er geboren, wo sein Vater ein großes Geschäft hatte, in dem man Trikotagen und vom Tennisball bis zum Zeltstoff alles verkaufte, was das Herz des modernen Menschen begehrt. Es war ein sehr gut gehendes Geschäft, und ich begreife den Unwillen von Winter *père* bei der Erklärung seines Sohnes, er wolle es nicht übernehmen, sondern sei entschlossen, Schauspieler zu werden. Mein Freund verbrachte zwanzig Jahre auf der Bühne, manchmal in New York, doch viel öfter auf Reisen, da er keine überwältigende Begabung sein eigen nannte. Aber da er kein Dummkopf war, kam ihm schließlich doch die Idee, daß es vielleicht besser sei, in Honolulu Sockenhalter zu verkaufen, als in Cleveland (Ohio) kleine Rollen zu spielen. Er verließ die Bühne und trat ins Geschäft ein. Ich glaube, nach dem unsicheren Leben, das er so lange geführt hatte, genoß er gründlich den Luxus, einen großen Wagen zu fahren und in einem herrlichen Haus in der Nähe des Golfgeländes zu wohnen, und ich bin sicher, mit seinem fähigen Kopf war er ein guter Geschäftsmann. Aber er brachte es nicht über sich, vollkommen mit den Künsten zu brechen, und als er die Bühne aufgegeben hatte, begann er zu malen. Er führte mich in sein Atelier und zeigte mir seine Arbeiten. Sie waren durchaus nicht schlecht, aber ganz anders, als ich erwartet hatte. Er malte nur Stilleben, ganz kleine Bilder. Ich sah etwa acht oder zehn, die bis ins letzte ausgeführt waren. Offensichtlich hatte er eine große Liebe zum Detail. Seine Früchte erinnerten an diejenigen von Ghirlandajo. Während man sich ein wenig über seine Geduld wunderte, konnte man nicht umhin, von seiner Geschicklichkeit beeindruckt zu sein. Ich denke, er mußte als Schauspieler versagen, weil seine stets sorgfältig studierte Leistung weder kühn noch großartig genug war, um über das Rampenlicht hinaus zu wirken.

Ich hatte meinen Spaß an der Art, wie er mir die Stadt zeigte, ironisch, aber doch selbstzufrieden, als gehöre sie ihm. In seinem Herzen war er überzeugt, daß es in den Staaten nicht ihresgleichen gebe, sah jedoch gleichzeitig, daß seine Einstellung leicht komisch war. Er fuhr mich herum zu den verschiedenen baulichen Sehenswürdigkeiten und warf sich vor Stolz in die Brust, wenn ich ihre Architektur bewunderte. Er zeigte mir die Häuser der Reichen.

»Das ist Stubbs' Haus«, sagte er. »Hunderttausend Dollar hat der Bau gekostet. Die Stubbs gehören zu unseren besten Familien. Der alte Stubbs kam vor etwa siebzig Jahren als Missionar hierher.«

Er hielt einen Augenblick lang inne und schaute mich durch seine großen Brillengläser mit blinzelnden Augen an.

»Alle unsere guten Familien stammen von Missionaren ab«, sagte er. »Man zählt nicht mit in Honolulu, wenn nicht der Vater oder der Großvater die Heiden bekehrt hat.«

»So?«

»Kennen Sie Ihre Bibel gut?«

»Ziemlich«, antwortete ich.

»Da gibt es eine Stelle, die lautet: ›Die Väter haben Herlinge gegessen, aber den Kindern sind die Zähne stumpf geworden.‹ Ich glaube, in Honolulu geht es anders zu. Die Väter haben dem Kanaken das Christentum gebracht, und die Söhne haben ihm sein Land entrissen.«

»Wer sich selbst hilft, dem hilft Gott«, murmelte ich.

»So ist es, sicher. Damals, als die Eingeborenen dieser Insel sich das Christentum erworben hatten, konnten sie es sich nicht mehr leisten, irgend etwas anderes zu erwerben. Die Könige gaben den Missionaren als Zeichen ihrer Hochschätzung Land, und die Missionare kauften Land für Schätze im Himmel. Das war sicher eine gute Kapitalsanlage. Einer der Missionare verließ das Geschäft – ich glaube, man kann es ohne zu beleidigen ein Geschäft nennen – und wurde Grundstücksagent, aber das ist eine Ausnahme. Meistens waren es die Söhne, die sich um die kommerzielle Seite der Sache kümmerten. Oh, es ist praktisch, einen Vater zu haben, der vor fünfzig Jahren zur Verbreitung des Glaubens hierherkam.«

Dann schaute er auf die Uhr.

»Mein Gott, sie steht. Das heißt, daß es Zeit ist für einen Cocktail.«

Wir sausten die vorzügliche, von Hibiskushecken eingesäumte Straße hinunter und kamen in die Stadt.

»Waren Sie schon im Unionssaal?«

»Noch nicht.«

»Dann wollen wir dort hingehen.«

Ich wußte, dies war eines der berühmtesten Häuser in Honolulu, und ich betrat es mit lebhafter Neugier. Man gelangt von der King Street aus durch eine schmale Passage hin, und in dieser Passage gibt es so viele Büroräume, daß man von der hier einbiegenden durstigen Seele ebensogut annehmen könnte, sie strebe in einen der Geschäftsräume wie in den Unionssaal. Dies ist ein großer Raum mit drei Eingängen; der Bar gegenüber, die sich der ganzen Länge nach erstreckt, liegt eine Reihe kleiner, abgeteilter Zimmer. Die Legende erzählt, daß sie gebaut wurden, damit König Kalakaua dort trinken konnte, ohne von seinen Untertanen gesehen zu werden, und es ist ein hübscher Gedanke, daß in einem dieser Räume er, der rabenschwarze Potentat, mit Robert Louis Stevenson bei einer Flasche gesessen haben mag. Es gibt hier auch ein Ölbild von ihm in einem reichen goldenen Rahmen, aber auch zwei Stiche der Königin Victoria. An den Seitenwänden hängen altmodische Gravüren aus dem achtzehnten Jahrhundert; eine davon, und Gott allein weiß, wie sie hierhergekommen sein mag, ist nach einem pompösen Bild von de Wilde gemacht. Auch gibt es Öldrucke aus den Weihnachtsbeilagen von zwanzig Jahren alten *Graphic* und *Illustrated London News*, Plakate für Whisky, Gin, Champagner und Bier und Photographien von Fußballmannschaften und Eingeborenenorchestern.

Das Haus schien nicht in unsere moderne, hastende Welt zu gehören, die ich draußen auf der hellen Straße verlassen hatte, sondern zu einer sterbenden. Alles roch ein wenig nach vorgestern. Matt und düster beleuchtet, hatte es etwas leicht Mysteriöses, und man konnte sich gut vorstellen, daß dies der gegebene Rahmen für dunkle Geschäfte war. Man dachte an eine gewaltsamere Zeit, da unbarmherzige Männer ihr Leben in die Hand nahmen und grausame Taten die Eintönigkeit des Daseins unterbrachen.

Als ich den Saal betrat, waren dort ziemlich viele Menschen. Eine Gruppe von Geschäftsleuten stand an der Bar und unterhielt sich, und in der Ecke saßen zwei Kanaken und tranken. Zwei oder drei Männer, die wahrscheinlich Ladenbesitzer waren, belustigten sich mit Würfeln. Die übrigen gehörten sichtlich dem Meere an, sie waren Kapitäne kleiner Schiffe, Obermaate und Ingenieure. Hinter der Bar, heftig mit dem Zubereiten von Honolulu-Cocktail beschäftigt, für den das Haus berühmt war, bedienten zwei große Eingeborene in Weiß, fette, glattrasierte dunkelhäutige Männer mit dichtem Kraushaar und großen hellen Augen.

Winter schien mehr als die Hälfte der Anwesenden zu kennen: als wir auf die Bar zustrebten, lud ein kleiner, bebrillter Mann, der allein da stand, ihn zu einem Drink ein.

»Nein, Sie trinken mit mir, Kapitän«, sagte Winter.

Er wandte sich an mich.

»Darf ich Ihnen Kapitän Butler vorstellen?«

Der kleine Mann gab mir die Hand. Wir unterhielten uns, aber da meine Aufmerksamkeit ständig von der Umgebung angezogen wurde, nahm ich wenig Notiz von ihm, und nachdem wir einen Cocktail getrunken hatten, trennten wir uns.

Wieder im Wagen, sagte Winter zu mir während der Fahrt:

»Ich freue mich, daß wir Butler getroffen haben. Ich wollte, daß Sie ihn kennenlernen. Was halten Sie von ihm?«

»Ich hatte keine Gelegenheit, viel von ihm zu halten«, antwortete ich.

»Glauben Sie an übernatürliche Dinge?«

»Ich weiß es nicht genau«, sagte ich lächelnd.

»Ihm ist nämlich vor ein, zwei Jahren etwas höchst Seltsames widerfahren. Sie sollten es sich von ihm erzählen lassen.«

»Worum handelt es sich?«

Winter beantwortete meine Frage nicht.

»Ich selbst habe keine Erklärung dafür«, sagte er. »Aber über die Tatsachen besteht kein Zweifel. Interessieren Sie sich für solche Sachen?«

»Was für Sachen?«

»Für Spuk und Magie und all das.«

»Ich habe noch keinen getroffen, der sich nicht dafür interessiert hätte.«

Winter schwieg eine Zeitlang.

»Ich glaube, ich will es Ihnen lieber nicht selbst erzählen. Sie müssen es aus seinem eigenen Munde hören, um es beurteilen zu können. Haben Sie für heute abend schon etwas vor?«

»Nicht das geringste.«

»Nun, dann werde ich ihn bis dahin schon irgendwo erwischen und erfahren, ob wir auf sein Schiff kommen können.«

Winter berichtete mir einiges über ihn. Kapitän Butler hatte sein ganzes Leben auf dem Pazifik verbracht. Es war ihm früher viel besser gegangen als jetzt, denn er war Erster Offizier und dann Kapitän eines Passagierdampfers gewesen, der an der Küste von Kalifornien hin und her fuhr, aber er hatte sein Schiff verloren, und eine Anzahl von Passagieren war dabei ertrunken.

»Alkohol, glaube ich«, sagte Winter.

Natürlich war die Sache untersucht worden; das hatte ihm sein Patent gekostet, und er mußte sich irgendwie illegal durchschlagen. Ein paar Jahre lang trieb er sich auf der Südsee herum, jetzt aber war er Kapitän eines kleinen Schoners, der zwischen Honolulu und den verschiedenen Inseln der Gruppe hin und her segelte. Das Schiff gehörte einem Chinesen, der in der Tatsache, daß sein Kapitän kein Patent besaß, nur die Möglichkeit sah, ihn für geringeren Lohn bekommen zu können. Und einen Weißen in Diensten zu haben, war immer ein Vorteil.

Nun ich so viel von ihm erfahren hatte, unterzog ich mich der Mühe, mir genauer vorzustellen, wie er eigentlich aussah. Ich erinnerte mich an die runde Brille und die blauen Kugelaugen dahinter, und so allmählich ließ ich sein Bild wieder vor mir erstehen. Er war ein kleiner, plumper Mann mit einem Vollmondgesicht, kurzer, dicker Nase, hellem, stoppeligem Haar und glattrasierten roten Wangen, plumpen Händen mit Grübchen an den Gelenken und kurzen, dicken Beinen. Eine fröhliche Seele von Natur, schien er die tragische Erfahrung, die er gemacht hatte, narbenlos überstanden zu haben. Er mußte vier- oder fünfunddreißig sein, sah jedoch viel jünger aus. Aber schließlich hatte ich ihn nur ganz oberflächlich angeschaut, und jetzt, da ich die Katastrophe kannte, die offensichtlich sein Leben ruiniert hatte, nahm ich mir vor, beim Wiedersehen sorgfältiger auf ihn zu achten. Es ist seltsam, den Unterschied in der gefühlsmäßigen Reaktion bei den verschiedenen Menschen zu beobachten. Der eine kann durch die entsetzlichsten Schlachten gegangen sein und die Angst vor drohendem Tod und unvorstellbaren Schrecknissen erfahren haben und mit unverletzter Seele daraus hervorgehen, während bei einem anderen das zitternde Bild des Mondes auf einsamer See oder der Sang eines Vogels im Dickicht eine Umwälzung hervorrufen kann, die sein ganzes Wesen verwandelt. Hängt das von Stärke oder Schwäche ab, von Mangel an Phantasie oder Unstetheit des Charakters? Ich weiß es nicht. Als ich mir die Szene des Schiffsunterganges vorstellte, die Schreie und das Entsetzen der Ertrinkenden und später die Hölle der Untersuchung, den Kummer derjenigen, die um einen Verlorenen trauerten, und die harten Worte, die er über sich selbst in den Zeitungen hatte lesen müssen, all die Schande und das Unglück, da fiel mir voller Schrecken ein, daß Kapitän Butler mit der schlüpfrigen Freiheit eines Schuljungen von hawaiischen Mädchen, von Iwelei, dem Dirnenviertel, und seinen erfolgreichen Abenteuern dort gesprochen hatte. Er lachte leicht, und doch hätte man denken sollen, er müßte das Lachen verlernt haben. Ich erinnerte mich seiner leuchtend weißen Zähne; sie waren das Anziehendste in seinem Gesicht. Er fing an, mich zu interessieren, und während ich an ihn und seine heitere Sorglosigkeit dachte, vergaß ich die besondere Geschichte, derentwegen ich ihn ja wiedersehen sollte. Ich wollte ihm selbst nochmals begegnen, um wenn möglich ein wenig deutlicher zu erforschen, wes Geistes Kind er wohl sei.

Winter traf die nötigen Vorkehrungen, und nach dem Abendessen gingen wir hinunter zum Kai. Das Boot des Schiffes wartete auf uns, und wir ruderten hinaus. Der Schoner war außerhalb des Hafens in der Nähe des Wellenbrechers verankert. Wir legten seitwärts an, und ich hörte den Klang einer Ukulele. Dann kletterten wir die Leiter hinauf.

»Ich denke, er ist in seiner Kabine«, sagte Winter und ging voran.

Es war eine kleine Kabine, durchnäßt und verschmutzt, mit einem Tisch an der einen Seite und einer breiten Bank, die ringsum lief, auf der, wie ich vermutete, die Passagiere schliefen, denen man den schlechten Rat gegeben hatte, mit diesem Schiff zu fahren. Eine Petroleumlampe verbreitete trübes Licht. Die Ukulele wurde von einer jungen Eingeborenen gespielt, und Butler saß halb liegend da, den Kopf an ihrer Schulter, den Arm um ihre Mitte gelegt.

»Lassen Sie sich durch uns nicht stören, Kapitän«, rief Winter fröhlich.

»Kommen Sie herein«, sagte Butler, erhob sich und reichte uns die Hand. »Was wollen Sie trinken?«

Es war eine warme Nacht, und durch die offene Tür sah man die zahllosen Sterne an einem Himmel, der immer noch fast blau war. Kapitän Butler trug ein ärmelloses Unterhemd, das seine dicken weißen Arme sehen ließ, und eine unglaublich schmutzige Hose. Seine Füße waren nackt, aber auf dem Kopf hatte er einen sehr alten, ganz formlosen Filzhut.

»Darf ich Sie meinem Mädchen vorstellen? Ist sie nicht ein Prachtstück?«

Wir reichten einer sehr schönen jungen Person die Hand. Sie war ein gutes Stück größer als der Kapitän, und selbst das übliche Kleid der Inseln, das die Missionare einer vergangenen Generation im Hinblick auf die gute Sitte den unwilligen Eingeborenen aufgezwungen hatten, vermochte die Schönheit ihrer Gestalt nicht zu verbergen. Man konnte mutmaßen, daß sie im Alter zur Korpulenz neigen werde, doch jetzt gab sie sich graziös und geschmeidig. Ihre braune Haut war von köstlicher Durchsichtigkeit, und ihre Augen strahlten. Das schwarze, sehr dichte und reiche Haar lag ihr in festen Flechten rund um den Kopf. Als sie bei der entzückend natürlichen Begrüßung lächelte, zeigte sie zwei Reihen kleiner, ebenmäßiger und weißer Zähne. Sie war wirklich ein höchst anziehendes Geschöpf. Es fiel nicht schwer, zu erraten, daß der Kapitän bis über die Ohren verliebt war. Er konnte kaum den Blick von ihr lassen und mußte sie ständig spüren, was leicht begreiflich war. Doch viel merkwürdiger kam es mir vor, daß auch das Mädchen offensichtlich in ihn verliebt war. Ein unmißverständlicher Glanz leuchtete ihr aus den Augen, und von ihren ein wenig geöffneten Lippen schien ein sehnsüchtiger Seufzer zu kommen. Das war aufregend, es war sogar ein wenig rührend, und ich konnte nicht umhin, mich als störend zu empfinden. Was hatte ein Fremder hier bei diesem liebeskranken Paar zu suchen? Ich wünschte, Winter hätte mich nicht hierhergebracht. Und mir schien, als sei diese schmutzige Kabine verwandelt und genau der richtige Rahmen für solch eine äußerste Leidenschaft. Ich wußte, daß ich diesen Schoner niemals mehr vergessen konnte, wie er dalag im Hafen von Honolulu, umringt von anderen Schiffen und doch unter der Unendlichkeit des ausgestirnten Himmels fern von aller Welt. Ich liebte den Gedanken, daß diese beiden Liebenden bei Nacht hinaussegeln sollten über die leeren Weiten des Stillen Ozeans von einer grünen hügeligen Insel zur andern. Ein sanfter Hauch von Romantik fächelte meine Wange.

Und doch war Butler der letzte, dem man eine Beziehung zur Romantik zugetraut hätte, und es fiel schwer, in ihm etwas zu sehen, das Liebe erwecken konnte. In den Kleidungsstücken, die er jetzt trug, wirkte er noch gedrungener als sonst, und die runde Brille verlieh seinem runden Gesicht das Aussehen eines spröden Engels. Er gemahnte an einen Pfarrer, der vor die Hunde gegangen ist. Seine Unterhaltung war gepfeffert mit den wunderlichsten Amerikanismen, und nur weil ich daran zweifle, sie wiedergeben zu können, werde ich, obgleich dies der Lebendigkeit des Berichtes Abbruch tut, die Geschichte, die er mir später erzählte, mit eigenen Worten berichten. Noch dazu war er nicht fähig, einen Satz ohne einen Fluch, wenn auch einen harmlosen, zu beenden, und seine Redeweise, die allerdings nur prüde Ohren verletzen könnte, müßte im Druck roh und grob wirken. Er war der Freude immer zugänglich, was vielleicht nicht wenig zu seinen Erfolgen in der Liebe beitrug. Da Frauen meistens oberflächliche Geschöpfe sind, langweilen sie sich zu Tode bei dem Ernst, mit dem viele Männer sie behandeln, können aber einem Spaßmacher, der sie zum Lachen bringt, selten widerstehen. Ihr Sinn für Humor ist von rauher Art. Diana von Ephesus ist jederzeit bereit, Klugheit in den Wind zu schlagen und über einen rotnasigen Komödianten zu lachen, der sich auf seinen Hut setzt. Es wurde mir klar, daß Kapitän Butler Charme hatte. Wäre mir die tragische Geschichte des Schiffbruchs nicht bekannt gewesen, so hätte ich bestimmt geglaubt, er sei bisher von allem Kummer verschont geblieben.

Unser Gastgeber hatte bei unserer Ankunft geläutet, und nun kam ein Chinese und brachte noch einige Gläser und mehrere Siphonflaschen. Der Whisky und das leere Glas des Kapitäns standen bereits auf dem Tisch. Als ich den Chinesen erblickte, erstarrte ich buchstäblich, denn ich sah den häßlichsten Menschen, dem ich je begegnet bin. Er war ganz kurzgliedrig, dicklich und hinkte stark. Er trug ein Unterhemd und einst weiß gewesene, jetzt völlig verdreckte Hosen und auf dem Büschel borstiger grauer Haare ein altes Stoffjägerhütchen. Dies hätte auf jedem Chinesenhaupt grotesk ausgesehen, auf dem seinen aber wirkte es einfach abschreckend. Sein breites viereckiges Gesicht war ganz flach, als sei es von einer mächtigen Faust breit geschlagen worden, und es war übersät mit Blatternarben. Doch das abstoßendste an ihm war die auffallende Hasenscharte, die nie operiert worden war, so daß die gespaltene Oberlippe in scharfem Winkel zur Nase aufstieg und sich in der Öffnung ein riesiger gelber Zahn zeigte. Es sah scheußlich aus, als er mit dem Stummel einer Zigarette in einem Mundwinkel hereinkam; es gab ihm, ich weiß nicht warum, ein teuflisches Aussehen.

Er schenkte den Whisky ein und öffnete eine Siphonflasche.

»Nicht verdünnen, John«, sagte der Kapitän.

Er antwortete nichts, sondern reichte jedem von uns ein Glas. Dann ging er hinaus.

»Ich habe bemerkt, daß Sie meinen Chinesen angeschaut haben«, sagte Butler mit einem Grinsen auf dem fetten, glänzenden Gesicht.

»Ich möchte ihm nicht im Dunkeln begegnen«, antwortete ich.

»Ja, er sieht ungemütlich aus«, gab der Kapitän zu, und aus irgendeinem Grund lag ein Ton sonderbarer Befriedigung in seiner Stimme. »Aber für eins ist er gut, das kann ich Ihnen versichern: jedesmal, wenn man ihn angeschaut hat, muß man einen Schluck trinken.«

Da fiel mein Blick auf einen Flaschenkürbis, der an der Wand hing, und ich stand auf, um ihn näher zu betrachten. Ich suchte seit langem nach einem alten, und dieser war schöner als irgendeiner, den ich außerhalb eines Museums gesehen hatte.

»Der Häuptling einer Insel hat ihn mir gegeben«, sagte der Kapitän, der mich beobachtete. »Ich habe ihm einen Gefallen getan, und er wollte mir etwas Gutes dafür erweisen.«

»Das ist ihm gelungen«, antwortete ich.

Ich fragte mich gerade, ob ich Kapitän Butler ohne Umschweife ein Angebot dafür machen sollte, denn ich konnte mir nicht vorstellen, daß er auf solche Dinge irgendwelchen Wert lege, als er wie ein Gedankenleser sagte:

»Nicht für zehntausend Dollar würde ich ihn verkaufen.«

»Das will ich meinen«, warf Winter ein. »Es wäre ein Verbrechen, ihn herzugeben.«

»Warum?« fragte ich.

»Das gehört zu unserer Geschichte«, erwiderte Winter, »nicht wahr, Kapitän?«

»Ganz bestimmt.«

»Also lassen Sie sie hören!«

»Der Abend ist noch jung«, antwortete er.

Der Abend verlor deutlich an Jugend, ehe er meine Neugier befriedigte, und inzwischen tranken wir ein gut Teil zuviel Whisky, während Kapitän Butler von seinen Erlebnissen in San Francisco und der Südsee erzählte. Schließlich schlief das Mädchen ein. Sie lag zusammengerollt auf der Bank, das Gesicht in einen braunen Arm geborgen, und ihr Busen hob und senkte sich sanft bei jedem Atemzug. Im Schlaf schaute sie böse drein, war aber auf düstere Weise schön.

Er hatte sie auf einer der Inseln jener Gruppe gefunden, wo er, wann immer es etwas zu verladen gab, mit seinem verrückten alten Schoner herumsegelte. Die Kanaken lieben die Arbeit nicht gerade leidenschaftlich, und die fleißigen Chinesen und die schlauen Japaner hatten den Handel ihren Händen entwunden. Ihr Vater besaß einen Streifen Land, auf dem er Taro und Bananen anpflanzte, und er hatte ein Boot, in dem er auf Fischfang ging. Er war entfernt verwandt mit dem Maat des Schoners, und eben dieser Maat war es, der Kapitän Butler einmal in das schäbige kleine Holzhaus mitnahm, um einen vergnügten Abend dort zu verbringen. Sie nahmen zu dem Zweck eine Flasche Whisky und die Ukulele mit. Der Kapitän war kein schüchterner Mensch, und wo immer er ein schönes Mädchen sah, machte er ihr den Hof. Er beherrschte die Sprache der Eingeborenen fließend, und es dauerte nicht lange, ehe er die Schüchternheit des Mädchens besiegt hatte. Sie verbrachten den Abend mit Singen und Tanzen, und am Ende saß sie neben ihm, und er hatte einen Arm um ihre Mitte gelegt. Zufällig mußte das Schiff einige Tage im Hafen dieser Insel verweilen, und der Kapitän, der nie viel von Eile gehalten hatte, traf keine Anstalten, diesen Aufenthalt abzukürzen. Er fühlte sich sehr behaglich in diesem schmucken kleinen Hafen, und das Leben war lang. Morgens schwamm er einmal rund um sein Schiff und am Abend ebenfalls. Am Kai war ein Kramladen, wo die Seeleute auch einen Schluck Whisky bekommen konnten und der Kapitän den größten Teil des Tages verbrachte und mit dem Mischling, dem der Laden gehörte, Karten spielte. Abends gingen er und der Maat zu dem Haus, in dem das schöne Mädchen wohnte, und sie sangen ein paar Lieder und erzählten Geschichten. Der Vater des Mädchens war es schließlich, der vorschlug, er solle sie doch mitnehmen. Sie besprachen die Sache rein freundschaftlich, während das Mädchen sich an ihn lehnte und durch Händedrücke und sanfte, lächelnde Blicke dazu ermunterte. Sie gefiel ihm wirklich, und er war ein häuslicher Mensch. Wie oft war es doch langweilig auf See, und es wäre wirklich hübsch, so ein schönes kleines Geschöpf auf dem alten Schiff um sich zu haben. Auch bedachte er die praktische Seite der Sache und fand, es sei sehr von Nutzen, jemandem die Sorge für seine Socken und seine Wäsche anvertrauen zu können. Er hatte es satt, seine Sachen von dem Chinesen waschen zu lassen, der alles in Stücke riß. Die Eingeborenen wuschen viel besser, und hie und da, wenn der Kapitän in Honolulu an Land ging, gefiel er sich darin, in einem eleganten Leinenanzug auszuschweifen. Es handelte sich nur mehr um den Preis. Der Vater verlangte zweihundertfünfzig Dollar, und der Kapitän, der nie ein sparsamer Mensch gewesen war, verfügte im Augenblick nicht über eine so hohe Summe. Doch war er großzügig und wollte, die sanfte Wange des Mädchens an der seinen, nicht handeln. Er bot hundertfünfzig in bar an und weitere hundert in drei Monaten. Es gab noch eine lange Verhandlung, und die beiden Parteien konnten an diesem Abend noch zu keiner Einigung gelangen. Aber dieser Gedanke hatte bei dem Kapitän eingeschlagen, und er konnte in dieser Nacht nicht so gut schlafen wie üblich. Immer wieder träumte er von dem herrlichen Mädchen und erwachte jedesmal gerade, wenn sie ihre zarten, sinnlichen Lippen auf die seinen drückte. Am Morgen beschimpfte er sich fluchend, weil eine schlechte Pokernacht bei seinem letzten Besuch in Honolulu ihm so wenig Bargeld gelassen hatte. Und wenn er am Abend zuvor in das Mädchen verliebt gewesen war, so war er heute morgen geradezu versessen auf sie.

»Hör mal, Bananas«, sagte er zu seinem Maat, »ich muß das Mädchen haben. Geh hin und sage dem Vater, ich werde ihm den Zaster heute abend bringen, und sie soll sich bereithalten. Ich nehme an, wir können in aller Frühe losfahren.«

Ich habe keine Ahnung, warum der Maat unter diesem ungewöhnlichen Namen bekannt war. Er hieß eigentlich Wheeler, aber obgleich er diesen englischen Namen hatte, war kein Tropfen weißen Blutes in ihm. Er war ein großer Mensch, wohlgebaut, wenn auch zur Dicke neigend, aber dunkler als die meisten in Hawaii und nicht mehr jung. Sein krauses, lockiges, dichtes Haar wurde bereits grau. Seine oberen Schneidezähne hatten Goldhülsen, auf die er sehr stolz war. Er schielte nicht unerheblich, was ihm einen ausschweifenden Zug verlieh. Der Kapitän, der ständig zu scherzen liebte, fand darin eine Quelle der Heiterkeit und zögerte um so weniger, ihn damit aufzuziehen, als er merkte, daß er dabei auf einen wunden Punkt traf. Bananas war im Gegensatz zu den meisten Eingeborenen von schweigsamer Natur, und Kapitän Butler hätte ihn bestimmt verachtet, wenn ein Mann von seiner Gutmütigkeit überhaupt irgend jemanden hätte verachten können. Auf See hatte er gern einen Menschen um sich, mit dem er reden konnte; er war von gesprächiger, geselliger Natur. Selbst ein Missionar müßte zum Säufer werden, wenn er Tag für Tag mit einem Burschen beisammen wäre, der den Mund nicht auftut. Butler versuchte alles, um den Mann aufzuwecken, das heißt, er hänselte ihn gnadenlos. Da es aber keinen Spaß machte, ganz allein darüber zu lachen, kam er zu der Überzeugung, betrunken oder nüchtern sei Bananas keine ausreichende Gesellschaft für einen weißen Mann. Aber dieser Schweiger war ein guter Seefahrer, und Butler hatte genug Verstand, den Wert eines Maats, dem er vertrauen durfte, nicht zu unterschätzen. Es geschah nicht selten, daß der Kapitän, wenn sie abfuhren, an Bord kam und zu nichts mehr taugte als zum Zubettgehen, und da war es viel wert, zu wissen, daß er dort bleiben und seinen Rausch ausschlafen konnte, während Bananas das übrige besorgte. Aber er blieb doch ein ungeselliger Teufel, und jemanden an Bord zu bekommen, mit dem man sprechen konnte, hatte daher einen besonderen Reiz. Das Mädchen war genau die richtige Person. Abgesehen von allem anderen, büßten die Trinkgelage an Land ihre Anziehungskraft ein, wenn er ein kleines Mädchen an Bord wußte, das ihn bei der Heimkehr empfing.

Er ging zu seinem Freund, dem Krämer, und bat ihn bei einem Glase Gin um ein Darlehen. Es gab ein paar recht nützliche Dinge, die der Kapitän eines Schiffes für den Krämer eines Schiffes tun konnte, und nach einer viertelstündigen

Unterhaltung im Flüsterton (es hat keinen Sinn, all und jeden wissen zu lassen, was für Geschäfte man tätigt) stopfte sich der Kapitän ein Bündel Banknoten in die hintere Hosentasche, und in der gleichen Nacht, als er wieder auf sein Schiff zurückkehrte, war das Mädchen bei ihm.

Was Kapitän Butler vorausgesehen hatte, als er nach Gründen suchte, um auszuführen, was zu tun er bereits entschlossen war, traf tatsächlich ein. Er gab das Trinken zwar nicht auf, aber er trank nicht mehr bis zur Bewußtlosigkeit. Ein Abend mit den Jungens, nachdem er sich zwei, drei Wochen auf See befunden hatte, war gewiß etwas Hübsches, aber es war mindestens ebenso hübsch, zu seinem kleinen Mädchen zurückzukommen. Er dachte daran, wie sanft sie schlief und wie sie, wenn er in die Kabine kam und sich über sie beugte, langsam die Augen öffnete und die Arme nach ihm ausstreckte; das war mehr wert als alles andere. Und er merkte, daß er dabei Geld sparte. Da er ein großzügiger Mann war, tat er genau das Richtige damit: er kaufte ihr eine Silbergarnitur Bürsten für ihr langes Haar, eine goldene Kette und einen Ring mit einem synthetischen Rubin. Herrgott, das Leben machte Spaß!

Ein Jahr ging dahin, ein volles Jahr, und er war ihrer immer noch nicht müde. Er gehörte nicht zu den Leuten, die ihre Gefühle analysieren, aber dies hier war so überraschend, daß es sogar ihm auffallen mußte. Etwas Zauberhaftes mußte an diesem Mädchen sein. Er konnte nicht umhin zuzugeben, daß er von ihr mehr eingenommen war denn je, und manchmal kam ihm sogar der Gedanke, daß es gar nicht so übel wäre, sie zu heiraten.

Dann erschien eines Tages der Maat weder zum Mittagessen noch zum Tee. Butler kümmerte sich nicht darum bei der ersten Mahlzeit, bei der zweiten aber fragte er den chinesischen Koch:

»Wo ist der Maat? Kommt er nicht zum Tee?«

»Will keinen Tee«, antwortete der Chinese.

»Er ist doch nicht krank?«

»Weiß nicht.«

Am nächsten Tag erschien Bananas wieder, war aber noch mürrischer als sonst, und nach dem Essen fragte der Kapitän das Mädchen, was mit ihm los sei. Sie lächelte und zuckte die schönen Schultern. Dann erzählte sie dem Kapitän, daß Bananas in sie verliebt und nun gekränkt sei, weil sie ihn abgewiesen habe. Der Kapitän war ein gutmütiger Mensch und nicht eifersüchtig von Natur; es kam ihm nur unbeschreiblich komisch vor, daß Bananas verliebt sei. Ein Mann, der so inständig schielte, konnte nur wenig Glück haben. Beim Tee zog er ihn fröhlich auf, tat so, als spreche er in die Luft, damit der Maat im ungewissen bleibe, ob er etwas wisse, verabfolgte ihm aber dabei ein paar ganz gehörige Schläge. Das Mädchen fand ihn durchaus nicht so komisch und bat den Kapitän später, nicht mehr darauf anzuspielen. Er war verblüfft über ihren Ernst. Doch sie sagte, er kenne ihre Leute nicht. Einmal leidenschaftlich entflammt, seien sie zu allem fähig. Sie war ein wenig verängstigt. Dies fand er so albern, daß er herzlich darüber lachte.

»Wenn er dich wieder belästigt, drohe ihm einfach, mir alles zu erzählen. Das wird ihn zur Vernunft bringen.«

»Entlasse ihn lieber, sage ich dir.«

»Nie im Leben! Ich weiß, was ein guter Seemann wert ist. Aber wenn er dich nicht in Ruhe läßt, werde ich ihm die schönste Tracht Prügel verabreichen, die er je bekommen hat.«

Vielleicht besaß das Mädchen mehr Verstand als ihre übrigen Geschlechtsgenossinnen. Sie wußte anscheinend, daß es sinnlos sei, mit einem Mann zu argumentieren, wenn er sich einmal etwas in den Kopf gesetzt hat, da dies nur seine Hartnäckigkeit steigert. Deshalb schwieg sie. Und nun vollzog sich auf diesem schäbigen alten Schoner, der zwischen diesen lieblichen Inseln über das schweigende Meer dahinzog, ein dunkles, spannendes Drama, von dem der dicke, kleine Kapitän überhaupt nichts merkte. Der Widerstand des Mädchens entflammte Bananas derart, daß er aufhörte, ein Mensch zu sein, und nur mehr blindes Verlangen war. Er machte ihr weder liebenswürdig noch heiter den Hof, sondern mit einer schwarzen, wilden Raubgier. Ihre Verachtung hatte sich in Haß gewandelt, und wenn er in seiner Art um sie warb, begegnete sie ihm mit bitterem, wütendem Hohn. Aber dieser Kampf ging schweigend vor sich, und als der Kapitän sie nach einer Weile fragte, ob Bananas sie immer noch belästige, leugnete sie es.

Doch eines Nachts, als sie in Honolulu waren, kam er gerade noch in letzter Minute an Bord. Sie sollten bei Morgengrauen absegeln. Bananas war an Land gewesen, hatte einheimischen

Alkohol zu sich genommen und war betrunken. Der Kapitän, der heranruderte, hörte Laute, die ihn überraschten. Eilig kletterte er die Leiter hinauf und sah Bananas völlig außer sich beim Versuch, die Kabinentür einzudrücken. Dabei brüllte er mit dem Mädchen und schwor, er werde sie umbringen, wenn sie ihn nicht einlasse.

»Was, zum Teufel, machst du da?« rief Butler.

Der Maat ließ die Klinke los, warf dem Kapitän einen Blick wilden Hasses zu und wandte sich wortlos zum Gehen.

»Halt! Was hast du an dieser Tür gemacht?«

Der Maat sprach noch immer nicht. Er schaute ihn nur mit finsterer, ohnmächtiger Wut an.

»Dich will ich lehren, mir einen gemeinen Streich zu spielen, du dreckiger, schielender Nigger!« sagte der Kapitän.

Er war gut um einen Fuß kleiner als der Maat und ihm nicht gewachsen, aber gewohnt, mit eingeborener Mannschaft umzugehen, und die Faust saß ihm locker. Vielleicht war das nicht die Waffe, die der Gentleman benutzt, aber der Kapitän war ja kein Gentleman, noch hatte er es für gewöhnlich mit Gentlemen zu tun. Ehe Bananas recht wußte, wie ihm geschah, hatte der Kapitän den rechten Arm in die Höhe gerissen und die Faust mit dem Stahlring hackscharf auf seines Maats Backe niedersausen lassen. Bananas schlug hin wie der Ochse unter dem Schlachtbeil.

»Jetzt weiß er Bescheid«, sagte der Kapitän.

Bananas rührte sich nicht. Das Mädchen entriegelte die Kabinentür und kam heraus.

»Ist er tot?«

»Ach nein!«

Er rief ein paar von seinen Leuten und befahl ihnen, den Maat in seine Koje zu tragen. Dabei rieb er sich voller Befriedigung die Hände, und die runden blauen Augen glänzten hinter der Brille. Aber das Mädchen war seltsam still. Sie umarmte ihn plötzlich, als wollte sie ihn vor einer unsichtbaren Gefahr beschirmen.

Es dauerte ein paar Tage, ehe Bananas wieder erschien, und als er aus seiner Kabine kam, war sein Gesicht verkrustet und geschwollen. Durch die Dunkelheit seiner Haut sah man blauunterlaufene Stellen. Butler bemerkte ihn, wie er über das Deck schlich, und rief ihn. Der Maat kam wortlos auf ihn zu.

»Hör mal, Bananas«, sagte er zu ihm und rückte die Brille auf der feuchten Nase zurecht, denn es war sehr heiß. »Ich werde dich dieser Sache wegen nicht entlassen, aber du weißt jetzt: wenn ich zuschlage, schlage ich fest zu. Vergiß das nicht, und mache mir nicht wieder so komische Geschichten.«

Dann streckte er ihm die Hand hin und blitzte ihn mit seinem gutartigen Lächeln an, das sein größter Charme war. Der Maat ergriff die dargereichte Rechte und verzog die geschwollenen Lippen zu einem teuflischen Grinsen. Für den Kapitän war der Vorfall damit so völlig bereinigt, daß er, als sie bei Tische saßen, Bananas seines Aussehens wegen aufzog. Der Maat konnte nur mit Schwierigkeiten essen, und sein geschwollenes, schmerzverzerrtes Gesicht sah wirklich abstoßend aus.

Am gleichen Abend, als der Kapitän auf dem oberen Deck saß und seine Pfeife rauchte, schüttelte ihn plötzlich ein kalter Schauer.

»Ich weiß nicht, warum mich in einer solchen Nacht fröstelt«, murmelte er. »Vielleicht habe ich Fieber. Schon den ganzen Tag über habe ich mich nicht recht wohl gefühlt.«

Als er zu Bett ging, nahm er Chinin und fühlte sich am nächsten Morgen besser, aber so wackelig, als habe er ein großes Trinkgelage hinter sich.

»Ich glaube, meine Leber ist nicht ganz in Ordnung«, sagte er und schluckte eine Pille.

Den ganzen Tag über hatte er nicht viel Appetit, und gegen Abend fühlte er sich ernstlich krank. Er versuchte die nächste ihm bekannte Arznei, die darin bestand, drei heiße Whisky zu trinken, doch schien ihm das wenig zu helfen, und als er sich am Morgen im Spiegel betrachtete, war er von dem Anblick nicht sehr erbaut.

»Wenn wir nach Honolulu kommen und ich bis dahin noch nicht wieder in Ordnung bin, will ich Doktor Denby aufsuchen. Er wird mich schon wieder aufmöbeln.«

Er konnte nichts essen, seine sämtlichen Gelenke waren schwer vor Müdigkeit, und wenn er auch ganz gut schlief, so erwachte er doch ohne das Gefühl von Erfrischtsein, sondern verspürte im Gegenteil eine sonderbare Erschöpfung. Und der energische kleine Mann, der den Gedanken, im Bett zu bleiben, sonst nicht ertragen konnte, mußte sich mit Mühe dazu zwingen, morgens aus seiner Koje zu kriechen. Nach ein paar Tagen sah er die

Unmöglichkeit ein, der Schlappheit, die ihn niederdrückte, länger zu trotzen, und entschloß sich, nicht aufzustehen.

»Bananas kann sich um das Schiff kümmern«, sagte er. »Das hat er früher auch schon getan.«

Still für sich lachte er, wenn er daran dachte, wie oft er kraftlos in seiner Koje gelegen hatte nach einer Nacht mit den Jungens, als das Mädchen noch nicht bei ihm lebte. Er lächelte ihr zu und drückte ihre Hände, wenn sie ratlos und ängstlich war. Er sah, wie sie sich seinetwegen grämte, und versuchte, sie zu trösten. Es habe ihm sein Lebtag nie etwas gefehlt, und in einer Woche werde er wieder so gesund sein wie ein junger Hund.

»Ich wünschte, du würdest Bananas entlassen«, sagte sie. »Ich habe so ein Gefühl, als stecke er hinter dieser ganzen Sache.«

»Heilfroh bin ich, daß ich ihn nicht entlassen habe. Wer könnte sich sonst um das Schiff kümmern? Ich weiß, was ein guter Seemann wert ist.« Seine blauen, jetzt recht blassen Augen, deren Weißes ganz gelb war, zwinkerten. »Du meinst doch nicht etwa, daß er versucht, mich zu vergiften, Mädel?«

Sie antwortete nicht, doch redete sie eingehend mit dem chinesischen Koch und überwachte die Speisen für den Kapitän aufs sorgfältigste. Aber er aß ja jetzt so wenig, und sie konnte ihn nur mit Mühe dazu bringen, mehrmals am Tage eine Tasse Suppe zu sich zu nehmen. Es bestand kein Zweifel mehr darüber, daß er schwer krank war; er verlor rasch an Gewicht, und sein pausbäckiges Gesicht sah bleich und erschöpft aus. Zwar hatte er keine Schmerzen, wurde aber von Tag zu Tag schwächer und schlaffer. Er schwand dahin. Die Fahrt dauerte diesmal etwa vier Wochen, und als sie schließlich in Honolulu eintrafen, war der Kapitän selbst ein wenig ängstlich seines Zustandes wegen. Seit vierzehn Tagen lag er nun zu Bett und fühlte sich jetzt tatsächlich so elend, daß er nicht zum Doktor gehen konnte. Er schickte einen seiner Leute hin und bat ihn, an Bord zu kommen. Der Arzt untersuchte ihn, fand aber nichts, das diese Schwäche hätte begründen können. Seine Temperatur war normal.

»Hören Sie, Kapitän«, sagte er, »ich will ganz offen zu Ihnen sein. Ich weiß nicht, was Ihnen fehlt, und wenn ich Sie nur flüchtig hier sehe, habe ich auch keine Möglichkeit, es festzustellen. Kommen Sie ins Krankenhaus, so daß wir Sie richtig beobachten können. Organisch ist bei Ihnen alles in Ordnung, das weiß ich, und ich habe den Eindruck, nach ein paar Wochen Krankenhaus sind Sie wieder völlig munter.«

»Ich werde mein Schiff nicht verlassen.«

Chinesische Schiffsbesitzer seien sonderbare Leute, sagte er; wenn er den Schoner krankheitshalber verlasse, könne es dem Chinesen einfallen, ihn zu entlassen, und seine Stellung wolle er nicht aufs Spiel setzen. Solange er auf seinem Posten bleibe, sei er durch den Kontrakt gesichert. Abgesehen davon wolle er auch das Mädchen nicht verlassen. Niemand könne sich eine bessere Pflegerin wünschen; wenn jemand ihn durchbringen werde, dann sei sie es. Übrigens müsse ja jeder einmal sterben, und er wünsche sich nichts anderes, als in Frieden gelassen zu werden. Von des Arztes ernsten Vorstellungen wollte er nichts hören, und schließlich gab der Doktor nach.

»Ich werde Ihnen etwas verordnen«, sagte er ohne Zuversicht, »und wir wollen sehen, ob Ihnen das guttut. Auf jeden Fall sollten Sie noch für eine Weile im Bett bleiben.«

»Besteht nicht viel Gefahr, daß ich aufstehe, Doc«, antwortete der Kapitän. »Ich fühle mich so schwach wie ein Dackel.«

Doch glaubte er an das Rezept des Arztes ebensowenig wie der Arzt selbst und machte sich, als er allein war, den Spaß, seine Zigarre damit anzuzünden. Er mußte sich von irgendwoher mit Spaß versorgen, denn die Zigarre schmeckte nach rein gar nichts, und er rauchte nur, um sich davon zu überzeugen, daß er nicht auch schon dafür zu krank sei. Am gleichen Abend kamen ein paar seiner Freunde, Kapitäne kleiner Dampfer, die von seiner Krankheit gehört hatten, zu ihm. Sie besprachen seinen Fall über einer Flasche Whisky und einer Schachtel philippinischer Zigarren. Einer von ihnen erzählte, daß einmal ein Maat von ihm auch so seltsam krank geworden sei, und kein amerikanischer Arzt habe ihm helfen können. Da habe er in der Zeitung etwas von einer Patentmedizin gelesen und gedacht, schaden könne es ja nichts, wenn er sie versuche. Und nach zwei Flaschen davon sei er wieder so gesund und kräftig geworden wie vorher. Aber durch seine Krankheit war der Kapitän auf seltsame Art hellhörig geworden, und während sie sprachen, konnte er ihre Gedanken lesen. Und er las, daß sie von seinem baldigen Sterben überzeugt waren. Als sie gingen, hatte er Angst.

Das Mädchen sah seine Schwäche. Das war ihre Gelegenheit. Sie hatte ihn schon vorher gedrängt, einen eingeborenen Arzt zu Rate zu ziehen, was er strikt ablehnte. Jetzt bat sie wiederum darum. Er hörte ihr mit müden Augen zu und wurde schließlich schwankend. Amerikanische Ärzte konnten ihm nicht sagen, was ihm fehle. Aber er wollte es sie nicht merken lassen, daß er Angst hatte. Wenn er diesen verdammten Nigger kommen und sich von ihm untersuchen ließe, so nur, um sie zu beruhigen. Deshalb sagte er, sie solle tun, was sie wolle.

Der Eingeborenendoktor kam am nächsten Abend. Der Kapitän lag allein und halb schlafend da, und die Kabine war von einer Öllampe nur schwach erleuchtet. Leise öffnete sich die Tür, und das Mädchen trat auf Zehenspitzen herein. Sie hielt die Tür offen, und noch jemand schlüpfte hinter ihr in den Raum. Der Kapitän lächelte über diese Geheimniskrämerei, aber er war so schwach, daß sich dieses Lächeln nur mehr als leichtes Aufglänzen in den Augen zeigte. Der Medizinmann war ein kleines, altes Männchen und ganz verrunzelt, mit völlig kahlem Kopf und einem Gesicht wie ein Affe. Gebeugt und verknotet wie ein alter Baum, sah er kaum mehr menschlich aus. Aber seine Augen blinkten sehr hell und schienen im Halbdunkel rötlich zu glühen. Er trug eine schmutzige, zerfetzte Baumwollhose, sein Oberkörper war nackt. Er hockte sich nieder und schaute den Kapitän volle zehn Minuten lang an. Dann befühlte er die Innenseiten seiner Hände und die Sohlen seiner Füße. Das Mädchen schaute ihm mit erschreckten Augen zu. Kein Wort wurde gesprochen. Dann bat er um einen Gegenstand, den der Kapitän getragen hatte. Das Mädchen reichte ihm den alten Filzhut, den Butler ständig auf dem Kopf zu tragen pflegte. Er nahm ihn, setzte sich wieder auf den Boden und umfaßte den Filz fest mit beiden Händen. Sacht vor und zurück schwankend, murmelte er ganz leise irgendein Kauderwelsch.

Schließlich stieß er einen kleinen Seufzer aus, ließ den Hut fallen, zog eine kleine Pfeife aus der Hosentasche und zündete sie an. Das Mädchen trat zu ihm und setzte sich neben ihm nieder. Dann flüsterte er ihr etwas zu, und sie erschrak heftig. Ein paar Minuten lang sprachen sie miteinander in eiligem Geflüster, dann erhoben sie sich. Sie gab ihm Geld und öffnete ihm die Tür. Lautlos schlüpfte er hinaus, wie er gekommen war. Dann trat sie zum Kapitän und beugte sich über ihn, so daß sie in sein Ohr sprechen konnte.

»Ein Feind betet dich zu Tode.«

»Rede keinen Unsinn, Kleine!« erwiderte er ungeduldig.

»Es ist die Wahrheit, die heilige Wahrheit. Deshalb konnten die amerikanischen Ärzte nichts finden. Unsere Leute sind dazu imstande. Ich habe es schon einmal miterlebt. Doch habe ich gemeint, du wärst sicher davor, weil du ein Weißer bist.«

»Ich habe keinen Feind.«

»Bananas.«

»Weshalb sollte er mich zu Tode beten wollen?«

»Du hättest ihn entlassen sollen, ehe es dazu kommen konnte.«

»Na, wenn es nichts weiter ist als der Hokuspokus von Bananas, dann werde ich wohl in einigen Tagen aufstehen und wieder essen können.«

Sie schwieg eine Weile und schaute ihn nur eindringlich an.

»Weißt du denn nicht, daß du stirbst?« sagte sie schließlich.

Das war es, was die Kapitäne gedacht, aber nicht ausgesprochen hatten. Ein Schauer ging über Butlers abgezehrtes Gesicht.

»Der Doktor sagt, es fehlt mir nichts Ernstliches. Ich muß nur eine Zeitlang liegenbleiben, dann kommt alles in Ordnung.«

Sie drückte die Lippen an sein Ohr, als habe sie Angst, die Luft könne es hören.

»Du stirbst, du stirbst, du stirbst. Du wirst mit dem alten Mond auslöschen.«

»Wie interessant!«

»Du wirst mit dem alten Mond auslöschen, wenn Bananas nicht vorher stirbt.«

Er war kein furchtsamer Mensch und hatte sich bereits von dem Schrecken erholt, in den ihn ihre Worte und noch mehr ihre eindringliche Art zu schweigen versetzt hatten. Wieder flackerte ein Lächeln in seinen Augen auf.

»Nun, dann werde ich meine Zukunft noch gut ausnützen, Kleine.«

»Es sind nur mehr zwölf Tage bis zum Neumond.«

Etwas lag im Ton ihrer Stimme, das ihm zu denken gab.

»Höre, meine Kleine, dies alles ist Blödsinn. Ich glaube kein

Wort davon. Aber ich will auf keinen Fall, daß du Bananas irgendeinen Streich spielst. Er ist keine Schönheit, aber ein erstklassiger Maat.«

Er hätte gerne noch viel mehr gesagt, aber er war zu müde dazu. Plötzlich fühlte er sich schwach und elend. Immer um diese Stunde des Tages war es am schlimmsten. Er schloß die Augen. Das Mädchen betrachtete ihn eine Zeitlang, dann schlüpfte sie aus der Kabine. Der fast volle Mond zog einen silbernen Streifen über das dunkle Wasser und strahlte vom wolkenlosen Himmel hernieder. Sie schaute ihn voll Schrecken an, denn sie wußte, daß mit seinem Tod auch der Mann, den sie liebte, sterben werde. Sein Leben war in ihrer Hand. Sie konnte ihn retten, sie allein konnte ihn retten. Aber der Feind war schlau, und sie mußte noch schlauer sein. Sie spürte, wie jemand sie anschaute, und erkannte, ohne sich umzuwenden, an der plötzlichen Furcht, die sie ergriff, daß aus dem Dunkel die brennenden Augen des Maats auf sie geheftet waren. Sie wußte nicht, was er alles konnte; war er imstande, ihre Gedanken zu lesen, so hatte sie bereits verspielt, und mit einer verzweifelten Anstrengung machte sie ihren Kopf völlig gedankenleer. Sein Tod allein konnte ihren Liebsten retten, und sie konnte ihm den Tod geben. Sie wußte eines: war es möglich, ihn dazu zu bringen, in einen mit Wasser gefüllten Flaschenkürbis so zu schauen, daß sein ganzes Gesicht sich darin spiegelte, und konnte sie diese Spiegelung im gleichen Augenblick zerstören, indem sie das Wasser schüttelte, so mußte er sterben, als hätte der Blitz ihn erschlagen. Denn diese Spiegelung war seine Seele. Aber niemand kannte die Gefahr besser als er selbst, und nur eine List, die auch seinen letzten Argwohn einlullte, konnte ihn verführen, hineinzuschauen. Er durfte gar nicht auf den Gedanken kommen, daß hier ein Feind sein könne, der darauf lauerte, diese Zerstörung zu verursachen. Nun wußte sie, was sie zu tun hatte. Aber die Zeit war kurz, entsetzlich kurz. Jetzt spürte sie, daß der Maat fortgegangen war, und sie atmete freier.

Zwei weitere Tage segelten sie dahin, und nun fehlten nur noch zehn Tage bis zum Neumond. Kapitän Butler bot einen schrecklichen Anblick. Er war nichts als Haut und Knochen und konnte sich ohne Hilfe nicht mehr bewegen. Nur mit Mühe vermochte er zu sprechen. Aber sie wagte noch nichts zu unternehmen; sie wußte, sie mußte Geduld haben. Der Maat war ja so arglistig. Sie kamen zu einer der kleineren Inseln der Gruppe und luden Fracht aus; da fehlten nur mehr sieben Tage. Der Augenblick rückte heran. Sie holte aus der Kabine, die sie mit dem Kapitän teilte, einige Sachen und machte daraus ein Bündel. Das Bündel brachte sie in die Deckkabine, wo Bananas und sie die Mahlzeiten einnahmen. Zur Essenszeit, als sie hineinging, wandte er sich rasch um, und sie wußte, daß er es gesehen hatte. Keiner von ihnen sprach darüber, aber sein Argwohn, sie treffe Vorbereitungen, das Schiff zu verlassen, war deutlich. Spöttisch schaute er sie an. Nach und nach, als solle der Kapitän von ihrem Vorhaben nichts merken, brachte sie alles, was ihr gehörte, heraus, dazu noch einige Kleidungsstücke des Kapitäns, und stopfte alles in das Bündel. Endlich konnte Bananas nicht länger schweigend zusehen. Er deutete auf einen Leinenanzug.

»Was willst du damit anfangen?« fragte er.

Sie zuckte die Schultern.

»Ich kehre auf meine Insel zurück.«

Ein kurzes Lachen verunstaltete sein grimmiges Gesicht. Der Kapitän sterbe, und sie wolle sich davonmachen mit allem, was ihr in die Finger komme.

»Was machst du, wenn ich sage, du kannst diese Sachen nicht an dich nehmen? Sie gehören dem Kapitän.«

»Dir nützen sie nichts«, erwiderte sie.

Ein Flaschenkürbis hing an der Wand. Es war jener Kürbis, den ich beim Betreten der Kabine gesehen und über den wir gesprochen hatten. Sie nahm ihn herunter. Er war ganz staubig, deshalb schüttete sie Wasser aus einer Flasche hinein und reinigte ihn mit den Fingern.

»Was willst du damit anfangen?«

»Ich kann ihn für fünfzig Dollar verkaufen«, sagte sie.

»Wenn du ihn haben willst, mußt du ihn mir abkaufen.«

»Was willst du dafür?«

»Du weißt, was ich will.«

Sie ließ ein flüchtiges Lächeln um ihre Lippen spielen, warf ihm einen raschen Blick zu und wandte sich dann schnell ab. Er stieß ein verlangendes Stöhnen aus. Sie zuckte ein wenig die Schultern. Mit einem wilden Satz sprang er zu ihr und riß sie in seine Arme. Da lachte sie, schlang die ihren, diese weichen, runden Arme, um seinen Hals und gab sich ihm wollüstig hin.

Als der Morgen kam, weckte sie ihn aus tiefem Schlaf. Die ersten Strahlen der Sonne stahlen sich in die Kabine. Er drückte sie ans Herz. Dann sagte er ihr, der Kapitän könne nur mehr ein oder zwei Tage leben, und der Schiffsbesitzer werde nicht so leicht einen anderen Weißen als Kapitän finden. Wenn er, Bananas, ihm anböte, für weniger Geld den Posten zu übernehmen, werde er ihn bekommen, und das Mädchen könne bei ihm bleiben. Er schaute sie mit liebeskranken Blicken an. Sie lehnte sich an ihn, küßte ihn auf die fremde Art, die sie vom Kapitän gelernt hatte, und versprach, dazubleiben. Bananas war trunken vor Glück.

Nun galt es: jetzt oder nie.

Sie stand auf und trat zum Tisch, um sich zu frisieren. Es gab keinen Spiegel, und sie schaute in den Flaschenkürbis, spiegelte sich darin und richtete ihr herrliches Haar. Dann winkte sie Bananas, er solle herkommen. Sie zeigte auf den Kürbis.

»Da ist etwas drinnen, unten auf dem Boden«, sagte sie.

Ohne den geringsten Argwohn schaute Bananas voll ins Wasser. Sein Gesicht spiegelte sich darin. Wie der Blitz schlug sie mit beiden Händen auf den Kürbis, so daß das Wasser herausspritzte. Die Spiegelung war in tausend Stücke zerbrochen. Mit einem heiseren Schrei schrak Bananas zurück und starrte das Mädchen an. Sie stand da, und ein Ausdruck triumphierenden Hasses lag auf ihrem Gesicht. Entsetzen trat in seine Augen. Seine schweren Züge verzerrten sich vor Schmerz, und mit einem dumpfen Laut, als habe er ein tödliches Gift genommen, schlug er zu Boden. Ein furchtbares Zittern ging durch seinen Körper, dann lag er unbeweglich da. Fühllos beugte sie sich über ihn, legte ihm die Hand aufs Herz und drückte ihm die Augen zu. Er war tot.

Sie ging in die Kabine, in der Kapitän Butler lag. Ein wenig Farbe war in seinen Wangen, und er schaute sie mit erschreckten Augen an.

»Was ist geschehen?« flüsterte er.

Das waren die ersten Worte, die er seit achtundvierzig Stunden gesprochen hatte.

»Gar nichts«, antwortete sie.

»Ich fühle mich ganz sonderbar.«

Dann schlossen sich seine Augen, und er schlummerte ein. Er schlief den ganzen Tag und die folgende Nacht durch, und als er erwachte, verlangte er etwas zu essen. Zwei Wochen später hatte er seine Gesundheit wiedererlangt.

Es war nach Mitternacht, als Winter und ich an Land ruderten. Wir hatten unzählige Whiskys getrunken.

»Was halten Sie von alledem?« fragte Winter.

»Was für eine Frage! Wenn Sie glauben, ich hätte eine Erklärung dafür, so irren Sie sich.«

»Der Kapitän glaubt jedes Wort davon.«

»Das ist klar. Aber wissen Sie, mich interessiert nicht in erster Linie, ob es wahr ist oder nicht und was dies alles bedeutet. Was mich am meisten erregt, ist die Frage: Warum geschehen solche Dinge solchen Menschen? Ich zerbreche mir den Kopf, was dieser alltägliche kleine Mann an sich hat, eine so große Leidenschaft in einem so herrlichen Geschöpf zu erregen. Während er seine Geschichte erzählte, habe ich sie beobachtet, wie sie schlafend dalag, und mir kamen phantastische Gedanken über die Macht der Liebe, die Wunder bewirkt.«

»Aber das ist nicht das gleiche Mädchen«, sagte Winter.

»Was meinen Sie damit?«

»Haben Sie den Koch nicht bemerkt?«

»O doch, natürlich. Er ist der häßlichste Mensch, den ich je gesehen habe.«

»Genau aus diesem Grund hat Butler ihn genommen. Das Mädchen ist ihm voriges Jahr mit dem chinesischen Koch durchgegangen. Diese ist eine Neue. Er hat sie erst seit zwei Monaten.«

»Was? Da soll doch der Kuckuck ...«

»Er meint, bei diesem Koch ist er sicher. Ich an seiner Stelle würde aber nicht allzu fest darauf bauen. Der Chinese hat etwas an sich, und wenn er es darauf anlegt, einem Mädchen zu gefallen, dann kann sie ihm nicht widerstehen.«

# *Der Lunch*

Ich entdeckte sie während der Vorstellung, und da sie mir zuwinkte, ging ich in der Pause hinüber und setzte mich neben sie. Es war lange her, daß ich sie zuletzt gesehen hatte, und hätte nicht jemand ihren Namen erwähnt, so glaube ich kaum, daß ich sie erkannt hätte. Lebhaft sprach sie mich an.

»Ja – das ist viele Jahre her, daß wir uns kennengelernt haben. Wie doch die Zeit vergeht! Jünger werden wir alle nicht. Wissen Sie noch, als ich Sie zum erstenmal sah? Sie haben mich zum Lunch eingeladen.«

Und ob ich das noch wußte!

Es war vor zwanzig Jahren, und ich lebte in Paris. Ich hatte im Quartier Latin ein winziges Appartement, von wo man auf einen Friedhof hinaussah, und ich verdiente kaum genug Geld, um Leib und Seele beieinander zu halten. Sie hatte ein Buch von mir gelesen und mir darüber geschrieben. Ich antwortete und dankte ihr, und sogleich bekam ich einen weiteren Brief von ihr, der ankündigte, daß sie in Paris auf der Durchreise sei und sich gern mit mir unterhalten möchte; sie habe aber wenig Zeit, und nur am kommenden Donnerstag sei sie ein Weilchen frei; den Vormittag über sei sie im Luxembourg, und ob ich ihr anschließend einen kleinen Imbiß bei Foyot spendieren wolle? Foyot ist ein Restaurant, wo die französischen Senatoren speisen, und ich konnte es mir so wenig leisten, daß es mir noch nicht einmal im Traum eingefallen war, dorthin zu gehen. Aber ich fühlte mich geschmeichelt, und ich war zu jung, um schon gelernt zu haben, daß man einer Frau etwas abschlagen kann. (Wenige Männer, darf ich hinzufügen, lernen das, ehe sie zu alt sind, um einer Frau mit dem, was sie sagen, Eindruck machen zu können.) Ich hatte achtzig Franken (Goldfranken), die mir bis zum Ende des Monats reichen mußten, und ein bescheidener Lunch konnte nicht mehr als fünfzehn kosten. Wenn ich die nächsten beiden Wochen auf den Kaffee verzichtete, würde ich ganz gut auskommen.

Ich antwortete, daß ich meine Brieffreundin am Donnerstag um halb eins bei Foyot erwarten werde. Sie war nicht so jung, wie ich gedacht hatte, und eher eine imposante als eine anziehende Erscheinung. Sie war nämlich eine Frau von vierzig Jahren (ein bezauberndes Alter, das jedoch kaum eine plötzliche, verheerende Liebe auf den ersten Blick erweckt), und ich hatte den Eindruck, daß sie mehr Zähne – weiße, große, regelmäßige Zähne – besaß, als für irgendeinen praktischen Zweck nötig waren. Sie war gesprächig, aber da sie über mich zu sprechen geneigt schien, war ich willens, ein aufmerksamer Zuhörer zu sein.

Ich erschrak, als die Speisekarte gebracht wurde, denn die Preise waren bei weitem höher, als ich angenommen hatte. Aber sie beruhigte mich.

»Ich esse mittags nie etwas«, sagte sie.

»O sagen Sie doch das nicht!« antwortete ich großzügig.

»Ich esse nie mehr als nur ein Gericht. Ich finde, die Leute essen heutzutage viel zuviel. Ein bißchen Fisch vielleicht. Ob sie wohl Lachs haben?«

Nun war es früh im Jahr für Lachs, und auf der Speisekarte stand er nicht, aber ich fragte den Kellner, ob sie welchen hätten. Ja, ein wunderbarer Lachs sei gerade eingetroffen, der erste, den sie hereinbekommen hätten. Ich bestellte ihn für meinen Gast. Der Kellner fragte sie, ob sie etwas nehmen wolle, während der Lachs zubereitet wurde.

»Nein«, antwortete sie, »ich esse nie mehr als ein Gericht. Wenn Sie nicht ein wenig Kaviar haben. Gegen Kaviar habe ich nie etwas.«

Mir wurde etwas ängstlich. Ich wußte, daß ich mir Kaviar nicht leisten konnte, aber ich konnte es ihr nicht gut sagen. Ich trug dem Kellner auf, selbstverständlich Kaviar zu bringen. Für mich selbst wählte ich das billigste Gericht auf dem Menü, und das war ein Hammelkotelett.

»Ich finde es unklug von Ihnen, Fleisch zu essen«, sagte sie. »Wie wollen Sie denn arbeiten, nachdem Sie so schwere Sachen wie Koteletts gegessen haben? Ich halte nichts davon, mir den Magen zu überladen.«

Dann kam die Getränkefrage.

»Ich trinke zu Mittag nie etwas«, sagte sie.

»Ich auch nicht«, antwortete ich prompt.

»Außer Weißwein«, fuhr sie fort, als ob ich nichts gesagt hätte. »Diese französischen Weißweine sind so leicht. Sie sind vorzüglich für die Verdauung.«

»Was möchten Sie?« fragte ich, immer noch gastfreundlich, aber nicht in übertriebenem Maße.

Mit ihren weißen Zähnen blitzte sie mich fröhlich und freundschaftlich an.

»Mein Arzt erlaubt mir nichts als Sekt.«

Ich glaube, ich wurde etwas blaß. Ich bestellte eine halbe Flasche. Beiläufig bemerkte ich, daß mein Arzt mir Sekt strikt verboten habe.

»Was werden Sie denn trinken?«

»Wasser.«

Sie aß den Kaviar, und sie aß den Lachs. Sie plauderte vergnügt über Kunst und Literatur und Musik. Aber ich überlegte, wie hoch die Rechnung sein würde. Als mein Hammelrippchen kam, machte sie mir recht ernstliche Vorhaltungen.

»Ich sehe, Sie sind gewöhnt, einen schweren Lunch zu essen. Ich bin überzeugt, daß das verkehrt ist. Warum folgen Sie nicht meinem Beispiel und essen nur ein Gericht? Sie würden sich sicherlich dabei viel wohler fühlen.«

»Aber ich esse nicht mehr als ein Gericht«, sagte ich, als der Kellner wieder mit der Karte kam.

Sie winkte ihm mit leichter Geste ab.

»Nein, nein, ich esse nie was zum Lunch. Nur einen Happen, mehr will ich nie, und den esse ich mehr zur Gesellschaft als aus sonst einem Grunde. Ich könnte unmöglich noch etwas essen – es sei denn, sie hätten ein paar von diesen Riesenspargeln. Es täte mir leid, Paris zu verlassen, ohne ein paar davon verspeist zu haben.«

Mir fiel das Herz in die Schuhe. Ich hatte sie in den Läden gesehen und wußte, daß sie furchtbar teuer waren. Oft war mir bei ihrem Anblick das Wasser im Munde zusammengelaufen.

»Madame möchte wissen, ob Sie diese Riesenspargel haben«, fragte ich den Kellner.

Mit ganzer Willenskraft versuchte ich, ihm zu suggerieren, daß er nein sagte. Ein glückliches Lächeln zerfloß auf seinem breiten, priesterlichen Gesicht, und er versicherte mir, sie hätten welche, so riesengroß, so herrlich, so zart, daß es ein wahres Wunder sei.

»Ich bin überhaupt nicht hungrig«, seufzte mein Gast, »aber wenn Sie darauf bestehen, dann meinetwegen ein paar Spargel.«

Ich bestellte sie.

»Essen Sie keine?«

»Nein, ich esse nie Spargel.«

»Ich weiß, es gibt Leute, die sie nicht mögen. Es liegt daran, daß Sie sich den Gaumen ruinieren mit all dem Fleisch, das Sie essen.«

Wir warteten, während die Spargel zubereitet wurden. Panik ergriff mich. Jetzt war es nicht mehr die Frage, wieviel Geld mir für den Rest des Monats übrig blieb, sondern ob ich genug hatte, um die Rechnung zu bezahlen. Es würde eine fürchterliche Blamage sein, wenn sich herausstellte, daß ich zehn Franken zu wenig hatte und meinen Gast anpumpen mußte. Das konnte ich nicht über mich bringen. Ich wußte genau, wieviel ich hatte, und wenn die Rechnung höher war, so war ich entschlossen, die Hand in die Tasche zu stecken, mit einem dramatischen Aufschrei hochzufahren und zu behaupten, ein Taschendieb habe mein Geld gestohlen. Natürlich wäre es dumm, wenn auch sie nicht genug hätte, die Rechnung zu bezahlen. Dann gäbe es nur die eine Möglichkeit, meine Uhr dazulassen und zu sagen, daß ich später wiederkommen und zahlen werde.

Die Spargel kamen. Sie waren riesig, saftig und verlockend. Der Duft der geschmolzenen Butter kitzelte meine Nasenlöcher, wie ein Brandopfer der frommen Semiten die Nasenlöcher Jehovas kitzelte. Ich sah zu, wie das gottverlassene Weib sie in großen, üppigen Bissen die Kehle hinunterschlang, und auf meine höfliche Art plauderte ich über die Entwicklungsstufe des Dramas bei den Balkanvölkern. Endlich war sie fertig.

»Kaffee?« fragte ich.

»Ja, nur ein Eis und Kaffee«, antwortete sie.

Jetzt war mir schon alles egal, also bestellte ich Kaffee für mich und ein Eis und Kaffee für sie.

»Wissen Sie, an eine Regel halte ich mich eisern«, sagte sie, während sie das Eis aß. »Man sollte immer von einer Mahlzeit aufstehen, wenn man spürt, daß man noch ein bißchen mehr essen könnte.«

»Sind Sie noch hungrig?« fragte ich schwach.

»O nein, ich bin nicht hungrig; sehen Sie, ich esse nie zu Mittag. Morgens eine Tasse Kaffee und dann abends Dinner, aber zum Lunch esse ich nie mehr als ein Gericht. Ich sprach von Ihnen.«

»Ah, ich verstehe!«

Dann passierte etwas Schreckliches. Während wir auf den Kaffee warteten, kam der Oberkellner mit einem einladenden Lächeln auf seinem scheinheiligen Gesicht zu uns heran und trug einen großen Korb voll ungeheurer Pfirsiche. Sie waren so rosig wie ein unschuldiges Mädchen; sie hatten den warmen Farbton einer italienischen Landschaft. Aber sicherlich war es doch für Pfirsiche noch nicht die Jahreszeit? Der Himmel wußte, was sie kosteten. Ich wußte es auch – nur etwas später, denn mein Gast nahm unterm Reden zerstreut einen.

»Sehen Sie, Sie haben sich den Magen mit einem Haufen Fleisch überladen« – mein eines, elendes, kleines Kotelett! – »und können nichts mehr essen. Aber ich habe nur eine Kleinigkeit gegessen und lasse mir einen Pfirsich schmecken.«

Die Rechnung kam, und als ich bezahlte, stellte ich fest, daß ich nur für ein ganz unzureichendes Trinkgeld noch genug hatte. Sie warf einen Blick auf die drei Franken, die ich für den Kellner hingelegt hatte, und ich wußte, daß sie mich für geizig hielt. Aber als ich das Restaurant verließ, hatte ich den ganzen Monat vor mir und nicht einen Pfennig in der Tasche.

»Folgen Sie meinem Beispiel«, sagte sie, als wir uns die Hand gaben, »und essen Sie nie mehr als nur ein Gericht zum Lunch.«

»Ich werde es übertreffen«, gab ich zurück. »Ich werde heute abend nicht dinieren.«

»Humorist!« rief sie fröhlich und hopste in ein Taxi. »Sie sind ein echter Humorist!«

Aber endlich wurde mir meine Rache. Ich glaube nicht, daß ich ein rachsüchtiger Mensch bin, aber wenn die unsterblichen Götter selbst sich dreinmischen, so ist es verzeihlich, wenn man sich mit Behagen das Resultat ansieht. Heute wiegt sie zweihundertvierundneunzig Pfund.

# *Die Ameise und die Grille*

Als ich ein sehr kleiner Junge war, mußte ich gewisse Fabeln von La Fontaine auswendig lernen, und die Moral einer jeden wurde mir sorgfältig erläutert. So lernte ich unter anderem die Geschichte von der Ameise und der Grille, die der Jugend die nützliche Lehre vermitteln soll, daß in einer unvollkommenen Welt Fleiß belohnt und Leichtfertigkeit bestraft wird. In dieser bewundernswerten Fabel (ich bitte um Entschuldigung, wenn ich etwas erzähle, von dem höflicher-, aber unzutreffenderweise angenommen wird, daß jeder es kennt) verbringt die Ameise einen arbeitsreichen Sommer mit dem Einsammeln ihrer Wintervorräte, während die Grille, auf einem Grashalm in der Sonne sitzend, sich ein Liedchen singt. Der Winter kommt, und die Ameise ist wohl versorgt, aber die Grille hat eine leere Speisekammer: sie geht zur Ameise und bittet um ein wenig Nahrung. Nun gibt die Ameise ihre klassische Antwort:

»Was hast du während des Sommers getan?«

»Ich habe gesungen, mit Verlaub zu sagen, gesungen Tag und Nacht.«

»Gesungen, so! Dann geh und tanze!«

Ich führe es nicht auf Verderbtheit, sondern eher auf die Gedankenlosigkeit der Kindheit mit ihrem mangelnden moralischen Sinn zurück, daß ich mich mit dieser Lehre niemals ganz einverstanden erklären konnte. Meine Sympathien gehörten der Grille, und eine Zeitlang konnte ich keine Ameise sehen, ohne sie mit dem Fuß zu zertreten. Auf diese summarische (und, wie ich seither entdeckt habe, durchaus menschliche) Art und Weise suchte ich meiner Mißbilligung für Umsicht und Vernunft Ausdruck zu verleihen.

Ich mußte unwillkürlich an diese Fabel denken, als ich neulich in einem Restaurant George Ramsay erblickte, der allein an einem Tisch saß und seinen Lunch verzehrte. Nie habe ich einen Menschen düsterer dreinschauen gesehen. Er starrte vor sich hin. Er sah aus, als ob die Last der ganzen Welt auf seinen Schultern ruhe. Er tat mir leid: ich vermutete sofort, daß sein unglückseliger Bruder wieder einmal etwas angestellt hatte. Ich ging zu ihm hin und begrüßte ihn.

»Wie geht es Ihnen?« fragte ich.

»Nicht gerade glänzend«, antwortete er.

»Ist es wieder Tom?«

Er seufzte.

»Ja, es ist wieder einmal Tom.«

»Warum lassen Sie ihn nicht laufen? Sie haben für ihn getan, was Sie nur konnten. Eigentlich müßten Sie nun schon wissen, daß es völlig hoffnungslos mit ihm ist.«

Ich nehme an, jede Familie hat ihr schwarzes Schaf. Tom hatte der seinen durch zwanzig Jahre so manche Nuß zu knakken gegeben. Seine Anfänge waren ziemlich normal gewesen: er war Geschäftsmann geworden, hatte geheiratet und besaß zwei Kinder. Die Ramsays waren außerordentlich respektable Leute, und es bestand guter Grund, anzunehmen, daß Tom Ramsay eine ersprießliche und ehrenvolle Laufbahn beschieden sein würde. Aber eines Tages verkündete er, ohne vorherige Warnung, daß er eine Abneigung gegen die Arbeit habe und für die Ehe nicht geschaffen sei. Er wolle das Leben genießen. Er blieb taub gegen alle Vorstellungen. Er verließ seine Frau und seinen Posten. Er hatte etwas Geld und verbrachte zwei glückliche Jahre in den verschiedenen Hauptstädten Europas. Gerüchte über seine Lebensweise drangen von Zeit zu Zeit zu seinen Angehörigen und schockierten sie aufs tiefste. Er amüsierte sich zweifellos vortrefflich. Seine Verwandten schüttelten die Köpfe und fragten sich, was geschehen würde, wenn er mit seinem Geld zu Ende sein werde. Das sollten sie bald erfahren: er lieh sich neues. Er war charmant und skrupellos. Ich habe nie jemanden gekannt, dem man schwerer ein Darlehen abschlagen konnte als ihm. Er verschaffte sich ein ständiges Einkommen von seinen Freunden, und es fiel ihm leicht, Freundschaften zu schließen. Aber er erklärte stets, daß er es langweilig finde, Geld für die Notwendigkeiten des Lebens auszugeben, wirklichen Spaß machte ihm das Geldausgeben bloß, wenn es sich um Luxus handelte. Was er dafür brauchte, holte er sich bei seinem Bruder George. Ihm gegenüber ließ er seinen Charme aus dem Spiel. George war ein ernster Mensch und Verführungskünsten unzugänglich. George war ein Ehrenmann. Ein- oder zweimal fiel er auf Toms Beteuerungen, sich zu bessern, herein und gab ihm, um ihm zu einem neuen Start zu verhelfen, beträchtliche Summen; für diese kaufte Tom sich ein

Auto und ein paar sehr schöne Schmuckgegenstände. Aber als George schließlich einsah, daß sein Bruder gar nicht daran dachte, seine Lebensweise zu ändern, und er ihm seine Unterstützung entzog, fing Tom ohne die geringsten Skrupel an, ihn zu erpressen. Es war nicht gerade angenehm für einen angesehenen Rechtsanwalt, plötzlich hinter der Bar seines Lieblingsrestaurants seinen Bruder Cocktails mixen oder ihn als Taxichauffeur vor seinem Klub warten zu sehen. Tom erklärte, in einer Bar angestellt zu sein oder ein Taxi zu fahren, wären höchst anständige Berufe, doch wenn George ihm mit ein paar hundert Pfund beispringen wollte, so hätte er nichts dagegen, sie der Familie zuliebe aufzugeben; George zahlte.

Einmal kam Tom beinahe ins Gefängnis. George war außer sich. Er ging der unerfreulichen Angelegenheit auf den Grund. Tom war tatsächlich zu weit gegangen. Er war hemmungslos, unbedacht und egoistisch, aber bisher hatte er nie etwas Unehrenhaftes begangen – worunter Tom etwas gegen das Gesetz Verstoßendes verstand –, und wenn er verklagt würde, würde er sicherlich verurteilt werden. Aber man kann seinen Bruder unmöglich ins Gefängnis sperren lassen. Der Mann, den Tom betrogen hatte – er hieß Cronshaw –, war ein rachsüchtiger Mensch. Er war entschlossen, die Sache vors Gericht zu bringen; er erklärte, Tom wäre ein Gauner und sollte bestraft werden. Es kostete George unendliche Mühe und fünfhundert Pfund, um die Angelegenheit in Ordnung zu bringen. Und nie habe ich ihn so wütend gesehen wie an dem Tag, an dem er erfuhr, daß Tom und Cronshaw, sofort nachdem sie den Scheck einkassiert hatten, miteinander nach Monte Carlo gefahren waren. Sie verbrachten dort einen glücklichen Monat.

Zwanzig Jahre lang wettete Tom beim Rennen, spielte, poussierte mit den hübschesten Mädchen, tanzte, aß in den teuersten Restaurants und zog sich großartig an. Er sah stets aus wie aus dem Ei geschält. Obgleich er sechsundvierzig Jahre alt war, hätte man ihn höchstens für fünfunddreißig gehalten. Er war ein äußerst amüsanter Gesellschafter, und wußte man auch genau, daß er nichts wert war, so machte es einem doch Vergnügen, mit ihm beisammen zu sein. Er besaß Temperament, eine nie versagende Heiterkeit und unglaublichen Charme. Ich konnte ihm niemals böse sein wegen der regelmäßigen Kontributionen, die er mir auferlegte, um seine Bedürfnisse zu befriedigen. Bei jedem Fünfzigpfundschein, den ich ihm lieh, hatte ich das Gefühl, eigentlich sein Schuldner zu sein. Tom Ramsay kannte jeden, und jeder kannte Tom Ramsay. Man konnte sein Verhalten nicht billigen, aber man mußte ihn gern haben, ob man wollte oder nicht.

Der arme George, der nur ein Jahr älter war als sein nichtsnutziger Bruder, sah aus wie sechzig. Er hatte seit einem Vierteljahrhundert nie mehr als vierzehn Tage Urlaub genommen. Jeden Morgen um neun Uhr dreißig war er in seinem Büro und ging nie vor sechs wieder nach Hause. Er war ehrlich, fleißig und rechtschaffen. Er hatte eine gute Frau, der er niemals, auch nur in Gedanken, untreu gewesen war, und vier Töchter, denen er der beste Vater war. Er machte es sich zum Prinzip, ein Drittel seines Einkommens beiseite zu legen, und sein Plan war, sich mit fünfundsechzig in ein kleines Haus auf dem Lande zurückzuziehen, wo er seinen Garten pflegen und Golf spielen wollte. Sein Leben war untadelig. Er war froh, daß er alt wurde, weil gleichzeitig auch Tom alt wurde. Er rieb sich die Hände und sagte:

»Das ging alles, solange Tom noch jung war und gut aussah, aber er ist nur ein Jahr jünger als ich. In vier Jahren wird er fünfzig sein. Dann wird er das Leben nicht mehr so leicht finden wie bisher. Wenn ich einmal fünfzig bin, werde ich dreißigtausend Pfund beisammen haben. Seit fünfundzwanzig Jahren prophezeie ich, daß Tom im Rinnstein enden wird. Und dann wird man ja sehen, wie ihm das gefällt. Dann wird man ja sehen, was rentabler ist: zu arbeiten oder zu faulenzen.«

Der arme George. Ich hatte Mitleid mit ihm. Und als ich mich nun zu ihm hinsetzte, fragte ich mich, was für eine Untat Tom diesmal begangen haben mochte. George war sichtlich aufgeregt.

»Wissen Sie das Neueste?« fragte er.

Ich war auf das Schlimmste gefaßt. Ich dachte mir, daß Tom vielleicht wirklich der Polizei in die Hände geraten war. George konnte sich kaum zum Sprechen aufraffen.

»Sie werden nicht bestreiten, daß ich mein Leben lang arbeitsam, ehrlich und anständig gewesen bin. Nach vielen Jahren des Fleißes und der Sparsamkeit darf ich einem friedlichen und gesicherten Lebensabend entgegensehen. Ich habe stets meine Pflicht getan, an der Stelle, an die mich einzusetzen es der Vorsehung gefallen hat.«

»Stimmt.«

»Und Sie können nicht leugnen, daß Tom ein fauler, nichtsnutziger, ausschweifender und ehrloser Schuft gewesen ist. Wenn es nur eine Spur von Gerechtigkeit gäbe, müßte er längst im Zuchthaus sein.«

»Stimmt.«

George wurde rot im Gesicht.

»Vor ein paar Jahren hat er sich mit einer Frau verlobt, die dem Alter nach seine Mutter hätte sein können. Und jetzt ist sie gestorben und hat ihm alles hinterlassen, was sie besaß. Eine halbe Million Pfund, eine Jacht, ein Haus in London und ein Haus auf dem Lande.«

George schlug mit der geballten Faust auf den Tisch.

»Es ist nicht fair, sage ich Ihnen, es ist einfach nicht fair.«

Ich konnte mir nicht helfen. Ich brach in brüllendes Gelächter aus, als ich Georges wütendes Gesicht sah, ich wälzte mich auf meinem Stuhl, ich fiel fast auf den Boden. George hat es mir nie verziehen. Aber Tom lädt mich oft zu ausgezeichneten Dinners in sein entzückendes Haus in Mayfair ein, und wenn er sich gelegentlich eine Kleinigkeit von mir ausleiht, so führe ich das bloß auf die Macht der Gewohnheit zurück. Es ist nie mehr als ein Pfund.

# *Die Heimkehr*

Das Gehöft lag in einer Talsenke zwischen den Hügeln von Somersetshire: ein altes steinernes Bauernhaus, umgeben von Ställen und Scheunen und Nebengebäuden. Über dem Eingangstor war in schwungvoll verschnörkelten Ziffern die Jahreszahl 1673 eingemeißelt. So lange stand das Haus schon da, und es schien ebenso zur Landschaft zu gehören wie die Bäume, die es beschirmten. Eine prachtvolle Ulmen-Allee, die jedem Herrensitz zur Zierde gereicht hätte, führte von der Landstraße zu dem sorgfältig gepflegten Vorgarten.

Die Bewohner des Hauses machten einen ähnlich stämmigen und wetterfesten Eindruck wie das Haus selbst. Ihr ganzer Stolz bestand darin, daß sich das Anwesen seit nahezu dreihundert Jahren in ungebrochener Linie vom Vater auf den Sohn vererbt hatte und daß ein jeder bisher in diesem Haus zur Welt gekommen und gestorben war. Seit dreihundert Jahren hatten sie das Land ringsum bebaut. George Meadows war jetzt ein Mann von fünfzig Jahren, seine Frau war etwa zwei Jahre jünger – redliche, rechtschaffene Leute in der Blüte ihres Lebens, gesegnet mit fünf wohlgeratenen Kindern, zwei Söhnen und drei Töchtern. Sie hatten keine großen Rosinen im Kopf, sie hielten sich nicht für Edelleute, sie waren einverstanden mit dem Platz, auf den das Leben sie gestellt hatte. Sie waren fröhlich und freundlich, sie waren glücklich, und sie verdienten ihr Glück. Ich habe selten eine so einträchtige, ausgeglichene Familie getroffen.

Der eigentliche Hausvorstand war aber nicht George Meadows (»aber schon gar nicht«, hieß es im Dorf) – es war seine Mutter. Sie hatte zwei Paar Hosen an, hieß es. Ihrer hochgewachsenen, würdevollen Gestalt mit den grauen Haaren und den lebhaften, lustig zwinkernden Augen hätte niemand die siebzig Lebensjahre angemerkt, obwohl die Runzeln in ihrem Gesicht sich nicht übersehen ließen. Im Haus und in der Wirtschaft kam ihrem Wort uneingeschränkte Gesetzeskraft zu. Ihr despotisches Regiment war durch Güte und Witz gemildert, ihre Scherze wurden allseits belacht und weitererzählt. Überdies verfügte sie über einen ausgeprägten Geschäftssinn, und wer es mit ihr aufnehmen wollte, mußte scharf aufpassen. Sie war ziemlich genau das, was man ein Original nennt.

Eines Tags auf dem Heimweg hielt Mrs. George mich an. Ich sage »Mrs. George«, weil ihre Schwiegermutter die einzige Mrs. Meadows war, die man im Dorf kannte. George Meadows' Frau kannte man nur als Mrs. George.

»Was glauben Sie, wer heute ankommt?« fragte sie in sichtlicher Erregung. »Onkel George Meadows. Sie wissen ja – der so lange in China war.«

»Ich dachte, der sei tot?«

»Das dachten wir alle.«

Die Geschichte von Onkel George Meadows war mir längst bekannt und auf eine merkwürdige Weise lieb geworden. Etwas wie der Duft einer alten Ballade ging von ihr aus. Es war irgendwie rührend, einer solchen Geschichte im wirklichen Leben zu begegnen.

Vor etlichen fünfzig Jahren hatten Onkel George Meadows und sein jüngerer Bruder Tom die jetzige Mrs. Meadows umworben, die damals Emily Green hieß. Als sie Tom zum Mann nahm, ging George zur See. Seine ersten Nachrichten kamen aus China, und während der folgenden zwanzig Jahre schickte er ab und zu ein kleines Geschenk nach Hause. Dann hörte man nichts mehr von ihm. Als Tom Meadows starb, schrieb ihm Mrs. Meadows einen Brief, und da sie keine Antwort erhielt, kam man allmählich zu dem Schluß, daß er tot sein müsse. Jetzt aber, ganz plötzlich, war von der Verwaltung des Seemannsheims in Portsmouth ein Brief eingetroffen, aus dem hervorging, daß George Meadows, von einem schweren rheumatischen Leiden geplagt, die letzten zehn Jahre dort verbracht habe und vor seinem Ende, das er unweigerlich herannahen fühlte, noch ein letztesmal sein Geburtshaus sehen wollte. Sein Großneffe Albert Meadows war mit dem klapprigen alten Ford nach Portsmouth gefahren, um ihn abzuholen, und heute nachmittag sollten sie ankommen.

»Stellen Sie sich das bloß vor«, sagte Mrs. George. »Der war nun mehr als fünfzig Jahre nicht hier. Kennt nicht einmal meinen George, der nächstens einundfünfzig wird.«

»Und was hält Mrs. Meadows von der Sache?« fragte ich.

»Na, Sie wissen ja, wie die ist. Sitzt da und grinst vor sich hin. Sagt nichts weiter als: ›Hat ganz gut ausgesehen, der Bursche, damals, als er wegging. War aber nicht so solid wie sein Bruder.‹ Deshalb hat sie ja auch den andern genommen, nicht wahr. ›Inzwischen wird er sich wohl schon beruhigt haben‹, sagt sie.«

Mrs. George lud mich ein, den Neuankömmling zu besuchen. Aus dem Umstand, daß Onkel George Meadows in China gewesen war und ich auch, schloß sie offenbar auf eine tiefere Gemeinsamkeit zwischen uns beiden. Selbstverständlich nahm ich die Einladung an.

Ich fand die ganze Familie in der geräumigen Küche versammelt. Mrs. Meadows saß auf ihrem gewohnten Platz im Lehnstuhl beim offenen Feuer, aufrecht und – wie ich zu meiner heimlichen Belustigung sah – in ihrem seidenen Festtagskleid. Im anderen Lehnstuhl ihr gegenüber saß ein wenig verkrümmt ein alter Mann, mager, knochig, seine Haut hing um ihn wie ein zu groß gewordenes Gewand; die Zeit hatte in seinem gelben Gesicht viele Falten zurückgelassen und in seinem Mund nur wenige Zähne.

Wir begrüßten einander mit einem Händedruck.

»Ich freue mich, daß Sie gut angekommen sind, Mr. Meadows«, sagte ich.

»Captain Meadows«, verbesserte er.

»Er ist zu Fuß heraufgegangen«, informierte mich Albert, sein Großneffe. »Ich mußte den Wagen unten an der Allee anhalten, weil er den Rest des Wegs gehen wollte.«

»Jawohl«, bestätigte der Alte. »Und ich hatte mein Bett in Portsmouth schon seit zwei Jahren nicht mehr verlassen. Zum Wagen haben sie mich noch hinuntergetragen. Ich würde nie wieder gehen können, dachte ich. Aber wie ich dann diese Ulmen gesehen habe – da hab ich mich an meinen Vater erinnert, und der war ein alter Mann – und da konnte ich wieder gehen. Vor zweiundfünfzig Jahren, als ich mich fortmachte von hier, bin ich den Weg zu Fuß hinuntergegangen, und jetzt bin ich ihn zu Fuß heraufgegangen.«

»Weil du verrückt bist«, sagte Mrs. Meadows.

»Es hat mir gutgetan. Ich fühl mich überhaupt sehr gut. Ich geh noch mit dir spazieren, Emily.«

»Sei nur nicht gar so sicher«, sagte Mrs. Meadows.

Seit Jahrzehnten war Mrs. Meadows von niemandem mehr mit ihrem Vornamen angeredet worden. Daß Captain

Meadows es tat, schockierte mich, als ob er sich eine unziemliche Freiheit herausgenommen hätte. Aber Mrs. Meadows lächelte ihm zu, und er lächelte mit zahnlosem Mund zurück, während er weiter auf sie einsprach. Sie boten ein sonderbares Bild, die beiden alten Leute, die einander zum erstenmal nach einem halben Jahrhundert wiedersahen. Zu denken, daß er sie die ganze Zeit hindurch geliebt hatte ... und sie hatte einen andern geliebt ... was mochte ihm jetzt durch den Kopf gehen beim Anblick dieser Frau? Schließlich war sie für ihn der Anlaß gewesen, Haus und Hof zu verlassen, auf sein Erbteil zu verzichten und sein Leben im Exil zu verbringen.

»Haben Sie jemals geheiratet, Captain Meadows?« fragte ich.

»Ich? Geheiratet?« Er schüttelte den Kopf und grinste. »Könnt mir nicht einfallen. Dazu weiß ich zu viel von den Weibern.«

»Tu nicht so groß«, wies Mrs. Meadows ihn zurecht. »Sollt mich nicht wundern, wenn man dir auf ein paar dunkle Liebschaften draufkäme.«

»In China sind sie gelb, Emily. Nicht dunkel.«

»Ach ja. Von denen hast du wahrscheinlich die Gelbsucht gekriegt. Du altes Gelbgesicht, du.«

»Ich wollt keine andere heiraten als dich, Emily. Und hab keine andere geheiratet.«

Er sagte das ohne das mindeste Pathos, er sagte es im Ton einer nüchternen Mitteilung, wie einer, der sich etwas vorgenommen und seinen Vorsatz ausgeführt hat.

»Wer weiß, ob's dir nicht leid getan hätte, wenn ich deine Frau geworden wäre.«

Damit wandte Mrs. Meadows sich ab. Um kein Schweigen aufkommen zu lassen, verwickelte ich den Alten in ein Gespräch über China.

»In China kenn ich mich aus wie Sie sich in Ihrer Westentasche«, sagte er. »An der ganzen chinesischen Küste gibt's keinen Hafen, den ich nicht kenne. Ich war überall, wo ein Schiff vor Anker gehen kann. Ein halbes Jahr lang könnte ich hier sitzen und Ihnen erzählen, was ich gesehen und erlebt habe.«

»Nur eins hast du bei alledem vergessen«, fiel Mrs. Meadows ihm augenzwinkernd ins Wort.

»Das wäre?«

»Geld zu machen.«

»Liegt mir nicht. Ich hab immer nur Geld verdient, um es auszugeben. Und wenn ich mein Leben noch einmal beginnen könnte, würde ich's wieder so machen. Das können nicht viele von sich sagen.«

»Nein, wirklich nicht«, bestätigte ich.

Der Alte begann mir Respekt und Bewunderung abzunötigen. Da saß ein zahnloser, verkrüppelter, bettelarmer Greis – und durfte auf ein erfolgreiches Leben zurückblicken, einfach deshalb, weil er dieses Leben nach seinem eigenen Willen gelebt und genossen hatte.

Beim Abschied forderte er mich auf, ihn am nächsten Tag wieder zu besuchen. Wenn ich mich für China interessiere, könnte er mir alle Geschichten erzählen, die ich hören wollte.

Als ich am folgenden Morgen die Ulmen-Allee hinaufschlenderte und an den Garten kam, sah ich Mrs. Meadows Blumen schneiden. Ich wünschte ihr einen guten Morgen. Sie richtete sich auf. In ihrem Arm lagen weiße Astern. Jetzt sah ich, daß die Jalousien im Haus heruntergelassen waren. Das überraschte mich, denn Mrs. Meadows liebte das Sonnenlicht. »Fürs Dunkel ist Zeit genug, wenn man im Grab liegt«, pflegte sie zu sagen.

»Wie geht es Captain Meadows?« fragte ich.

»Der steckt immer voll schnurriger Einfälle«, antwortete sie. »Als unsere Lizzie ihm den Frühstückstee brachte, war er tot.«

»Tot?«

»Ja. Den Seinen gibt's der Herr im Schlaf. Ich wollte ihm gerade diese Blumen ins Zimmer stellen. Na, wenigstens ist er im alten Haus gestorben. Das war ja den Meadows immer sehr wichtig.«

Am Abend zuvor hatten sie große Überredungskünste aufwenden müssen, um ihn endlich ins Bett zu bringen. Er wollte nicht aufhören zu erzählen, wo er sich überall herumgetrieben und was er alles erlebt hatte, wie glücklich er war, wieder daheim zu sein, und wie stolz, daß er den Weg ins Haus zu Fuß geschafft hatte. Er würde noch zwanzig Jahre leben, hatte er kurz vor dem Einschlafen verkündet.

Mrs. Meadows senkte den Kopf und roch an den weißen Blumen in ihrem Arm.

»Ich bin froh, daß er zurückgekommen ist«, sagte sie. »Nach meiner Heirat mit Tom – damals, als George zur See ging – wissen Sie: ich war niemals ganz sicher, ob ich den Richtigen geheiratet habe.«

# *Der Teich*

Als ich durch Chaplin, den Besitzer des Hotels Metropole in Apia, Mr. Lawson vorgestellt wurde, zollte ich ihm nicht viel Aufmerksamkeit. Wir saßen im Vestibül bei einem frühen Cocktail, und ich ließ mir belustigt den Tagesklatsch der Insel erzählen.

Chaplin unterhielt mich. Sein Beruf war eigentlich Mineningenieur, und es war vielleicht charakteristisch für ihn, daß er sich an einem Ort niedergelassen hatte, wo er mit seinen beruflichen Kenntnissen nicht das geringste anfangen konnte. Doch wurde allgemein behauptet, er sei ein ausnehmend fähiger Mineningenieur gewesen. Er war klein von Statur, weder dick noch dünn, mit schwarzem, ergrauendem, auf dem Scheitel spärlichem Haar und einem kleinen, ungepflegten Schnurrbart. Sein Gesicht war teils von der Sonne, teils vom Alkohol tief rot. Er war nur das Aushängeschild, denn das Hotel, trotz seines stolzen Namens nur ein zweistöckiger Holzbau, wurde von seiner Frau geleitet, einer großen, hageren Australierin von fünfundvierzig Jahren, mit eindrucksvoller Gestalt und entschlossener Miene. Der kleine, leicht erregbare und oft angeheiterte Mann hatte große Angst vor ihr, und dem Fremden wurde bald von häuslichen Zwisten berichtet, bei denen sie Hände und Füße benutzte, um ihn in Schach zu halten. Es war bekannt, daß sie ihn nach einem nächtlichen Trinkgelage auf vierundzwanzig Stunden in sein eigenes Zimmer zu verweisen pflegte, und man konnte ihn, viel zu ängstlich, sein Gefängnis zu verlassen, ein wenig mitleiderregend von seiner Veranda aus mit den Leuten auf der Straße sprechen sehen.

Doch war er ein Charakter, und es lohnte sich, ihm zuzuhören, wenn er Erinnerungen aus seinem bunten Leben auspackte. Deshalb war ich nicht entzückt über die Unterbrechung, als Lawson hereinkam. Obgleich es noch nicht Mittag war, sah man deutlich, daß er bereits reichlich getrunken hatte, und es geschah ohne Begeisterung, daß ich seinem Drängen nachgab und einen weiteren Cocktail akzeptierte. Ich wußte bereits, daß Chaplin nicht viel vertrug. Die nächste Runde, die zu bestellen ich aus Höflichkeit gezwungen war, genügte, ihn allzu munter zu machen, was mir die finsteren Blicke von Mrs. Chaplin eintragen sollte.

Auch gab es nichts in Lawsons Erscheinung, das mich angezogen hätte. Er war ein kleiner, magerer Mensch mit einem langen, bleichen Gesicht, einem schmalen, schwachen Kinn, einer hervorstechenden, großen, knochigen Nase und breiten, zottigen schwarzen Brauen, die ihm ein merkwürdiges Aussehen verliehen. Aber seine sehr großen, sehr dunklen Augen waren herrlich. Er gab sich munter, aber diese Munterkeit erschien mir nicht echt; sie war auf der Oberfläche, eine Maske, die er trug, um die Welt zu täuschen, und ich vermutete, er verberge damit einen armseligen Charakter. Es lag ihm offensichtlich viel daran, als Spaßvogel zu gelten und als Allerweltsfreund. Doch hatte ich, ich weiß nicht warum, das Gefühl, er sei listig und verschmitzt. Er redete viel und mit rauher Stimme, und er und Chaplin überboten sich mit Erzählen von Zechgeschichten, die schon fast legendär geworden waren, von ›feuchten‹ Nächten im englischen Klub, von Jagden, auf denen unglaubliche Mengen von Whisky konsumiert worden waren, von Spritztouren nach Sydney, über die sie sehr stolz waren, weil sie vom Augenblick der Landung an bis zur Abfahrt sich an nichts mehr erinnern konnten. Zwei besoffene Schweine. Aber selbst in ihrer Trunkenheit, denn nun hatte jeder bereits vier Cocktails gehabt und keiner war mehr nüchtern, gab es doch einen großen Unterschied zwischen dem rohen und gewöhnlichen Chaplin und Lawson. Dieser war zwar ebenso angeheitert, aber er blieb der Gentleman, der er war.

Schließlich erhob er sich etwas unsicher aus seinem Stuhl.

»Nun, ich werde mich schön langsam nach Hause begeben«, sagte er. »Seh dich noch vor dem Abendessen.«

»Die Frau all right?« fragte Chaplin.

»Ja.«

Er ging hinaus. Ein seltsamer Ton schwang in seiner einsilbigen Antwort mit, der mich aufschauen ließ.

»Guter Kerl«, sagte Chaplin gedankenlos, als Lawson aus der Tür in den Sonnenschein trat. »Einer von den Besten. Nur schade, daß er trinkt!«

Diese Bemerkung von Chaplin zu hören, entbehrte nicht des Humors.

»Und wenn er betrunken ist, will er sich immer mit den Leuten prügeln.«

»Ist er oft betrunken?«

»Sternhagelbetrunken, drei- bis viermal in der Woche. Die Insel ist daran schuld, und Ethel.«

»Wer ist Ethel?«

»Ethel ist seine Frau, die Tochter vom alten Brevald, ein Mischling. Er nahm sie von hier fort. Das einzig Richtige. Aber sie hielt es nicht aus, und nun sind sie wieder da. Er wird sich eines Tages aufhängen, wenn er sich nicht vorher zu Tode säuft. Guter Kerl. Widerlich, wenn er betrunken ist.«

Chaplin rülpste laut.

»Ich gehe hinauf und halte den Kopf unter die Dusche. Den letzten Cocktail hätte ich nicht trinken sollen. Es ist immer der letzte, der einen umlegt.«

Er schaute unsicher zur Treppe, als er sich entschloß, in die Kammer zu gehen, wo sich die Dusche befand, und stand dann mit unnatürlichem Ernst auf.

»Macht sich bezahlt, mit Lawson zu verkehren«, sagte er. »Ein gebildeter Bursche. Sie wären erstaunt, wenn er nüchtern ist. Klug auch noch. Lohnt sich, mit ihm zu sprechen.«

Chaplin hatte mir mit diesen wenigen Aussprüchen die ganze Geschichte erzählt.

Als ich gegen Abend von einem Ritt der Küste entlang zurückkam, war Lawson wieder im Hotel. Er war tief in einen der Rohrstühle im Vestibül gesunken und schaute mich mit verglasten Augen an. Es war deutlich, daß er den ganzen Nachmittag über getrunken hatte. Er war wie betäubt, und sein Gesicht sah mürrisch und rachsüchtig aus. Für einen Augenblick blieb sein Blick an mir haften, doch sah ich, daß er mich nicht erkannte. Zwei oder drei andere Männer saßen noch da und würfelten, ohne Notiz von ihm zu nehmen. Sein Zustand war anscheinend der übliche, so daß er keinem besonders auffiel. Ich setzte mich nieder und begann auch zu spielen.

»Ihr seid schon eine verdammt gemütliche Bande«, sagte Lawson plötzlich.

Er stand auf und wankte mit weichen Knien zur Tür. Ich weiß nicht, ob dieser Augenblick lächerlich oder abstoßend war. Als er draußen war, kicherte einer der Männer.

»Lawson hat heute gut vorgelegt«, sagte er.

»Wenn ich Alkohol so schlecht vertrüge wie er«, bemerkte der andere, »würde ich in den Kinderwagen zurückklettern und dort bleiben.«

Wer hätte gedacht, daß dieser jämmerliche Mensch in seiner Art eine romantische Figur war oder daß sein Leben alle Stadien von Jammer und Entsetzen enthielt, die, wie der Theoretiker behauptet, zur wirklichen Tragödie gehören?

Zwei oder drei Tage lang sah ich ihn nicht.

Eines Abends saß ich im ersten Stock des Hotels auf der Veranda, die zur Straße geht, als Lawson heraufkam und in einen Stuhl neben dem meinen sank. Er war völlig nüchtern, machte eine alltägliche Bemerkung, und als ich etwas gleichgültig darauf antwortete, fügte er mit einem Lachen, das klang, als wollte er sich entschuldigen, hinzu:

»Ich war verdammt angeheitert neulich.«

Ich antwortete nicht, denn dazu war nichts zu sagen, sondern stopfte mir eine Pfeife in der lächerlichen Hoffnung, mir dadurch die Moskitos vom Leibe zu halten, und blickte hinunter auf die Einheimischen, die von der Arbeit heimgingen. Langsam, mit langen Schritten, wanderten sie voller Achtsamkeit und Würde vorbei, und der sanfte Tritt ihrer nackten Füße machte einen seltsamen Laut. Oft waren ihre dunklen, gelockten oder glatten Haare mit Kalk geweißt, was ihnen das Aussehen großer Vornehmheit gab. Sie waren groß und herrlich gewachsen; dann kam eine Gruppe singender Arbeiter vorbei, Leute von den Salomoninseln, die kleiner und schmächtiger sind als die Samoaner, kohlrabenschwarz, die großen Köpfe voll von gekräuseltem, rotgefärbtem Haar. Hie und da fuhr ein Weißer vorüber oder ritt in den Hof des Hotels. In der Lagune spiegelten zwei oder drei Schoner ihre graziösen Formen im völlig ruhigen Wasser.

»Ich weiß nicht, was man in solch einem Ort anderes anfangen könnte, als sich betrinken«, sagte Lawson schließlich.

»Lieben Sie Samoa nicht?« fragte ich obenhin, um irgend etwas zu sagen.

»Oh, es ist hübsch, nicht wahr?«

Die Worte, die er wählte, waren so lächerlich ungenügend zur Beschreibung der unvorstellbaren Schönheit ringsum, daß ich lächelte und mich ihm lächelnd zukehrte. Da erschrak ich über den Ausdruck in diesen herrlichen dunklen Augen, einen

Ausdruck unerträglicher Pein; er verriet die tragische Tiefe einer Gemütsbewegung, die ich ihm nie zugetraut hätte. Aber dieser Ausdruck schwand und machte einem Lächeln Platz, das sein Gesicht so veränderte, daß ich in meinem ersten Gefühl der Abneigung wieder schwankend wurde.

»Ich habe mir jeden Winkel hier angeschaut, als ich das erste Mal hierherkam«, sagte er.

Dann schwieg er auf einen Augenblick.

»Vor drei Jahren bin ich mit der Absicht, wegzubleiben, von hier fortgezogen, kam aber wieder zurück.« Er zögerte. »Meine Frau wollte heim. Sie ist hier geboren, wissen Sie.«

»So, so.«

Wieder schwieg er und machte dann eine Bemerkung über Robert Louis Stevenson. Er fragte mich, ob ich droben in Vailima gewesen sei. Aus irgendeinem Grund strengte er sich an, mich zu unterhalten. Er begann, über Stevensons Bücher zu sprechen, und bald drehte sich das Gespräch um London.

»Ich nehme an, in Covent Garden ist immer noch viel los«, sagte er. »Ich glaube, ich entbehre die Oper hier mehr als irgend etwas anderes. Haben Sie ›Tristan und Isolde‹ gesehen?«

Er stellte mir diese Frage, als sei die Antwort für ihn von wirklicher Bedeutung, und als ich sie etwas nebensächlich bejahte, schien er sich zu freuen. Er sprach über Wagner, aber nicht wie ein Musiker, sondern wie ein schlichter Mensch, der diesem Komponisten gefühlsmäßige Beglückungen verdankt und sie sich in keiner Weise erklären kann.

»Ich glaube, nach Bayreuth hätte man gehen müssen«, sagte er. »Ich hatte leider nie das Geld dazu. Aber es war natürlich auch nicht übel in Covent Garden mit all den Lichtern, den himmlisch eleganten Frauen und dem Orchester. Der erste Akt von ›Walküre‹ ist schön, nicht wahr? Und der Schluß von ›Tristan‹. Mein Gott!«

Seine Augen strahlten jetzt, und sein Gesicht war so licht, daß es kaum mehr dem gleichen Mann zu gehören schien. Eine leichte Röte stieg in die bleichen, mageren Wangen, und ich vergaß, daß seine Stimme rauh und unangenehm war. Ganz bestimmt ging ein gewisser Charme von ihm aus.

»Herrgott, wie gern wäre ich heute nacht in London! Kennen Sie das Restaurant *Pall Mall*? Dort bin ich sehr oft gewesen. Piccadilly Circus mit all seinen erleuchteten Läden, und diese Menschenmenge! Ich finde es berauschend, dort zu stehen und den Strom von Bussen und Taxis zu beobachten, der niemals versiegt. Und den Strand liebe ich auch. Wie gehen doch diese Verse über Gott und Charing Cross?«

Ich war verblüfft.

»Thompson meinen Sie?« fragte ich und zitierte sie.

Er stieß einen schwachen Seufzer aus.

»Ich habe den ›Jagdhund des Himmels‹ gelesen. Etwas ganz Großes.«

»Das ist allgemein anerkannt«, murmelte ich.

»Hier trifft man keinen Menschen, der etwas gelesen hat. Bücher hält man hier für Geistesprotzerei.«

Ein gedankenverlorener Ausdruck lag auf seinem Gesicht, und ich glaubte nun den Beweggrund zu erkennen, der ihn zu mir trieb. Ich war für ihn ein Bindeglied zwischen ihm und der Welt, die er vermißte, und dem Leben, zu dem er keinen Zugang mehr hatte. Weil ich noch vor ganz kurzer Zeit in London gewesen war, das er so liebte, schaute er auf mich mit Ehrfurcht und Neid. Er hatte etwa fünf Minuten lang geschwiegen, als er in Worte ausbrach, die mich ihrer Heftigkeit wegen erschreckten:

»Ich habe es satt!« sagte er. »Ich habe es satt!«

»Und warum gehen Sie nicht fort?« fragte ich.

Sein Gesicht wurde düster.

»Meine Lunge ist ein wenig empfindlich. Ich könnte einen englischen Winter nicht mehr aushalten.«

In diesem Augenblick trat ein Mann zu uns auf die Veranda, und Lawson versank in mürrisches Schweigen.

»Es ist Zeit für einen guten Schluck«, sagte der Ankömmling. »Wer trinkt einen Tropfen Scotch mit mir? Lawson?«

Lawson schien aus einer fernen Welt zu kommen. Er stand auf.

»Gehen wir hinunter in die Bar.«

Als ich zurückblieb, hegte ich freundlichere Gefühle für ihn, als ich erwartet hatte. Er erregte mein Staunen und interessierte mich. Ein paar Tage später lernte ich seine Frau kennen. Ich wußte, sie waren bereits fünf oder sechs Jahre lang verheiratet, und es überraschte mich, zu sehen, daß sie noch unglaublich jung war. Als er sie geheiratet hatte, konnte sie nicht mehr als sechzehn gewesen sein. Sie war unbeschreiblich schön, nicht dunkler als die Spanierinnen, schmal und herrlich gewachsen, mit winzigen Händen und Füßen, schlank und geschmeidig. Von ihren Zügen ging ein großer Liebreiz aus. Doch was mich am meisten berührte, war die Zartheit ihrer Erscheinung. Mischlinge haben oft etwas leicht Grobes, sind irgendwie schlecht gestaltet, aber sie war von so erlesener Feinheit, daß einem das Herz stehenblieb. Etwas wie Kultur ging von ihr aus, so daß man sich wunderte, sie in dieser Umgebung anzutreffen, und an die berühmten Schönheiten gemahnt wurde, die am Hofe Napoleons III. die ganze Welt von sich reden machten. Obwohl sie nur ein Musselinkleid und einen Strohhut trug, tat sie das mit einer Eleganz, die nur die Frau von Welt kennt. Sie mußte hinreißend gewesen sein, als Lawson sie zum ersten Male gesehen hatte.

Erst vor kurzem von England abgereist, um in der Filiale einer englischen Bank zu arbeiten, war er in Samoa zu Beginn der trockenen Jahreszeit angekommen und hatte sich im Hotel ein Zimmer genommen. Schnell machte er die Bekanntschaft von allen und allem. Das Leben auf der Insel ist angenehm und bequem. Er genoß die langen, müßigen Gespräche im Vestibül des Hotels und die heiteren Abende im englischen Klub, wo er mit einigen jungen Leuten Billard spielte. Auf seinen Wanderungen am Rande der Lagune erwachte seine Liebe zu Apia mit all den Läden und Bungalows und den Eingeborenendörfern. Oft ritt er über das Wochenende zu irgendeinem Pflanzer und verbrachte ein paar Nächte in den Bergen. Nie zuvor hatte er Freiheit oder Muße gekannt. Und die Sonne berauschte ihn vollends. Beim Ritt durch den Busch schwindelte ihm der Kopf angesichts der Schönheit ringsum. Das Land war unbeschreiblich fruchtbar. Es gab Gebiete in den Wäldern, die noch nie betreten worden waren. Sie bestanden aus einem fast undurchdringlichen Gewirr seltsamer Bäume, üppigem Unterholz und wilden Ranken. Hier hindurchzureiten, war geheimnisvoll und betörend.

Aber die Stelle, die ihn am meisten bezauberte, war ein Teich, ein bis zwei Meilen von Apia entfernt, zu dem er sich oft des Abends begab, um dort zu baden. Ein kleiner Fluß war da, der in raschem Lauf über die Steine plätscherte und, nachdem er eine tiefe, teichartige Erweiterung gebildet hatte, seicht und kristallen weiterfloß, vorbei an einer Furt, wo große Steine lagen und wohin die Eingeborenen kamen, um zu baden oder ihre Kleider zu waschen. Die Kokospalmen mit ihrer leichtfertigen Eleganz wuchsen dicht bis ans Ufer und spiegelten sich, umwachsen von Schlingpflanzen, in den grünen Wassern. Es war eine Landschaft, der man auch irgendwo in Devonshire begegnen konnte, und doch unterschied sie sich durch einen tropischen Reichtum, eine Leidenschaft, einen schmachtenden Duft von allem, was man sonstwo sehen kann, und griff einem ans Herz. Das Wasser war frisch, aber nicht kalt, und köstlich nach der Hitze des Tages. Dort zu baden, erquickte nicht nur den Leib, sondern auch die Seele.

Zu der Stunde, die Lawson für sein Bad wählte, war kein Mensch weit und breit dort, und er säumte lange; bald müßig im Wasser liegend, bald am Ufer, um sich von der Abendsonne trocknen zu lassen, erfreute er sich der Einsamkeit und der freundlichen Stille. Damals vermißte er London nicht und ebensowenig das Leben, das er verlassen hatte, denn das Dasein, das er hier führte, war vollkommen und über alle Maßen köstlich.

Hier war es, wo er Ethel zum ersten Male sah.

Da das monatliche Postboot am nächsten Tage abfuhr, hatte er Briefe zu schreiben und ritt deshalb eines Abends später als sonst an den Teich. Das Licht war bereits im Schwinden. Er machte das Pferd fest und wanderte hinunter zum Ufer. Ein Mädchen saß da. Sie schaute sich um, als er kam, und glitt lautlos ins Wasser. Wie eine durch das Erscheinen eines Sterblichen erschreckte Najade verschwand sie. Er war überrascht und belustigt. Schließlich fragte er sich, wo sie sich wohl verbergen mochte. Er schwamm mit der Strömung und sah sie bald auf einem Felsen sitzen. Sie schaute ihn ohne Neugier an. Auf samoanisch rief er ihr einen Gruß zu. »*Talofa!*«

Sie antwortete ihm, lächelte plötzlich und tauchte rasch wieder ins Wasser. Sie schwamm geübt, und ihr Haar wallte hinter ihr her. Er schaute ihr zu, wie sie den Teich überquerte und ans Ufer kletterte. Wie alle Eingeborenen badete sie im landesüblichen Kittelkleid, das jetzt durch die Nässe eng an ihrem schlanken Körper klebte. Sie wrang ihr Haar aus, und als sie dort ganz unbekümmert stand, glich sie mehr denn je einem wilden Geschöpf des Wassers oder der Wälder. Jetzt sah er, daß sie ein Mischling war. Er schwamm zu ihr hinüber und sprach sie, als er aus dem Wasser kam, auf englisch an.

»Ein bißchen spät zum Schwimmen.«

Sie warf das Haar zurück, das sich sogleich in üppigen Lokken über ihre Schultern ausbreitete.

»Ich bin gerne allein«, sagte sie.

»Ich auch.«

Sie lachte mit der kindlichen Offenheit der Eingeborenen. Rasch stülpte sie sich ein trockenes Kleid über den Kopf, zog das nasse herunter und trat heraus. Dann wand sie es aus und machte sich zum Gehen bereit. Einen Augenblick lang zögerte sie unentschlossen, dann schlenderte sie fort. Plötzlich wurde es Nacht.

Lawson ging ins Hotel zurück. Nachdem er sie den Männern, die im Vestibül um Drinks würfelten, beschrieben hatte, wußte er bald, wer sie war. Ihr Vater, ein Norweger namens Brevald, wurde oft in der Bar des Hotels Metropole gesehen, wo er Rum mit Wasser trank. Der kleine Mann, jetzt knotig und knorrig wie ein alter Baum, war vor vierzig Jahren als Maat eines Segelschiffes auf die Inseln gekommen. Als Schmied, Händler und Pflanzer hatte er sein Leben verdient, und eine Zeitlang war es ihm sehr gut gegangen. Doch durch den großen Wirbelsturm in den neunziger Jahren ruiniert, besaß er jetzt außer einer kleinen Plantage von Kokospalmen nichts mehr. Er hatte vier eingeborene Frauen und, wie er einem mit einem gesprungenen Kichern sagte, mehr Kinder, als er zählen konnte. Aber einige waren gestorben, einige in die Welt hinausgezogen, so daß nur mehr eine bei ihm im Hause lebte, und das war Ethel.

»Sie ist ein Prachtstück«, sagte Nelson, der Superkargo der ›Moana‹. »Ich habe ihr schon ein paarmal Augen gemacht, aber ich glaube, da ist nichts zu wollen.«

»Der alte Brevald ist kein Dummkopf, mein Lieber«, warf ein anderer namens Miller ein. »Was er braucht, ist ein Schwiegersohn, der imstande ist, ihn sein Lebtag lang zu erhalten.«

Lawson empfand es peinigend, daß sie auf solche Art von dem Mädchen sprachen. Er machte eine Bemerkung über die abgehende Post und lenkte damit das Gespräch auf ein anderes Thema. Aber am nächsten Abend ging er wieder zum Teich. Ethel war da; und das Mysterium des Sonnenunterganges, die tiefe Stille des Wassers, die geschmeidige Grazie der Kokospalmen verliehen ihr als Rahmen für ihre Schönheit einen solchen Zauber, daß sein Herz in unbekannter Erregung heftig schlug. Aus irgendeinem Grund hatte er die Laune, diesesmal nicht mit ihr zu sprechen. Sie nahm keine Notiz von ihm. Keinen einzigen Blick warf sie in seine Richtung. Sie schwamm durch den grünen Teich, tauchte und ruhte am Ufer, als wäre sie völlig allein. Er hatte das seltsame Gefühl, unsichtbar zu sein. Halbvergessene Gedichtzeilen fluteten ihm ins Gedächtnis und undeutliche Erinnerungen an die Griechen, die er in seiner Schulzeit flüchtig studiert hatte. Nachdem sie das feuchte Kleid mit einem trockenen vertauscht hatte und weggegangen war, fand er eine scharlachrote Hibiskusblüte an der Stelle, wo sie gestanden hatte. Es war die Blume, die sie beim Herkommen im Haar getragen, vor dem Baden abgelegt und nun entweder vergessen hatte oder nicht mehr anstecken wollte. Er hob sie auf, schaute sie mit einer einzigartigen Erregung an und verspürte den Wunsch, sie mitzunehmen. Aber diese Sentimentalität ärgerte ihn, und er warf sie fort. Als er sie stromabwärts verschwinden sah, fühlte er einen kleinen Schmerz.

Er dachte darüber nach, welch seltsamer Zug ihrer Natur es wohl sein mochte, der sie zwang, zu einer Stunde an diesen verborgenen Teich zu kommen, da es unwahrscheinlich war, einer lebenden Seele zu begegnen. Die Eingeborenen der Inseln lieben das Wasser; sie baden hier und dort jeden Tag bestimmt einmal, meist auch öfter. Aber sie baden in lachenden, fröhlichen Gruppen, gewöhnlich ganze Familien zusammen. Oft sah man junge Mädchen, gesprenkelt von der Sonne, die durch die Bäume schien, auch Mischlinge darunter, an den seichten Stellen des Flusses planschen. Es war, als berge dieser Teich ein Geheimnis, das Ethel gegen ihren Willen immer wieder anzog.

Nun war es Nacht, alles schwieg wie verzaubert; er ließ sich sanft ins Wasser gleiten, um kein Geräusch zu machen, und schwamm träge in der warmen Dunkelheit. Der Teich schien noch nach ihrem samtenen Körper zu duften. Dann ritt er unter dem ausgestirnten Himmel zur Stadt zurück. Er fühlte sich in Frieden mit der Welt.

Von nun an ging er jeden Abend zum Teich, und jeden Abend sah er Ethel. Nach und nach konnte er ihre Schüchternheit besiegen. Sie wurde heiter und freundlich. Oft saßen sie beisammen auf den Felsen über dem Teich, wo das Wasser rasch dahinfloß, oder sie lagen Seite an Seite auf dem überhängenden Rand und beobachteten, wie die zunehmende Dämmerung den Teich geheimnisvoll umhüllte. Es war unvermeidlich, daß über ihre Zusammenkünfte gesprochen wurde – in der Südsee weiß jeder alles von allen –, und bei den Männern im Hotel wurde er zum Gegenstand vieler rüder Scherze. Er lächelte dazu und ließ sie reden. Es stand nicht einmal dafür, ihren groben Vermutungen entgegenzutreten. Seine Gefühle waren rein. Er liebte Ethel, wie ein Dichter wohl den Mond liebt. Er dachte an sie nicht wie an eine Frau, sondern wie an etwas, das nicht von dieser Welt ist. Sie war der Geist des Teiches.

Eines Tages, als er an der Hotelbar vorüberging, sah er den alten Brevald, wie immer in seinem schäbigen blauen Overall, dort stehen. Weil er Ethels Vater war, hatte er das Verlangen, mit ihm zu sprechen. Er trat ein, bestellte sich einen Drink, wandte sich wie zufällig um und lud den alten Mann ein, mitzuhalten. Sie plauderten ein paar Minuten lang über lokale Angelegenheiten, währenddessen Lawson das peinliche Gefühl hatte, der Norweger schaue ihn mit seinen listigen blauen Augen allzu forschend an. Die Manieren des Alten waren nicht angenehm. Er hatte eine schmeichlerische Art zu sprechen, und doch lag hinter dem gewundenen Verhalten dieses Mannes, der im Kampf mit dem Schicksal besiegt worden war, etwas von Roheit. Lawson fiel das Gerücht ein, das lautete, der Norweger sei einmal Kapitän eines Schiffes gewesen, dessen Besitzer sich mit Sklavenhandel befaßte, und er habe einen großen Auswuchs auf der Brust, der von einer im Kampf mit Salomoninsulanern davongetragenen Wunde herrühre. Der Gong rief zum Mittagessen.

»Nun, ich muß gehen«, sagte Lawson.

»Warum kommen Sie nicht einmal zu mir hinaus?« fragte Brevald in bemühtem Ton. »Mein Haus ist nicht sehr groß, aber Sie sind immer willkommen. Sie sind ja ein Bekannter von Ethel.«

»Ich komme mit Vergnügen.«

»Sonntag nachmittag paßt es am besten.«

Brevalds schäbiger, schlechtgehaltener Bungalow stand zwischen den Kokospalmen seiner Pflanzung etwas abseits von der Straße, die nach Vailima führte, und war umgeben von riesigen Bananenstauden. Diese gemahnten mit ihren zerfetzten Blättern an die traurige Schönheit einer jungen Frau in Lumpen.

Alles hier war verschmutzt und vernachlässigt. Kleine schwarze Schweine wühlten dünn und hochrückig herum, und Hühner gluckten geräuschvoll beim Aufpicken der überall verstreuten Körner. Drei oder vier Eingeborene hockten auf der Veranda. Als Lawson nach Brevald fragte, rief die gesprungene Stimme des alten Mannes zu ihm heraus, und er fand ihn pfeiferauchend im Wohnzimmer.

»Setzen Sie sich und machen Sie sich's bequem«, sagte er. »Ethel putzt sich gerade heraus.«

Da kam sie herein in Rock und Bluse, das Haar auf europäische Art hochgesteckt. Sie hatte hier zwar nicht die wilde, scheue Grazie des Mädchens, das jeden Abend an den Teich kam, doch kam sie ihm jetzt menschlicher und folglich weniger unnahbar vor. Sie reichte ihm die Hand. Dies war das erste Mal, daß er sie berührte.

»Ich hoffe, Sie trinken eine Tasse Tee mit uns«, sagte sie.

Er wußte, daß sie die Missionsschule besucht hatte, und er war belustigt und gleichzeitig gerührt über die gesellschaftlichen Manieren, die sie seinetwegen zur Schau trug. Der Tisch war bereits gedeckt, und bald darauf trat Brevalds vierte Frau ein und brachte die Teekanne. Sie war eine schöne Eingeborene, nicht mehr ganz jung, und sie sagte ein paar Worte auf englisch. Ein ständiges Lächeln lag um ihren Mund. Der Tee war eine ziemlich feierliche Angelegenheit hier, es gab viel Brot und Butter und eine Anzahl verschiedener, sehr süßer Kuchen. Die Unterhaltung war formell. Dann kam langsam eine alte, völlig verrunzelte Frau herein.

»Das ist Ethels Großmutter«, sagte Brevald und spuckte geräuschvoll auf den Boden.

Sie setzte sich recht unbequem auf den Rand eines Stuhles, so daß man sah, daß sie das nicht gewohnt war, und blickte mit starren, glänzenden Augen unentwegt hinüber zu Lawson. In der Küche hinter dem Bungalow begann jemand Ziehharmonika zu spielen, und zwei oder drei stimmten eine Hymne an. Aber sie sangen mehr aus Freude am Klang als aus Frömmigkeit.

Als Lawson ins Hotel zurückging, fühlte er sich auf seltsame Art glücklich. Das wirre Durcheinander, in dem diese Menschen lebten, rührte ihn. In der lächelnden Gutmütigkeit von Mrs. Brevald, dem phantastischen Lebenslauf des kleinen Norwegers und den glänzenden, geheimnisvollen Augen der greisen Großmutter sah er etwas Außergewöhnliches und Fesselndes. Ihr Leben war natürlicher als alles, was ihm je begegnet war, es stand der freundlichen, fruchtbaren Erde näher. Zivilisation stieß ihn ab in diesem Augenblick, und er verspürte beim bloßen Zusammensein mit diesen primitiven Geschöpfen die größere Freiheit.

Bald zog er aus dem Hotel in einen schmucken kleinen Bungalow am Meer, so daß er ständig die bunte Mannigfaltigkeit der Lagune vor Augen hatte. Er liebte diese herrliche Insel. London und England bedeuteten ihm nichts mehr, er war froh, den Rest seines Lebens an diesem entlegenen Flecken Erde zu verbringen, der so gesegnet war mit den Gütern der besten aller Welten, mit Liebe und Glück. Und er beschloß, daß allen Hindernissen zum Trotz nichts ihn davon abhalten sollte, Ethel zu heiraten.

Aber es gab gar keine Hindernisse. Er war immer willkommen in Brevalds Haus. Der Alte zeigte sich schmeichlerisch, und Mrs. Brevald lächelte ohne Unterlaß. Flüchtig fiel sein Auge auf Eingeborene, die zum Haushalt zu gehören schienen, und einmal traf er einen großen Jüngling in einem *Lava-Lava* an mit tätowiertem Körper, die Haare kalkweiß, der bei Brevald saß, und man sagte ihm, das sei Mrs. Brevalds Neffe; doch für gewöhnlich hielten sie sich außer Sehweite. Ethel benahm sich entzückend zu ihm. Das Aufleuchten ihrer Augen, wenn sie ihn sah, erfüllte ihn mit wahrer Wonne. Sie war reizvoll und naiv. Berückt hörte er ihr zu, wenn sie ihm von der Missionsschule erzählte, in der sie erzogen worden war, und von den Schwestern dort. Er ging mit ihr ins Kino, das einmal in vierzehn Tagen spielte, und tanzte mit ihr auf dem Ball, der danach folgte. Aus allen Teilen der Insel strömte es herbei, denn solcherlei Unterhaltungen waren selten in Upolu. Und man traf dort die ganze Gesellschaft des Ortes, die weißen Damen, die sich zusammentaten und abseits hielten, die Mischlinge, sehr elegant in amerikanischen Kleidern, und die Eingeborenen, ganze Scharen von jungen Mädchen in weißen Kitteln und jungen Männern in ungewohnten Leinenhosen und weißen Schuhen. Es ging lebhaft und heiter zu. Ethel gefiel es, ihren Freundinnen den weißen Bewunderer zu zeigen, der nicht von ihrer Seite wich. Bald verbreitete sich das

Gerücht, daß hier eine Heirat zu erwarten sei, und ihre Freundinnen betrachteten sie voller Neid. Einen Weißen zu heiraten war das große Los für einen Mischling; auch die illegale Beziehung zu ihm war besser als nichts, doch konnte man nie wissen, wohin das führen werde. Lawsons Stellung als Bankverwalter machte ihn zu einem der begehrtesten Heiratsobjekte der Insel. Wäre er nicht so völlig in Ethel aufgegangen, so hätte er bemerken müssen, daß viele Augen neugierig auf ihn gerichtet waren, und er hätte die Blicke der weißen Damen aufgefangen und gesehen, wie sie die Köpfe zusammensteckten und über ihn tuschelten.

Danach, wenn die Herren, die im Hotel lebten, vor dem Schlafengehen noch beisammensaßen und Whisky tranken, brach Nelson in die Worte aus:

»Nein, so etwas, man sagt, Lawson will das Mädel heiraten.«

»Dann ist er ein verdammter Idiot«, sagte Miller.

Miller war Deutschamerikaner, der früher Müller geheißen hatte, ein großer Mann, dick, kahlköpfig, mit rundem, glattrasiertem Gesicht. Er trug eine große goldrandige Brille, die ihm einen wohlwollenden Ausdruck verlieh. Seine Leinenhosen waren immer rein und weiß. Er war ein heftiger Trinker, jederzeit bereit, sich mit den ›Jungens‹ die Nacht um die Ohren zu schlagen, aber nie wirklich betrunken; stets heiter und umgänglich, aber sehr schlau. Nichts ging ihm über das Geschäft. Er war der Vertreter einer Firma in San Francisco, Zwischenhändler beim Verkauf von Waren an die Inseln, wie Kattun, Maschinen und so weiter; seine Kameradschaftlichkeit war ein Teil seines Handelskapitals.

»Er weiß nicht, was er sich da einbrockt«, sagte Nelson. »Jemand sollte ihn einmal zur Vernunft bringen.«

»Wenn Sie meinen Rat hören wollen, so mischen Sie sich nicht in Dinge, die Sie nichts angehen«, erwiderte Miller. »Wenn ein Mann es sich in den Kopf gesetzt hat, einen Narren aus sich zu machen, dann muß man ihn lassen.«

»Ich bin sehr dafür, sich mit den Mädels hier zu amüsieren, aber wenn es ans Heiraten geht – Hände weg, das ist meine Meinung.«

Chaplin war da, und auch er gab seinen Senf dazu.

»Ich habe schon viele hier heiraten sehen, aber es hat nie gutgetan.«

»Sie müßten mit ihm sprechen, Chaplin«, sagte Nelson. »Sie kennen ihn besser als irgend jemand von uns.«

»Auch Chaplin rate ich, die Sache laufen zu lassen«, bemerkte Miller.

Selbst in jenen Tagen war Lawson nicht gerade allgemein beliebt, so daß niemand genug Interesse an ihm nahm, sich wirklich um ihn zu kümmern. Mrs. Chaplin sprach über seine Angelegenheit mit zwei oder drei weißen Damen, aber sie beschränkte sich darauf, zu bemerken, es sei schade um ihn. Und als er ihr mitteilte, daß er heiraten werde, schien es ihr zu spät, etwas zu unternehmen.

Ein ganzes Jahr lang war Lawson glücklich. Er nahm einen Bungalow an der Spitze der Bucht, an der Apia lag, am Rande eines Eingeborenendorfes. Es lag entzückend zwischen Kokospalmen und schaute auf das leidenschaftliche Blau des Stillen Ozeans. Ethel sah lieblich aus, wenn sie in dem kleinen Haus hin und her ging, biegsam und graziös wie ein junges Tier des Waldes, und sie war wunderbar heiter. Sie lachten viel miteinander und redeten Unsinn. Manchmal kamen ein, zwei Männer vom Hotel herüber und verbrachten den Abend bei ihnen, und oft an Sonntagen gingen sie zu irgendeinem Pflanzer, der mit einer Eingeborenen verheiratet war. Hie und da gab einer von den Halbbluthändlern, die Läden in Apia hatten, eine Gesellschaft, wohin sie eingeladen wurden. Die Mischlinge behandelten Lawson jetzt ganz anders. Seine Heirat hatte ihn zu einem der Ihren gemacht, und sie nannten ihn Bertie. Sie schoben ihren Arm durch den seinen und gaben ihm einen Klaps auf den Rücken. Er sah Ethel gerne auf diesen Einladungen. Ihre Augen strahlten, und sie lachte viel. Es tat ihm gut, ihre leuchtende Freude zu sehen. Manchmal kamen Ethels Verwandte in den Bungalow, der alte Brevald natürlich und ihre Mutter, aber auch Fernerstehende, irgendwelche eingeborenen Frauen in Kitteln und Männer und Knaben in *Lava-Lavas* mit rotgefärbten Haaren und sorgfältig tätowierten Körpern. Er fand sie in seinem Hause vor, wenn er von der Bank heimkehrte, und lachte gutmütig.

»Sie sollen uns nur nicht ratzekahl essen«, sagte er.

»Aber sie gehören zu meiner Familie. Ich muß etwas für sie tun, wenn sie mich darum bitten.«

Er wußte, daß jeder Weiße, der eine Eingeborene oder einen

Mischling heiratete, darauf gefaßt sein mußte, daß sämtliche Verwandte ihn für eine Goldmine ansahen. Er umfaßte Ethels Gesicht mit den Händen und küßte ihre roten Lippen. Vielleicht durfte er bei ihr kein Verständnis dafür voraussetzen, daß sein Gehalt, das für einen Junggesellen mehr als üppig war, mit Sorgfalt behandelt werden mußte, wenn es für eine Frau und einen richtigen Haushalt reichen sollte.

Dann gebar Ethel einen Sohn.

Als Lawson zum erstenmal das Kind im Arm hielt, fuhr ihm ein Schrecken durch das Herz. Er hatte nicht gedacht, daß es so dunkel sein werde. Schließlich hatte es nur ein Viertel Eingeborenenblut, und es bestand eigentlich kein Grund, warum es nicht wie jedes englische Kind aussehen sollte. Aber wie es so zusammengekrümmt und bleich in seinem Arm lag, den Kopf bereits mit schwarzen Haaren bedeckt, die riesigen schwarzen Augen weit geöffnet, hätte es auch ein Eingeborenenbaby sein können. Seit seiner Heirat hatten die weißen Damen der Kolonie ihn ignoriert. Wenn er Männer traf, in deren Haus er als Junggeselle oft zu Gast gewesen war, versuchten sie, den peinlichen Augenblick durch übertriebene Herzlichkeit zu überbrücken.

»Mrs. Lawson bei guter Gesundheit?« fragten sie. »Sie sind ein Glückspilz. Verdammt schöne Frau!«

Waren sie aber mit ihren Gattinnen und begegneten ihm und Ethel, so wußten sie nicht, wie sich drehen und wenden, wenn ihre Frauen Ethel nur gönnerhaft zunickten. Erst hatte Lawson darüber gelacht.

»Zum Sterben langweilig, diese ganze Bande«, sagte er. »Kein einziges graues Haar lasse ich mir wachsen, weil sie mich nicht zu ihren dummen Gesellschaften einladen.«

Jetzt aber ärgerte es ihn doch.

Da war dies kleine dunkle Baby, sein Sohn. Er dachte an die Mischlingskinder in Apia. Sie sahen nicht gesund aus, waren gelblich und bleich und erschreckend frühreif. Er hatte sie auf der Fahrt zur Schule in Neuseeland gesehen, und zwar in einer besonderen Schule, die Kinder mit Mischblut aufnahm. Zusammengedrängt saßen sie beieinander, frech und doch schüchtern, mit Zügen, die sie unverkennbar von den Weißen absonderten. Unter sich redeten sie in der Sprache der Eingeborenen. Als Erwachsene bekamen die Männer geringeren Lohn auf Grund ihres dunklen Blutes; die Mädchen konnten Weiße heiraten, die Männer aber hatten keine Chancen. Sie mußten sich mit Mischlingen oder Eingeborenen zusammentun. Lawson beschloß voller Empörung, seinem Sohn ein solches Leben der Demütigung zu ersparen. Koste es, was es wolle, er mußte zurück nach Europa. Und als er hineinging, um Ethel zu sehen, die umringt von eingeborenen Frauen, zart und lieblich dalag, festigte sich sein Entschluß. Zu Hause bei seinen eigenen Leuten konnte sie ihm noch mehr angehören. Er liebte sie leidenschaftlich und wollte, daß sie eine Seele und ein Leib mit ihm sei. Und ihm war bewußt, daß sie ihm hier, wo sie tief mit dem Leben der Eingeborenen verwurzelt war, stets etwas vorenthalten werde.

Er arbeitete schweigend weiter, schrieb aber mit dem deutlichen Gefühl, es erst einmal geheimhalten zu müssen, an einen Verwandten, der Teilhaber einer Firma für Seetransporte in Aberdeen war. Er erzählte ihm, daß seine Gesundheit, derentwegen er wie so viele andere auf die Inseln gekommen war, sich zusehends gebessert habe und kein Grund mehr bestehe, der ihn hindern könnte, nach Europa zurückzukehren. Dann bat er ihn, seinen gesamten Einfluß aufzubieten und ihm eine Stellung, gleichgültig für welches Gehalt, zu beschaffen. Fünf bis sechs Wochen dauert es, bis ein Brief von Aberdeen nach Samoa kommt, und mehrere mußten gewechselt werden. Er hatte also Zeit genug, Ethel vorzubereiten. Sie war von dieser Idee entzückt wie ein Kind. Es belustigte ihn, zu beobachten, wie sie sich mit ihrem Wegzug nach England vor ihren Freundinnen brüstete; für sie war das ein Schritt nach oben. Sie sollte dort ganz englisch werden. Die bevorstehende Abreise beschäftigte und erregte sie. Als schließlich ein Telegramm kam, das ihm einen Posten in der Bank von Kincardineshire anbot, war sie außer sich vor Freude.

Als sie sich nach der langen Reise in der kleinen schottischen Stadt mit ihren Granithäusern niedergelassen hatten, wurde es Lawson erst klar, wieviel es ihm bedeutete, wieder unter seinesgleichen zu leben. Er schaute auf die drei Jahre, die er in Apia verbracht hatte, wie auf ein Exil zurück und nahm das Leben, das ihm als das einzige normale erschien, mit einem Seufzer der Erleichterung auf. Es war herrlich, wieder einmal Golf zu spielen, fischen zu gehen – denn das Fischen in der

Südsee war ein armseliger Spaß, da man nur die Leine auszuwerfen und irgendeinen großen, trägen Fisch nach dem andern aus dem Wasser zu ziehen hatte –, es tat gut, täglich eine Zeitung mit den neuesten Nachrichten zu lesen und Menschen der eigenen Art zu begegnen, mit denen man sprechen konnte; und es war ein Vergnügen, wieder einmal Fleisch zu essen, das nicht gefroren war, und Milch zu trinken, die nicht aus der Büchse kam. Sie waren viel mehr auf sich selbst angewiesen als in der Südsee, und er freute sich, Ethel noch mehr für sich zu haben. Nach diesen ersten zwei Ehejahren liebte er sie noch heißer als zuvor, er konnte kaum auf ihren Anblick verzichten, und es drängte ihn, sich immer noch inniger mit ihr zu verbinden. Aber seltsamerweise schien sie sich nach der ersten aufregenden Zeit in seiner Heimat weniger für das neue Leben zu interessieren, als er erwartet hatte. Sie paßte sich ihrer Umgebung nicht an und verhielt sich ein wenig lethargisch. Als der strahlende Herbst sich zum Winter neigte, klagte sie über Kälte. Den halben Vormittag lang lag sie im Bett und verbrachte den Rest des Tages auf dem Sofa, las manchmal Romane, tat aber noch öfter gar nichts und sah erfroren aus.

»Mach dir nichts draus, Liebling«, sagte er. »Bald wirst du dich daran gewöhnt haben. Und warte nur, bis der Sommer kommt. Es kann hier fast so heiß sein wie in Apia.«

Er fühlte sich wohler und kräftiger als seit Jahren.

Die Nachlässigkeit, mit der sie den Haushalt führte, hatte in Samoa nichts ausgemacht, doch hier war sie nicht am Platz. Er wollte die Zimmer nicht verwildert wissen für den Fall eines Besuches, und lachend und unter leichtem Necken fing er an, Ordnung zu schaffen. Ethel schaute ihm träge zu. Ganze Stunden verbrachte sie spielend mit ihrem Sohn. Sie redete mit ihm in der Babysprache ihres Heimatlandes. Um sie zu zerstreuen, ließ er es sich angelegen sein, mit den Nachbarn auf gutem Fuß zu stehen, und hie und da gingen sie zu Gesellschaften, wo die Damen sangen und die Männer gutmütig strahlten. Ethel war schüchtern und schien immer allein zu sein. Von plötzlicher Angst gepackt, konnte Lawson sie manchmal fragen, ob sie glücklich sei.

»Ja«, antwortete sie dann, »ich bin ganz glücklich.«

Aber hinter ihren verschleierten Augen saß ein Gedanke, den er nicht erraten konnte. Sie schien sich in sich selbst zurückzuziehen, und bald wurde ihm klar, daß er sie nicht besser kannte als damals bei ihrer ersten Begegnung am Teich. Er hatte das unsichere Gefühl, sie verheimliche etwas vor ihm, und weil er sie anbetete, quälte ihn das.

»Du hast doch nicht Sehnsucht nach Apia, oder?« fragte er sie einmal.

»O nein – ich finde es sehr hübsch hier.«

Eine dunkle Befürchtung trieb ihn, herabsetzende Bemerkungen über die Insel und ihre Bewohner zu machen. Sie lächelte und antwortete nichts darauf. Sehr selten erhielt sie ein Bündel Briefe von Samoa, und dann ging sie für ein, zwei Tage mit verschlossenem, bleichem Gesicht umher.

»Nichts könnte mich veranlassen, zurückzugehen«, sagte er einmal. »Das ist nichts für einen Weißen.«

Aber er merkte, daß Ethel manchmal, wenn er fort war, weinte. In Apia war sie gesprächig gewesen, hatte gern über die täglichen Kleinigkeiten ihres gemeinsamen Lebens geplaudert und sich um den Ortsklatsch gekümmert; doch jetzt wurde sie immer stiller und blieb, obwohl er seine Versuche, sie zu unterhalten, steigerte, völlig teilnahmslos. Ihm schien, als zöge die Erinnerung an das alte Leben sie von ihm fort, und er war irrsinnig eifersüchtig auf die Insel, das Meer, auf Brevald und alle jene dunkelhäutigen Menschen, an die er selbst nur mehr mit Abscheu dachte. Wenn sie von Samoa sprach, wurde er bitter und ironisch. Eines Abends im späten Frühling, als die Knospen der Birken sprangen, kam er von einer Runde Golf nach Hause und fand sie, nicht wie gewöhnlich auf dem Sofa liegend, sondern am Fenster stehend vor. Sie hatte offensichtlich auf seine Rückkehr gewartet. Kaum war er im Zimmer, begann sie zu reden und sprach zu seinem Erstaunen samoanisch.

»Ich kann es nicht aushalten. Ich kann hier nicht mehr leben, alles ist mir verhaßt, verhaßt.«

»Sprich um Himmels willen eine zivilisierte Sprache«, sagte er gereizt.

Sie ging auf ihn zu und schlang mit einer Geste, die barbarisch wirkte, die Arme um ihn.

»Laß uns fortgehen von hier, zurück nach Samoa. Wenn du mich zwingst, hierzubleiben, werde ich sterben. Ich will nach Hause.«

Ihre Erregung machte sich plötzlich Luft, und sie brach in Tränen aus. Sein Ärger verrauchte. Rasch zog er sie auf seine Knie. Er erklärte ihr, daß es für ihn unmöglich sei, seine Stellung einfach hinzuwerfen, die schließlich das tägliche Brot für ihn bedeute. Sein Posten in Apia sei seit langem besetzt, und er habe dort keine Stellung zu erwarten. Er versuchte, ihr alles vernünftig auseinanderzusetzen, die Unbequemlichkeiten des dortigen Lebens, die Demütigungen, denen sie ausgesetzt wären, das traurige Los, das ihr Sohn hätte.

»Schottland ist das Richtige für seine Erziehung und all das. Die Schulen sind gut und billig, und er kann in Aberdeen auf die Universität gehen. Ich will einen echten Schotten aus ihm machen.«

Sie hatten ihn Andrew genannt. Lawson schwebte es vor, er solle Arzt werden und eine weiße Frau heiraten.

»Ich schäme mich nicht, ein Mischling zu sein«, sagte Ethel finster.

»Natürlich nicht, Liebling. Da gibt es nichts, worüber man sich zu schämen hätte.«

Ihre zarte Wange lehnte an der seinen, und er fühlte sich unglaublich schwach.

»Du weißt nicht, wie sehr ich dich liebe«, sagte er. »Ich würde viel darum geben, wenn ich dir sagen könnte, wie es in meinem Herzen aussieht.«

Er suchte ihre Lippen.

Der Sommer kam. Das Hochlandtal wurde grün und duftete, und die Hügel waren fröhlich mit Heidekraut bewachsen. Ein sonniger Tag folgte dem anderen an diesem geschützten Ort, und der Schatten der Birken war angenehm nach dem blendenden Licht der Straße. Ethel sprach nicht mehr von Samoa, und Lawsons Nervosität ließ nach. Er glaubte, sie habe sich mit ihrer Umgebung ausgesöhnt, und hatte das Gefühl, seine Liebe zu ihr sei so groß, daß in ihrem Herzen kein Platz mehr für irgendeine Sehnsucht sein könne. Eines Tages hielt der Arzt des Ortes ihn auf der Straße an.

»Hören Sie, Lawson, Ihre Frau muß ein wenig vorsichtig sein mit dem Baden in unseren Hochlandflüssen. Das ist nicht wie in der Südsee, wissen Sie.«

Lawson war überrascht und hatte nicht die Geistesgegenwart, dies zu verbergen.

»Ich wußte gar nicht, daß sie baden geht.«

Der Arzt lachte.

»Nicht wenige Leute haben sie gesehen. Sie reden unter sich darüber, denn die Stelle, die sie gewählt hat, ist ein wenig sonderbar, der Teich oberhalb der Brücke, und das Baden dort ist nicht erlaubt. Aber es ist natürlich gar nichts Schlimmes. Nur begreife ich nicht, wie sie das kalte Wasser erträgt.«

Lawson kannte den Teich, von dem der Arzt sprach, und plötzlich fiel es ihm auf, daß er in gewisser Beziehung genauso aussah wie jener Teich in Upolu, wo Ethel jeden Abend zu baden pflegte. Ein quellklarer Hochlandfluß strömte dort in gewundenem Lauf über Felsen herab, plätscherte fröhlich und formte einen tiefen, glatten Teich mit einem schmalen sandigen Ufer. Dichte Bäume beschatteten ihn, keine Kokospalmen allerdings, aber Buchen, und die Sonne spielte launisch durch die Blätter auf dem funkelnden Wasser. Das erschreckte ihn. In Gedanken sah er Ethel täglich dort hingehen, sich am Ufer ausziehen, ins Wasser gleiten, das kalt war, bedeutend kühler als das jenes Teiches, den sie zu Hause so geliebt hatte, und sich für Augenblicke ganz der Vergangenheit hingeben. Und da sah er in ihr wieder den wilden fremdartigen Geist des Flusses und glaubte in seiner Phantasie zu hören, daß das fließende Wasser sie rufe. Am gleichen Nachmittag ging er den Fluß entlang, hielt sich vorsichtig nahe bei den Bäumen, und der Graspfad dämpfte den Laut seiner Schritte. Dann kam er zu einer Stelle, von wo aus er den Teich überschauen konnte. Ethel saß am Ufer und schaute ins Wasser. Sie regte sich nicht. Es sah aus, als zöge das Wasser sie unwiderstehlich an. Er fragte sich, was für seltsame Gedanken wohl durch ihren Kopf schwirrten. Schließlich stand sie auf und verschwand für einige Augenblicke aus seiner Sicht; dann sah er sie wieder; sie trug ein Kittelkleid und schritt mit ihren kleinen, nackten Füßen vorsichtig über das moosige Ufer. Als sie ans Wasser kam, ließ sie sich geschmeidig ohne einen Spritzer hineingleiten. Ruhig schwamm sie herum, und in der Art ihres Schwimmens lag etwas, das nicht ganz menschlich war. Er wußte nicht, warum ihn dies so seltsam berührte. Er wartete, bis sie herauskletterte. Einen Augenblick lang stand sie unbeweglich da, und die Falten des Kleides lagen eng um ihren schmalen Leib, der sich deutlich darunter abzeichnete. Dann fuhr sie sich mit der Hand langsam über die Brust und stieß einen kleinen Seufzer des Entzückens aus. Gleich darauf verschwand sie. Lawson wandte sich um und ging ins Dorf zurück. Ein schwerer Druck lastete auf seinem Herzen, denn er wußte, daß sie ihm noch immer fremd war und seine Liebe dazu verurteilt schien, ewig unbefriedigt zu bleiben.

Mit keinem Wort erwähnte er diesen Vorfall, er ignorierte ihn überhaupt, beobachtete sie aber aufmerksam, um erraten zu können, was in ihr vorging. Er verdoppelte die Zärtlichkeit, mit der er sie umgab, und versuchte, sie die tiefe Sehnsucht ihrer Seele durch seine Leidenschaft vergessen zu lassen.

Eines Tages, als er heimkam, war er erstaunt, sie nicht im Hause zu finden.

»Wo ist Mrs. Lawson?« fragte er das Mädchen.

»Sie ist nach Aberdeen gegangen, Sir, mit dem Baby«, antwortete das Mädchen etwas verwundert. »Sie werde erst mit dem letzten Zug zurückkommen, sagte sie.«

»Oh, sehr gut!«

Er fühlte sich gekränkt, daß Ethel ihm nichts von diesem Ausflug gesagt hatte, war aber nicht beunruhigt, da sie in letzter Zeit ab und zu nach Aberdeen gegangen war, und freute sich, daß sie eine kleine Abwechslung fand beim Anschauen der Läden oder dem Besuch eines Kinos.

Er ging zum letzten Zug. Doch als sie nicht ankam, überfiel ihn plötzliche Angst. Im Schlafzimmer entdeckte er sofort, daß ihre Toilettengegenstände nicht mehr an ihrem Platz lagen. Er öffnete Schrank und Schubfächer und fand sie halb leer. Ethel war geflohen.

Leidenschaftlicher Zorn ergriff ihn. Es war zu spät in der Nacht, als daß er nach Aberdeen hätte telephonieren und Nachforschungen anstellen lassen können, aber er wußte bereits, was alle Nachforschungen ihm gesagt hätten. Mit teuflischer List hatte sie die Zeit gewählt, da in der Bank Monatsabrechnungen gemacht werden mußten und es ihm unmöglich war, ihr zu folgen. Seine Arbeit hielt ihn gefangen. Er nahm eine Zeitung und sah, daß am nächsten Morgen ein Schiff nach Australien abging. Sie mußte bereits auf dem Weg nach London sein. Er konnte das Schluchzen nicht unterdrücken, das sich ihm entrang.

»Alles menschenmögliche habe ich für sie getan«, weinte er

auf, »und sie ist imstande, mich so zu behandeln. Wie grausam, wie entsetzlich grausam!«

Nach zwei Tagen grauen Elends erhielt er einen Brief von ihr. Mit ihrer Schulmädchenschrift hatte sie mühsam hingeschrieben:

*Lieber Bertie, ich konnte es nicht mehr aushalten. Ich gehe heim. Leb wohl!* *Ethel*

Kein Wort des Bedauerns, keine Frage, ob er auch komme. Er war niedergeschmettert. Obgleich er die Vergeblichkeit seines Beginnens einsah, machte er den ersten Halt des Schiffes ausfindig und sandte ihr dorthin ein Telegramm mit der flehenden Bitte, zurückzukommen. Voller Angst und Elend wartete er. Nur ein Wort sollte sie ihm senden, ein liebevolles. Sie antwortete gar nicht. Er fiel von einem erregten Stadium ins andere. Jetzt sagte er sich, er sei froh, sie los zu sein, gleich darauf, er werde sie zwingen, zurückzukehren, indem er sie ohne Geld lasse. Er war einsam und unglücklich. Es verlangte ihn nach seinem kleinen Jungen, und es verlangte ihn nach ihr. Was er sich auch vorzumachen suchte, er wußte, es gab nur eines: ihr zu folgen.

Er konnte jetzt nicht mehr ohne sie leben. Seine sämtlichen Zukunftspläne waren wie ein Kartenhaus, das er mit wütender Ungeduld zerstörte. Was kümmerte es ihn, wenn er alle Brücken abbrechen mußte? Das einzige, was zählte, war die Aussicht, Ethel zurückzugewinnen. Sobald er konnte, ging er nach Aberdeen und erklärte dem Bankverwalter seinen sofortigen Austritt. Der Mann machte ihm Vorhaltungen, er könne ihn so schnell nicht entlassen. Doch Lawson brachte keinen Sinn für Vernunftgründe auf. Er hatte es sich in den Kopf gesetzt, zur Abfahrt des nächsten Schiffes frei zu sein. Und erst als er alles, was er besaß, verkauft hatte und sich an Bord befand, konnte er bis zu einem gewissen Grad seine Ruhe wiederfinden. Bis dahin war er allen, die mit ihm in Berührung kamen, geistig nicht normal erschienen. Seine letzte Tat in England war das Absenden eines Telegramms an Ethel, in dem er ihr seine Ankunft in Apia mitteilte.

Von Sydney aus sandte er ein zweites Telegramm, und als das Schiff endlich bei morgendlichem Dämmerlicht in Apia einfuhr und er wieder die weißen Häuser sah, die an der Bucht lagen, fühlte er sich unsagbar erleichtert. Der Arzt kam an Bord und der Hafenbeamte. Sie beide waren alte Bekannte, und er empfand Sympathie für die ersten vertrauten Gesichter. Alten Zeiten zu Ehren trank er mit ihnen einen Schluck, und auch deshalb, weil er sich unsagbar nervös fühlte. Er war nicht sicher, ob Ethel sich freuen werde, ihn wiederzusehen. Als er in die Barkasse stieg und auf den Kai zufuhr, spähte er eingehend zu der kleinen Menge hinüber, die dort wartete. Sie war nicht darunter, und sein Herz sank; aber dann sah er Brevald in seinem alten blauen Overall und verspürte eine Welle von Wärme.

»Wo ist Ethel?« fragte er, als er an Land sprang.

»Drunten im Bungalow. Sie wohnt bei uns.«

Lawson war bestürzt, setzte aber eine fröhliche Miene auf.

»Nun, habt ihr auch noch Platz für mich? Es wird wohl ein oder zwei Wochen dauern, bis wir uns irgendwo einrichten können.«

»Oh, doch, wir werden schon etwas Platz für dich finden.«

Als sie den Zoll hinter sich hatten, gingen sie zum Hotel, wo Lawson von einigen alten Freunden begrüßt wurde. Eine gute Anzahl von Runden mußte getrunken werden, ehe es möglich war, wegzukommen, und als sie sich schließlich auf den Heimweg machten, waren beide reichlich vergnügt. Er schloß Ethel in die Arme, und in der Freude, sie wiederzuhaben, vergaß er alle bitteren Gedanken. Seine Schwiegermutter war froh, ihn zu sehen, und ebenfalls die alte verrunzelte Frau, ihre Mutter. Eingeborene und Mischlinge kamen herein, setzten sich rings um ihn und strahlten ihn an. Brevald hatte eine Flasche Whisky, und jedermann, der hereinkam, bekam einen Schluck. Lawson saß da mit seinem kleinen dunkelhäutigen Sohn auf den Knien, man hatte ihm die englischen Kleider ausgezogen, und er war nackt neben Ethel im Kittelkleid. Er kam sich vor wie der heimgekehrte verlorene Sohn. Am Nachmittag ging er noch einmal ins Hotel, und als er zurückkam, war er mehr als heiter, er war betrunken. Ethel und ihre Mutter wußten, daß Weiße sich ab und zu zu betrinken pflegten – was konnte man sonst erwarten –, und sie lachten gutmütig und halfen ihm ins Bett.

Aber nach ein paar Tagen machte er sich auf, um eine Stellung zu suchen. Er wußte, daß er nicht auf die gleiche Position rechnen durfte, die er aufgegeben hatte, um nach England zu gehen. Aber mit seinen Kenntnissen konnte er sich in einem der großen Handelshäuser nützlich machen und durch diese Veränderung vielleicht sogar noch gewinnen.

»Schließlich ist in einer Bank kein Vermögen zu erwerben«, sagte er. »Handel ist das einzig Wahre.«

Er hoffte, sich in kurzer Zeit so weit unabhängig zu machen, um sich an einem Geschäft beteiligen zu können, und es bestand kein Grund, warum er nicht in ein paar Jahren ein reicher Mann sein sollte.

»Sobald ich etwas Richtiges gefunden habe, werden wir uns ein eigenes Häuschen suchen«, sagte er zu Ethel. »Wir können nicht ewig hier wohnen.«

Brevalds Bungalow war so klein, daß sie alle aufeinanderhockten und es keine Möglichkeit gab, jemals allein zu sein. Nie fühlte man sich ungestört, nie war es ruhig.

»Nun, es hat keine Eile. Wir können hierbleiben, bis wir genau das finden, was wir wollen.«

Er brauchte eine Woche, um einen Posten zu finden, und trat dann in das Geschäft eines Mannes namens Bain ein. Doch als er zu Ethel vom Übersiedeln sprach, sagte sie, sie wolle bleiben, wo sie sei, bis das Baby geboren sei; sie erwartete nämlich das zweite Kind. Lawson versuchte sie zu überzeugen.

»Wenn es dir nicht paßt«, sagte sie, »dann gehe doch ins Hotel.«

Er erbleichte jäh.

»Ethel, wie kannst du so etwas vorschlagen!«

Sie zuckte die Schultern.

»Wozu sollen wir ein eigenes Haus haben, wenn wir hier wohnen können?«

Er gab nach.

Wenn Lawson nach der Arbeit in den Bungalow zurückkehrte, fand er dort immer eine Menge Eingeborene vor. Sie lagen rauchend, schlafend, *Kava* trinkend umher und schwatzten unaufhörlich. Das Haus war in liederlichem, verschlamptem Zustand. Sein Kind krabbelte herum, spielte mit eingeborenen Kindern, und er hörte nichts als Samoanisch. Bald verfiel er der Gewohnheit, auf seinem Heimweg ins Hotel zu schauen und ein paar Cocktails zu sich zu nehmen, denn er konnte den Abend und die Menge freundlich lächelnder Eingeborener nur aushalten, wenn er sich mit Alkohol dafür gestärkt hatte. Und in dieser ganzen Zeit fühlte er, daß Ethel, die er leidenschaftlicher liebte denn je, ihm immer mehr entglitt. Als das Kind geboren war, schlug er wieder vor, in ein eigenes Haus zu ziehen, aber sie lehnte ab. Ihr Aufenthalt in Schottland schien sie endgültig zu ihren eigenen Leuten gestoßen zu haben, und nun sie wieder unter ihnen weilte, nahm sie mit leidenschaftlichem Genuß deren Sitten auf. Lawson trank immer häufiger. Jeden Samstagabend ging er in den englischen Klub und kam völlig betrunken nach Hause.

Es war seine Eigenheit, nach zuviel Alkohol zänkisch zu werden, und einmal kam es zu einem heftigen Disput zwischen ihm und Bain, seinem Arbeitgeber. Bain entließ ihn, und er mußte sich um eine andere Stellung bemühen. Zwei, drei Wochen über war er arbeitslos, und lieber, als im Bungalow zu sitzen, begab er sich ins Hotel oder in den englischen Klub und trank. Es war mehr aus Mitleid als aus irgendeinem anderen Grund, daß Miller, der Deutschamerikaner, ihn in sein Büro nahm. Aber er war ein Geschäftsmann, und obwohl Lawsons Finanzkenntnisse nicht zu unterschätzen waren, lagen die Umstände doch so, daß er ein kleineres Gehalt als sein früheres nicht ausschlagen konnte, und Miller zögerte nicht, es ihm anzubieten. Ethel und Brevald verurteilten ihn scharf, weil er es angenommen hatte, da Pedersen, ein Mischling, ihm mehr angeboten hatte. Aber der Gedanke, sich von einem Mischling befehlen zu lassen, war ihm schrecklich. Als Ethel ihn weiter mit Vorwürfen quälte, stieß er wütend hervor:

»Lieber will ich sterben als für einen Nigger arbeiten.«

»Du wirst es eines Tages müssen«, sagte sie.

Sechs Monate später sah er sich zu dieser letzten Demütigung gezwungen. Der Alkohol hatte ihn nun völlig in den Krallen, er war häufig betrunken und arbeitete schlecht. Miller verwarnte ihn ein- oder zweimal, und Lawson war nicht der Mann, der Tadel leicht einsteckte. Eines Tages nahm er mitten in einer Auseinandersetzung seinen Hut und ging fort. Aber inzwischen war sein Ruf so schlecht geworden, daß niemand ihn einstellen wollte. Eine Zeitlang trieb er sich herum, dann hatte er einen Anfall von Delirium tremens. Als er sich beschämt und geschwächt wieder erholte, konnte er dem ständigen Druck nicht länger Widerstand leisten, ging zu Pedersen und bat ihn um Arbeit. Pedersen war froh, einen Weißen in seinem Laden zu haben, und Lawsons Rechenkünste kamen ihm sehr zupaß.

Von da an ging es rasch abwärts mit Lawson. Die Weißen zeigten ihm die kalte Schulter. Nur verächtliches Mitleid und eine gewisse Angst vor seiner Heftigkeit, wenn er betrunken war, hinderten sie, gänzlich mit ihm zu brechen. Er wurde immer leichter erregbar und sah in allem eine Beleidigung.

Nun lebte er völlig unter Eingeborenen und Mischlingen, aber er hatte für sie nicht mehr den Nimbus des weißen Mannes. Sie fühlten den Ekel, den er vor ihnen empfand, und nahmen ihm seine überlegene Haltung übel. Er war jetzt einer von ihnen, und sie sahen nicht ein, warum er sich für etwas Besseres hielt. Brevald, der sich immer schmeichlerisch und kriecherisch gezeigt hatte, behandelte ihn nun mit Verachtung. Ethel hatte sich da auf einen schlechten Handel eingelassen. Es kam zu unwürdigen Szenen und sogar zu Prügeleien zwischen den Männern. Wenn es Streit gab, nahm Ethel immer für ihre Familie Partei. Man fand ihn betrunken erträglicher als nüchtern, denn nach dem Zechen lag er tief schlafend im Bett oder auf dem Boden und diskutierte nicht.

Dann bemerkte er, daß etwas vor ihm geheimgehalten wurde. Kam er zu dem schlechten, halb auf samoanische Weise bereiteten Abendessen in den Bungalow, war Ethel oft nicht zu Hause. Wenn er fragte, wo sie sei, erzählte Brevald ihm, sie verbringe den Abend mit dieser oder jener Freundin. Einmal ging er in das Haus, das Brevald erwähnt hatte, und traf sie dort nicht an. Bei ihrer Heimkehr fragte er sie, wo sie gewesen sei, und sie antwortete ihm, ihr Vater habe sich geirrt, sie habe den Abend bei einer anderen Freundin verbracht. Aber er wußte, daß sie log. Sie war in ihren besten Kleidern, ihre Augen glänzten, und sie sah entzückend aus.

»Versuche nicht, mir einen Streich zu spielen, meine Liebe«, sagte er, »oder ich zerschlage dir sämtliche Knochen im Leib.«

»Du besoffener Kerl!« antwortete sie voller Hohn.

Er redete sich ein, Mrs. Brevald und die alte Großmutter blickten ihn hämisch an, und er schrieb die ihm entgegengebrachte Gutmütigkeit Brevalds, die damals durchaus nicht mehr alltäglich war, der Befriedigung zu, die der Alte empfinden mochte, weil er ein Geheimnis kannte, das sich gegen seinen Schwiegersohn richtete. Und einmal mißtrauisch geworden, vermeinte Lawson, von den Weißen merkwürdige Blicke aufzufangen. Kam er ins Vestibül des Hotels, so nährte das Schweigen, das plötzlich über den Anwesenden lag, seinen Verdacht, man habe soeben über ihn gesprochen. Etwas geschah, und jedermann außer ihm wußte es. Irrsinnige Eifersucht erfaßte ihn. Er glaubte, Ethel stehe in Beziehung zu einem von den Weißen, und er schaute sie alle, einen nach dem anderen, mit scharf prüfenden Blicken an. Aber er konnte nichts erspähen, das ihm einen Wink gegeben hätte. Er war ratlos. Da er keinen fand, dem er seinen Verdacht hätte anhängen können, ging er herum wie ein Rasender und suchte nach irgendeinem Menschen, um an ihm seine Wut auszulassen.

Der Zufall wollte es, daß er sie schließlich auf den Mann ablud, der es am allerwenigsten verdiente, unter seiner Heftigkeit leiden zu müssen. Eines Nachmittags, als er mürrisch und allein im Hotel saß, kam Chaplin und setzte sich zu ihm. Vielleicht war Chaplin der einzige Mensch auf der Insel, der noch etwas Sympathie für ihn hatte. Sie bestellten etwas zu trinken und sprachen ein paar Minuten lang über die Rennen, die nächstens abgehalten werden sollten. Dann sagte Chaplin:

»Ich vermute, daß wir da alle mit Geld für neue Kleider herausrücken müssen.«

Lawson kicherte. Da Mrs. Chaplin die Zügel in der Hand hielt, brauchte sie weiß Gott ihren Gatten nicht um Geld für ein Kleid zu dieser Gelegenheit zu bitten.

»Wie geht es Ihrer Frau?« fragte Chaplin, bemüht, freundlich zu sein.

»Was, zum Teufel, hat das mit Ihnen zu tun?« fragte Lawson und runzelte die dunklen Brauen.

»Ich habe nur eine höfliche Frage gestellt.«

»Nun, dann behalten Sie nächstens Ihre höflichen Fragen für sich!«

Chaplin war kein sehr geduldiger Mensch. Sein langer Aufenthalt in den Tropen, die Whiskyflasche und seine häuslichen Angelegenheiten hatten bewirkt, daß er kaum mehr Selbstbeherrschung hatte als Lawson.

»Hören Sie, mein Junge, solange Sie in meinem Hotel sind, benehmen Sie sich wie ein Gentleman, oder Sie fliegen auf die Straße, noch ehe Sie piep sagen können.«

Lawsons finsteres Gesicht wurde bleich und rot.

»Lassen Sie sich ein für allemal gesagt sein, und teilen Sie es auch den anderen mit«, rief er, »wenn einer von euch Kerlen es auf meine Frau abgesehen hat, dann soll er sich vorsehen.«

»Wer, glauben Sie denn, hat es auf Ihre Frau abgesehen?«

»Ich bin nicht so ein Idiot, wie ihr alle glaubt. Ich sehe ebensogut wie ihr alle, was los ist, und ich warne euch, das ist alles. Ich lasse mir keinerlei Hokuspokus gefallen, keinen, das laßt euch gesagt sein.«

»Hören Sie mal, Sie täten gut daran, wegzugehen und wiederzukommen, wenn Sie nüchtern sind.«

»Ich werde weggehen, wann es mir paßt, und nicht eine Minute vorher.«

Das war ein unseliges Wort, denn Chaplin hatte im Laufe seiner Erfahrung als Hotelier eine ausgezeichnete Gabe entwikkelt, mit Leuten umzugehen, die er loswerden wollte, und Lawson hatte den Satz kaum ausgesprochen, als er sich schon am Kragen gepackt und nicht ohne Kraft auf die Straße gestoßen fühlte. Er strauchelte die Stufen hinunter in die blendende Weiße des Sonnenlichts.

Die Folge davon war, daß er die erste heftige Szene mit Ethel hatte. Zerrissen von Demütigung und mit der Unmöglichkeit, ins Hotel zurückzukehren, kam er an diesem Nachmittag früher als sonst nach Hause. Er traf Ethel dabei an, wie sie sich zum Ausgehen ankleidete. Gewöhnlich lag sie im Kittelkleid, barfuß und mit einer Blume im dunklen Haar herum; jetzt aber stand sie in Seidenstrümpfen und hochhackigen Schuhen und zog ein rosafarbenes Musselinkleid an, das neueste, das sie besaß.

»Du machst dich ja so hübsch«, sagte er. »Wohin gehst du?«

»Zu den Crossleys.«

»Ich komme mit.«

»Warum?« fragte sie kühl.

»Ich will nicht, daß du immer allein ausgehst.«

»Du bist nicht eingeladen worden.«

»Das ist mir verdammt gleichgültig. Du gehst nicht ohne mich.«

»Lege dich lieber hin, bis ich fertig bin.«

Sie glaubte, er sei betrunken und werde, einmal auf dem Bett, gleich einschlafen. Er aber setzte sich in einen Stuhl und rauchte eine Zigarette. Sie beobachtete ihn mit wachsendem

Ärger. Als sie fertig war, stand er auf. Ausnahmsweise befand sich außer ihnen niemand im Bungalow. Brevald arbeitete auf der Plantage, und seine Frau war nach Apia gegangen. Ethel sagte ihm ins Gesicht:

»Ich gehe nicht mit dir, du bist betrunken.«

»Das ist nicht wahr. Und du gehst nicht ohne mich.«

Sie zuckte die Schultern und versuchte, an ihm vorbeizugehen, er aber packte sie am Arm und hielt sie fest.

»Laß mich los, du Teufel!« sagte sie und sprach in ihrer Wut samoanisch.

»Warum willst du ohne mich gehen? Habe ich dir nicht gesagt, daß ich mir solch ein Benehmen nicht gefallen lasse?«

Sie ballte die Faust und schlug ihm ins Gesicht. Von da an verlor er jegliche Selbstbeherrschung. Seine ganze Liebe, sein ganzer Haß wallten in ihm auf, und er war außer sich.

»Dich will ich lehren«, brüllte er, »dich will ich lehren!«

Er ergriff eine Reitpeitsche, die ihm zufällig in die Hand kam, und schlug zu. Sie kreischte auf, und dieser Schrei machte ihn so toll, daß er wieder und wieder zuschlug. Dabei belegte er sie mit allem Schimpf, der ihm einfiel, und warf sie schließlich auf das Bett. Dort lag sie und schluchzte vor Schmerz und Schrecken. Er schleuderte die Peitsche in eine Zimmerecke und verließ den Raum. Ethel hörte ihn weggehen und hörte zu weinen auf. Vorsichtig schaute sie sich um und erhob sich. Alles tat ihr weh, aber sie war nicht ernstlich verletzt. Sie musterte ihr Kleid, um zu sehen, ob es gelitten hatte. Den eingeborenen Frauen sind Schläge nichts Ungewöhnliches. Was er getan hatte, machte sie nicht wütend. Als sie sich im Spiegel betrachtete und das Haar ordnete, glänzten ihre Augen. Ein seltsamer Ausdruck lag in ihnen. Vielleicht empfand sie jetzt etwas für ihn, das der Liebe näher war als je zuvor.

Lawson aber, der blind davongestürzt war, wankte durch die Plantage und warf sich plötzlich erschöpft und schwach wie ein Kind am Fuße eines Baumes zu Boden. Elend und Scham drückten ihn nieder. Er dachte an Ethel, und die sehnsüchtige Zärtlichkeit seiner Liebe zu ihr schien ihm alles Mark aus den Knochen zu saugen. Er dachte an die Vergangenheit, an seine Hoffnungen und war entsetzt über das, was er getan hatte. Es verlangte ihn mehr denn je nach ihr. Es verlangte ihn, sie in die Arme zu nehmen. Er mußte sofort zu ihr gehen. Rasch stand er auf. Er war so schwach, daß er beim Gehen taumelte. Als er ins Haus kam, fand er sie in dem vollgestopften Schlafzimmer vor dem Spiegel.

»Oh, Ethel, verzeih mir! Ich schäme mich meiner. Ich wußte nicht, was ich tat.«

Er fiel vor ihr auf die Knie und streichelte schüchtern den Saum ihres Kleides.

»Ich darf gar nicht an meine Tat denken. Es ist schrecklich, ich glaube, ich war tollwütig. Ich liebe dich so wie keinen Menschen auf der Welt. Ich will doch nichts tun als dich vor Schmerz bewahren, und nun habe ich dir weh getan. Ich selbst kann es mir nicht vergeben, aber um Himmels willen, sag du, daß du mir verzeihst!«

Immer noch hörte er ihre Schreie. Es war unaushaltbar. Sie schaute ihn schweigend an. Er versuchte, ihre Hände in die seinen zu nehmen, während ihm die Tränen über die Wangen strömten. In seiner Zerknirschung barg er den Kopf in ihrem Schoß, und sein ganzer Körper wurde von Schluchzen geschüttelt. Der Ausdruck äußerster Verachtung trat in ihr Gesicht. Sie verspürte den Widerwillen der Eingeborenen gegen den Mann, der sich vor einer Frau erniedrigt.

Wie ein Köter kroch er um ihre Beine. Sie versetzte ihm einen kleinen verächtlichen Stoß mit der Fußspitze.

»Geh«, sagte sie, »ich hasse dich.«

Er versuchte, sie in den Arm zu nehmen, aber sie stieß ihn zur Seite und erhob sich. Dann zog sie ihr Kleid aus, schleuderte die Schuhe weg, streifte die Strümpfe von den Beinen und schlüpfte in ihr altes Kittelkleid.

»Wohin gehst du?«

»Was geht es dich an? Ich gehe hinunter zum Teich.«

»Darf ich mitkommen?«

Er bat darum wie ein Kind.

»Kannst du mir nicht einmal das lassen?«

Er barg das Gesicht in den Händen und weinte laut auf, während sie mit harten, kalten Augen an ihm vorbei und hinaus ging.

Von da an verachtete sie ihn vollends. Und obgleich sie alle, Lawson und Ethel mit den beiden Kindern, Brevald mit seiner Frau, deren Mutter und die ferneren Verwandten und Eckensitzer, die überall herumhockten, in dem kleinen Bungalow eng zusammengedrängt, sozusagen Wange an Wange lebten, wurde von Lawson, der alle Bedeutung verloren hatte, überhaupt keine Notiz mehr genommen. Morgens nach dem Frühstück verließ er das Haus und kam zum Abendessen zurück. Er gab den Kampf auf. Wenn er aus Geldmangel nicht in den englischen Klub gehen konnte, verbrachte er den Abend mit Brevald und den Eingeborenen beim Kartenspiel. War er nicht betrunken, so zeigte er sich verschüchtert und teilnahmslos. Ethel behandelte ihn wie einen Hund. Manchmal unterwarf sie sich seinen Anfällen wilder Leidenschaft und hatte Angst vor den Haßausbrüchen, die ihnen folgten. Wenn er sich aber danach tränenreich vor ihr wand, fühlte sie einen solchen Abscheu vor ihm, daß sie ihm hätte ins Gesicht spucken können. Ab und zu wurde er wieder gewalttätig, aber nun war sie vorbereitet, und wenn er sie schlug, stieß sie ihn und kratzte und biß. Es kam zu schrecklichen Kämpfen, aus denen er nicht immer siegreich hervorging. Sehr bald wußte ganz Apia, wie schlecht sie miteinander lebten. Für Lawson hatte man nur wenig Teilnahme, und im Hotel war man allgemein überrascht, daß der alte Brevald ihn nicht schon lange aus dem Hause gejagt hatte.

»Brevald ist ein übler Kunde«, sagte einer der Männer. »Es sollte mich nicht wundern, wenn er Lawson eines Tages eine Kugel in den Leib jagt.«

Ethel ging immer noch allabendlich zum Teich und badete. Er hatte für sie eine Anziehung, die ein außermenschliches Gefühl in ihr zu erregen schien, wie sie unserer Vorstellung nach vielleicht eine Nixe, die eine Seele bekommen hat, vor den kühlen salzigen Wellen des Meeres empfindet. Manchmal ging auch Lawson hin. Ich weiß nicht, was ihn dazu trieb, denn Ethel wurde offensichtlich gereizt durch seine Anwesenheit. Vielleicht tat er es in der Erwartung, an dieser Stelle das reine Entzücken wiederzufinden, das sein Herz bei seiner ersten Begegnung mit ihr erfüllt hatte; vielleicht auch nur im Wahn des Liebenden, der nicht geliebt wird, aus dem Gefühl, durch Beharrlichkeit Liebe erzwingen zu können. Eines Tages schlenderte er hinunter mit einem Empfinden, das er jetzt nur selten hatte. Plötzlich fühlte er sich im Einklang mit der Welt. Der Abend nahte, und die Dämmerung schien über den Kokospalmen zu hängen wie eine kleine, dünne Wolke. Lautlos erhob sich ein schwacher Wind. Der zunehmende Mond hing über den Baumwipfeln. Lawson ging weiter zum Ufer. Dort sah er Ethel im Wasser ruhig auf dem Rücken liegen. Ihr Haar lag ausgebreitet auf dem Spiegel; in der Hand hielt sie eine große Hibiskusblüte. Er blieb stehen und bewunderte sie; sie war wie Ophelia.

»Hallo, Ethel!« rief er freudig.

Sie machte eine plötzliche Bewegung und ließ die rote Blüte fallen. Langsam trieb sie hinweg. Ethel tat ein paar Schwimmzüge bis zu einer Stelle, wo sie stehen konnte.

»Geh weg«, sagte sie, »geh weg.«

Er lachte. »Sei doch nicht so selbstsüchtig. Im Teich ist Platz genug für uns beide.«

»Warum kannst du mich denn nicht in Ruhe lassen? Ich will allein sein.«

»Zum Teufel, und ich will baden!« antwortete er gut gelaunt.

»Dann gehe zur Brücke. Ich will dich nicht hier haben.«

»Das tut mir leid«, sagte er immer noch lächelnd.

Er war nicht im mindesten erbost und merkte gar nicht, daß sie wütend war. Er zog die Jacke aus.

»Geh weg!« schrie sie. »Ich will dich nicht hier haben. Kannst du mir nicht einmal das lassen? Geh weg!«

»Sei doch nicht so, Liebe.«

Sie beugte sich nieder, hob einen scharfkantigen Stein auf und schleuderte ihn rasch gegen Lawson. Er hatte nicht Zeit, sich zu ducken, und der Stein traf ihn an der Schläfe. Mit einem Schrei hob er die Hand zum Kopf, und als er sie wegnahm, war sie voller Blut. Ethel stand reglos da, keuchend vor Wut. Er wurde sehr bleich, und ohne ein Wort zu sagen, nahm er seine Jacke und ging weg. Sie ließ sich ins Wasser zurücksinken, und die Strömung trug sie langsam hinunter zur Furt.

Der Stein hatte eine zackige Wunde geschlagen, und für ein paar Tage ging Lawson mit eingebundenem Kopf umher. Er hatte sich eine glaubwürdige Geschichte ausgedacht, um den Unfall zu erklären, falls die Männer im Klub ihn fragen sollten, fand aber keine Gelegenheit, sie anzubringen. Niemand ließ ein Wort darüber fallen. Er sah sie verstohlene Blicke auf seinen Kopf werfen, aber nichts wurde gesagt. Dieses Schweigen konnte nur bedeuten, daß sie wußten, wie er zu der Wunde gekommen war. Nun zweifelte er nicht mehr, daß Ethel einen

Liebhaber hatte. Und sie alle wußten, wer es war. Aber er fand nicht den leisesten Anhaltspunkt, der ihn hätte leiten können. Niemals sah er Ethel mit einem Mann, niemand zeigte den Wunsch, mit ihr beisammen zu sein, oder behandelte ihn, Lawson, auf seltsame Weise. Blinde Wut ergriff ihn, und da er keinen mehr hatte, an dem er sie hätte auslassen können, trank er immer mehr und mehr. Kurz bevor ich auf die Insel kam, hatte er einen zweiten Anfall von Delirium tremens.

Ich traf Ethel im Hause eines gewissen Caster, der mit seiner eingeborenen Frau drei oder vier Meilen von Apia entfernt wohnte. Ich hatte vorher Tennis mit ihm gespielt, und als wir müde waren, lud er mich zu einer Tasse Tee zu sich ein. Wir gingen ins Haus, und in dem unordentlichen Wohnzimmer saß Ethel im Gespräch mit Mrs. Caster.

»Hallo, Ethel!« sagte er. »Ich wußte gar nicht, daß du hier bist.«

Ich konnte nicht umhin, sie mit Neugier zu betrachten, und versuchte das zu sehen, was in Lawson eine so verheerende Leidenschaft entzündet hatte. Aber wer kann diese Dinge erklären? Wohl wahr, sie war sehr schön und gemahnte einen an den roten Hibiskus, die übliche Heckenblüte von Samoa, mit ihrer Grazie, ihrer Zartheit und ihrer Triebhaftigkeit; was mich aber am meisten überraschte, war, in Anbetracht ihrer Geschichte, von der ich damals schon ein gut Teil kannte, ihre Frische und ihre Einfachheit. Sie war sehr ruhig und ein wenig scheu. Nichts Grobes und Lautes war an ihr, nichts von der Überschwenglichkeit der meisten Mischlinge; es war fast unmöglich, in ihr die Teufelin zu sehen, die diese furchtbaren Eheszenen, über die man nachgerade allgemein sprach, heraufbeschwor. In ihrem hübschen rosafarbenen Kleid und den hochhackigen Schuhen sah sie so völlig europäisch aus, daß mir Zweifel kamen, ob sie sich im Leben der Eingeborenen, das sie führte, wirklich heimisch fühlte. Ich hielt sie keineswegs für intelligent und wäre nicht erstaunt gewesen, wenn ihr Liebhaber nach einer Weile hätte bemerken müssen, wie seine Leidenschaft, die ihn zu ihr gezogen hatte, langsam in Langeweile verebbte. Die Idee drängte sich mir auf, daß vielleicht in ihrer Ungreifbarkeit – dem Gedanken gleich, der sich dem Bewußtsein darbietet und entschwindet, ehe er sich ins Wort einfangen läßt – ihr besonderer Reiz liege; doch war das vielleicht nur meine Phantasie. Sicher wäre mir diese junge Frau, hätte ich nichts von ihr gewußt, nicht mehr aufgefallen als irgendein anderes der vielen schönen Halbblutmädchen.

Sie sprach mit mir von allem, was man mit einem Fremden in Samoa bespricht, von der Reise, und ob ich über die Stromschnellen von Papaseea heruntergekommen sei, und wie lange ich hierzubleiben gedächte. Dann erwähnte sie Schottland, und vielleicht bemerkte ich in ihr eine Neigung, sich über die Pracht ihres dortigen Hauswesens auszulassen. Sie fragte mich naiv, ob ich diese oder jene Mrs. Soundso kenne, mit der sie sich während ihres Aufenthalts im Norden angefreundet hatte.

Dann kam Miller, der dicke Deutschamerikaner, dazu. Er schüttelte allen herzlich die Hand, setzte sich und bat mit seiner lauten, lustigen Stimme um einen Whiskysoda. Er war fett und schwitzte reichlich. Als er seine goldumrandete Brille abnahm, um sie zu putzen, sah man, daß seine kleinen Augen, die hinter den großen, runden Gläsern so wohlwollend dreinschauten, schlau und listig blitzten. Das Gespräch hatte vor seiner Ankunft oft gestockt; aber er war ein guter Erzähler und ein lustiger Geselle, und bald lachten die beiden Frauen, Ethel und die Gattin meines Gastgebers, herzlich über seine Späße. Er genoß auf der Insel den Ruf, Glück bei Frauen zu haben, und man konnte sehen, daß dieser dicke, grobe, alte und häßliche Mann immer noch die Gabe zu fesseln besaß. Sein Humor richtete sich nach dem Begriffsvermögen seiner Umgebung, eine Sache der Einfühlung und Selbstsicherheit, und sein westlicher Akzent gab allem, was er sagte, einen besonderen Anstrich. Schließlich wandte er sich an mich:

»Nun, wenn wir rechtzeitig zum Abendessen zurück sein wollen, müssen wir jetzt aufbrechen. Ich kann Sie im Wagen mitnehmen, wenn Sie Lust haben.«

Ich dankte ihm und erhob mich. Er gab allen anderen die Hand, schritt mit festem, entschlossenem Gang aus dem Zimmer und stieg in den Wagen.

»Schönes kleines Ding, Lawsons Frau«, sagte ich, während wir dahinfuhren.

»Wenn er sie nur nicht so schlecht behandelte. Schlägt sie. Bringt mich in Wut, wenn ich höre, daß ein Mann seine Frau prügelt.«

Wir fuhren eine Weile schweigend weiter. Dann sagte er:

»Er war ein ausgemachter Narr, daß er sie geheiratet hat. Das habe ich schon damals gesagt. Wäre er nur so mit ihr zusammengeblieben, hätte er sie völlig in der Hand gehabt. Ein Feigling ist er, einfach ein Feigling.«

Das Jahr neigte sich seinem Ende zu, und die Zeit kam näher, da ich Samoa zu verlassen hatte. Mein Schiff fuhr am vierten Januar nach Sydney. Weihnachten war mit den entsprechenden Zeremonien im Hotel gefeiert worden, aber dieser Abend wurde eigentlich mehr als eine Probe für Neujahr angesehen, und die Männer, die sich gewöhnlich im Hotel zusammenfanden, beschlossen, Silvester zu einem ganz großen Fest zu gestalten. Mit einem aufregend guten Abendessen begann es, wonach die gesamte Gesellschaft zum englischen Klub pilgerte und dort Billard spielte. Es wurde viel geplaudert, gelacht und gewettet, aber miserabel gespielt. Nur Miller, der ebensoviel getrunken hatte wie die anderen, weit jüngeren Männer, hatte sich ungemindert die Klarheit des Auges und die Sicherheit der Hand bewahrt. Er sackte das Geld der jungen Leute mit Humor und aller Höflichkeit ein. Nach einer Stunde hatte ich davon genug und ging fort. Ich überquerte die Straße und kam zum Strand. Drei Kokospalmen wuchsen da und schienen wie drei Mondjungfrauen auf ihre Liebsten zu warten, und ich saß am Fuß der einen und schaute hinaus auf die Lagune und hinauf zur nächtlichen Versammlung der Sterne.

Ich weiß nicht, wo Lawson im Laufe des Abends gewesen war, aber zwischen zehn und elf Uhr kam er in den Klub. Er schlenderte die staubige, leere Straße entlang, fühlte sich elend und gelangweilt und ging, ehe er das Billardzimmer betrat, noch schnell in die Bar, um allein einen Schluck zu trinken. Er zeigte jetzt eine gewisse Scheu, wenn er sich einer größeren Gesellschaft von Weißen zugesellte, und brauchte zur Hebung seines Selbstvertrauens eine gehörige Dosis Whisky. So stand er denn da mit seinem Glas, als Miller in Hemdsärmeln, das Billardqueue in der Hand, auf ihn zukam und dem Barmann einen Blick zuwarf.

»Geh hinaus, Jack«, sagte er.

Der Barmann, ein Eingeborener in weißer Jacke und rotem *Lava-Lava*, entfernte sich wortlos aus dem kleinen Raum.

»Hören Sie, Lawson, ich muß ein Wort mit Ihnen sprechen«, sagte der große Amerikaner.

»Nun«, gab Lawson zurück, »das ist eines der wenigen Dinge, die Sie auf dieser verdammten Insel gratis, umsonst und für nichts haben können.«

Miller stemmte sich die goldene Brille fester auf die Nase und fixierte Lawson mit kalten, entschlossenen Augen.

»Sehen Sie, mein Junge, ich höre, daß Sie Mrs. Lawson wieder einmal geschlagen haben. Ich bin nicht gewillt, das ruhig mit anzusehen. Wenn Sie nicht sofort damit aufhören, werde ich Ihnen jeden Knochen Ihres dreckigen kleinen Gerippes zerbrechen.«

Jetzt wußte Lawson, was er so lange herauszufinden sich bemüht hatte. Miller war es. Die fette, kahlköpfige Erscheinung dieses Mannes mit dem runden, nackten Gesicht, dem Doppelkinn und der Brille, sein Alter, sein wohlwollender, schlauer Blick gleich dem eines abtrünnigen Priesters und der Gedanke an Ethel, die so schmal, so jungfräulich war, erfüllten ihn plötzlich mit Entsetzen. Welche Fehler Lawson auch gehabt haben mochte, ein Feigling war er nicht. Ohne ein Wort schlug er Miller heftig ins Gesicht. Miller fing den Schwung mit der Linken, die das Queue hielt, ab, und ließ, weit ausholend, die Faust der Rechten auf Lawsons Ohr niedersausen. Lawson war um vier Zoll kleiner als der Amerikaner und schmächtig gebaut, feingliedrig und schwach, nicht nur durch die Krankheit und den enervierenden Aufenthalt in den Tropen, sondern vor allem durch das Trinken. Wie ein Klotz fiel er um und lag halb betäubt am Fuß der Bar. Miller nahm die Brille von der Nase und rieb sie mit dem Taschentuch sauber.

»Ich vermute, Sie wissen jetzt, was Sie erwartet. Ich habe Sie gewarnt, und Sie tun gut daran, sich danach zu richten.«

Er nahm das Queue und ging ins Billardzimmer zurück. Dort gab es soviel Lärm, daß niemand bemerkt hatte, was hier geschehen war. Lawson raffte sich langsam auf und hob die Hand zum Ohr, das immer noch dröhnte. Dann wankte er aus dem Klub.

Ich sah einen Mann die Straße überqueren, einen weißen Farbfleck gegen die Schwärze der Nacht, wußte aber nicht, wer es war. Er kam herunter zum Strand, ging an dem Baum vorüber, an dessen Fuß ich saß, und blickte zu Boden. Ich sah nun, daß es Lawson war, schwieg aber, da ich ihn für betrunken hielt. Er tat noch zwei, drei unentschlossene Schritte und drehte dann um. Nun kam er unmittelbar auf mich zu, beugte sich nieder und starrte mir ins Gesicht.

»Ich dachte mir, daß Sie es sind«, sagte er.

Er setzte sich und holte seine Pfeife heraus.

»Es war so heiß und laut im Klub«, machte ich Konversation.

»Warum sitzen Sie hier?«

»Ich warte auf die Mitternachtsmesse in der Kathedrale.«

»Wenn es Ihnen recht ist, komme ich mit.«

Lawson war vollkommen nüchtern. Wir saßen eine Zeitlang rauchend und schweigend da. Hier und da ertönte aus der Lagune das Aufschnellen eines großen Fisches, und weiter draußen bei der Einfahrt am Riff blinkte das Licht eines Schoners.

»Sie fahren nächste Woche ab, nicht wahr?«

»Ja.«

»Es wäre schön, noch einmal heimzugehen. Aber jetzt könnte ich es nicht mehr ertragen. Die Kälte, wissen Sie.«

»Merkwürdiger Gedanke, daß jetzt in England alle um den Kamin sitzen und frieren!« sagte ich.

Kein Lüftchen regte sich. Der balsamische Duft der Nacht war zauberisch. Ich trug nichts als ein Hemd und einen Leinenanzug, genoß die köstliche Wärme und streckte die Glieder wohlig aus.

»Das ist kein Silvester, das einen veranlaßt, gute Vorsätze für das neue Jahr zu fassen«, sagte ich lächelnd. Er erwiderte nichts auf meine hingeworfene Bemerkung, und ich weiß nicht, welchen Gedankengang sie in ihm anregte, aber plötzlich begann er zu reden. Er sprach mit leiser Stimme ohne Ausdruck, aber seine Worte waren die eines gebildeten Menschen, und es tat mir gut, ihm zuzuhören nach dem Stimmengewirr und den rauhen Reden, die vorher mein Ohr verletzt hatten.

»Ich bin so ziemlich festgefahren. Das sieht jeder, nicht wahr? Ich bin ganz tief drunten, und nichts kann mir wieder heraufhelfen. Und das seltsamste daran ist, daß ich nicht sehe, was ich falsch gemacht habe.«

Ich hielt den Atem an, denn für mich gibt es nichts Ehrfurchtgebietenderes, als wenn jemand mir die Nacktheit seiner Seele offenbart. Denn keiner ist, wie man dann sieht, so trivial oder heruntergekommen, als daß nicht doch noch ein Funken von dem in ihm wäre, das unser Mitgefühl erregt.

»Es wäre gar nicht so hoffnungslos, wenn ich sehen könnte, daß alles mein eigener Fehler war. Jawohl, ich trinke, aber es wäre nicht so weit mit mir gekommen, wenn sich die Dinge anders entwickelt hätten. Ich habe mir gar nicht viel aus dem Alkohol gemacht. Ich glaube, ich hätte Ethel nicht heiraten sollen. Wenn ich nur mit ihr gelebt hätte, wäre alles gut gewesen. Aber ich habe sie so geliebt.«

Die Stimme versagte ihm.

»Sie ist kein schlechter Mensch, verstehen Sie, nicht wirklich schlecht. Es hat einfach nicht sollen sein. Wir hätten glücklich leben können wie die Götter. Als sie mir davonlief, hätte ich sie aufgeben müssen, aber ich konnte nicht – ich hing so sehr an ihr. Und da war auch noch der Kleine.«

»Hängen Sie sehr an ihm?« fragte ich.

»Ich hing an ihnen. Es sind zwei, wissen Sie. Aber jetzt bedeuten sie mir nicht mehr so viel. Man würde sie ohnehin für Eingeborene halten. Ich muß samoanisch mit ihnen sprechen.«

»Ist es zu spät für Sie, ganz von vorne zu beginnen? Könnten Sie nicht alles auf eine Karte setzen und von hier fortgehen?«

»Ich habe nicht die Kraft dazu. Ich bin erledigt.«

»Lieben Sie Ihre Frau immer noch?«

»Nicht mehr! Nicht mehr!« Er wiederholte diese beiden Worte mit einer Art Entsetzen in der Stimme. »Nicht einmal das habe ich mehr. Mit mir ist es zu Ende.«

Die Glocken der Kathedrale begannen zu läuten.

»Wenn Sie wirklich zur Mitternachtsmesse mit mir gehen wollen, müssen wir jetzt aufbrechen«, sagte ich.

»Kommen Sie!«

Wir standen auf und gingen die Straße entlang. Die eindrucksvolle schneeweiße Kathedrale blickte zum Meer. Neben ihr sahen die Kapellen der Protestanten wie Versammlungshäuser aus. Auf der Straße standen zwei, drei Autos und sehr viel Kutschen. Von allen Teilen der Insel waren die Leute zum Gottesdienst gekommen, und durch die offene Tür sahen wir, daß das Haus überfüllt war. Der Hochaltar strahlte von Kerzenlicht. Einige wenige Weiße waren da und eine erhebliche Anzahl von Mischlingen, aber die große Mehrheit bestand aus Eingeborenen. Alle Männer trugen lange Hosen, denn die Kirche hatte die *Lava-Lavas* für unschicklich erklärt. Ganz hinten, in der Nähe des Eingangs, fanden wir noch zwei Stühle. Als ich Lawsons Blick folgte, sah ich Ethel in Gesellschaft von einigen Mischlingen. Alle waren sehr elegant gekleidet, die Männer trugen hohe steife Kragen und blitzblanke Schuhe, die Frauen große, bunte Hüte. Ethel nickte und lächelte ihren Bekannten zu, als sie durch das Schiff ging. Der Gottesdienst begann.

Als er vorüber war, traten Lawson und ich beiseite, um die Menge hinausströmen zu sehen. Dann streckte er mir die Hand hin.

»Gute Nacht!« sagte er. »Ich wünsche Ihnen eine gute Heimreise.«

»Oh, ich sehe Sie doch sicher noch vorher.«

Er kicherte.

»Die Frage ist nur, ob Sie mich betrunken oder nüchtern sehen werden.«

Er wandte sich ab und ging fort. Seine sehr großen schwarzen Augen, die wild unter den buschigen Brauen hervorschauten, blieben mir in Erinnerung. Ich stand unentschlossen da. Da ich gar nicht müde war, beschloß ich, auf jeden Fall noch vor dem Schlafengehen eine Stunde im Klub zuzubringen. Als ich dort ankam, fand ich den Billardsaal leer, aber ein halbes Dutzend Männer saß noch im Vestibül um einen Tisch und spielte Poker. Miller schaute auf, als ich eintrat.

»Kommen Sie her und halten Sie mit«, sagte er.

»Gut.«

Ich kaufte einige Chips und begann zu spielen. Da dies das fesselndste Spiel der Welt ist, wurden aus der einen Stunde zwei und schließlich drei. Der eingeborene Barmann, der trotz der vorgerückten Stunde noch munter und hellwach war, hielt sich ständig in der Nähe, um uns mit Getränken zu versorgen; und von irgendwoher zauberte er sogar einen Schinken und einen Laib Brot.

Wir spielten weiter. Die meisten hatten bereits etwas mehr getrunken, als ihnen guttat, und man spielte hoch und leichtsinnig. Ich selbst hielt mich zurück, war weder sehr begierig, zu gewinnen, noch ängstlich, zu verlieren, doch beobachtete ich Miller mit wachsendem Interesse. Er trank Glas um Glas wie die übrigen, blieb aber kühl und überlegen. Der Haufen von Chips vor ihm wurde immer größer; neben sich hatte er ein sauberes kleines Blatt Papier, auf das er die Summen eintrug, die er den anderen Spielern, die im Verlust waren, borgte. Freundlich strahlte er die jungen Männer an, deren Geld er einheimste, unaufhörlich floß sein Strom von Witzen und Anekdoten, aber er verpaßte keine Karte, und kein Ausdruck auf den Gesichtern entging ihm. Schließlich zeigte sich, mit einer Art von bittender Scheu, als habe es hier nichts zu suchen, bereits Dämmerlicht in den Fenstern, und dann war es Tag.

»Nun«, sagte Miller, »ich glaube, wir haben das alte Jahr stilgemäß beendet. Spielen wir noch eine letzte Runde, und dann in die Klappe mit mir. Bedenken Sie, ich bin fünfzig, ich kann nicht so lange aufbleiben.«

Der Morgen war herrlich und frisch, als wir auf die Veranda traten, und die Lagune eine Fläche vielfarbigen Glases. Jemand schlug einen Sprung ins Wasser vor, aber niemand wollte in der Lagune baden, da sie klebrig und von unzuverlässiger Tiefe ist. Miller hatte seinen Wagen vor der Tür und bot an, uns zum Teich zu bringen. Wir sprangen hinein und fuhren die ausgestorbene Straße entlang. Als wir am Teich anlangten, sah es aus, als habe der Tag hier noch nicht begonnen. Das Wasser unter den Bäumen lag im Schatten, und die Nacht säumte noch ein wenig. Wir waren bester Laune. Weder Handtuch noch Badekostüm führten wir mit uns, und ich fragte mich in meiner Bedachtsamkeit, wie wir uns wohl nachher trockenreiben könnten. Keiner hatte viel an, so daß wir nicht lange zum Entkleiden brauchten. Nelson, der kleine Superkargo, war als erster nackt.

»Ich will bis zum Grunde tauchen«, sagte er und sprang hinein.

Ein anderer tat das gleiche, ging aber nicht so tief und kam schneller wieder herauf. Dann erschien Nelson und strampelte mit Händen und Füßen.

»Zieht mich heraus!« rief er.

»Was ist los?«

Irgend etwas war ihm anscheinend widerfahren. Sein Gesicht trug einen entsetzten Ausdruck. Zwei von den Männern reichten ihm die Hand und halfen ihm herauf.

»Hört einmal, da ist ein Mensch drunten.«

»Sei nicht dumm, du bist einfach betrunken.«

»Also wenn es nicht wahr ist, bin ich reif fürs Irrenhaus.

Aber ich sage euch, da ist ein Mensch drunten. Ich habe mich halb zu Tode erschreckt.«

Miller schaute ihn an. Der kleine Mann war kalkweiß. Er zitterte sogar.

»Kommen Sie, Caster«, sagte Miller zu dem großen Australier, »schauen wir nach, was da los ist.«

»Er steht aufrecht«, berichtete Nelson, »ist ganz angezogen. Ich habe ihn gesehen. Er hat versucht, sich an mir festzuhalten.«

»Still!« sagte Miller. »Fertig?«

Sie tauchten. Wir warteten schweigend am Ufer. Es schien uns, als blieben sie länger unter Wasser, als man es aushalten kann. Dann kam Caster herauf und gleich darauf, so rot im Gesicht, als werde er einen Anfall bekommen, Miller. Sie zogen etwas hinter sich her. Ein dritter sprang hinein, um ihnen zu helfen. So schleppten sie ihre Bürde an Land und zogen sie heraus. Da sahen wir, es war Lawson mit einem großen Stein, den er in seine Jacke gewickelt und sich an die Füße gebunden hatte.

»Er war anscheinend entschlossen, wenigstens dies richtig zu machen«, sagte Miller und wischte sich das Wasser aus den kurzsichtigen Augen.

# *Mackintosh*

Er planschte ein paar Minuten lang im Meer; es war zu seicht, um darin zu schwimmen, und aus Angst vor Haifischen durfte er sich nicht hinauswagen ins Tiefe. Dann verließ er das Wasser und ging zum Duschen ins Badehaus. Die Kühle des frischen Wassers war angenehm nach der klebrigen Schwere des salzigen Pazifiks, der so warm war, daß ein Bad darin, obgleich es erst kurz nach sieben war, einen nicht straffte, sondern die Mattigkeit eher noch steigerte. Als er sich abgetrocknet hatte und in den Bademantel schlüpfte, rief er dem Chinesenkoch zu, daß er in fünf Minuten zum Frühstück bereit sei. Barfuß ging er über den Streifen gewöhnlichen Grases, den der Verweser der Insel stolz für einen Rasen hielt, zu seinem eigenen Quartier und kleidete sich an. Dies nahm ihm nicht viel Zeit, denn er streifte nur ein Hemd und eine Leinenhose über und ging dann ins Haus seines Chefs, das auf der andern Seite der Siedlung lag. Die beiden Männer nahmen die Mahlzeiten gemeinsam ein; aber heute, erzählte der chinesische Koch, sei Walker schon um fünf Uhr fortgeritten und würde vor einer Stunde nicht wiederkommen.

Mackintosh hatte schlecht geschlafen und schaute mit Abscheu auf das Paw-Paw und die Speckeier, die ihm vorgesetzt wurden. Die Moskitos hatten ihn in der Nacht verrückt gemacht; sie flogen in solcher Schar um das Netz, unter dem er schlief, in solcher Unzahl, daß ihr gnadenloses drohendes Gesumme einem bis ins Unendliche ausgezogenen, auf einer fernen Orgel gespielten Ton glich, und sooft er einschlief, fuhr er mit einem Ruck wieder hoch, weil er glaubte, eines der Tiere könnte ins Innere seiner Umhüllung gedrungen sein. Es war so heiß, daß er nackend dalag und sich von einer Seite auf die andere wälzte. Das schwermütige Brüllen der Brandung gegen das Riff, das man durch seine Dauer und Regelmäßigkeit gewöhnlich gar nicht hörte, wurde ihm allmählich immer deutlicher bewußt, sein Rhythmus hämmerte auf seine ermüdeten Nerven, und er verkrampfte die Hände und bemühte sich, es auszuhalten. Der Gedanke, daß nichts dieses Geräusch zum Schweigen bringen könne, da ihm die Dauer der Ewigkeit bestimmt ist, war beinahe unmöglich zu ertragen, und als sei seine Kraft den unbarmherzigen Naturmächten ebenbürtig, erfaßte ihn das wahnwitzige Verlangen, etwas Gewaltsames zu tun. Er wußte: konnte er sich seine Selbstbeherrschung nicht erhalten, so mußte er ernstlich verrückt werden. Und während er jetzt aus dem Fenster auf die Lagune und den Schaumstreifen blickte, der das Riff anzeigte, erschauerte er vor Haß gegen diese leuchtende Landschaft. Der wolkenlose Himmel war wie eine umgestülpte Schale über ihr. Er zündete sich eine Pfeife an und durchflog den Stapel der Auckland-Zeitungen, die vor einigen Tagen aus Apia gekommen waren. Die neueste war drei Wochen alt. Sie wirkten unglaublich stumpfsinnig auf ihn.

Dann ging er ins Büro. Dies war ein großer nackter Raum mit zwei Schreibtischen und einer Bank an der Längswand. Eine Anzahl von Eingeborenen saß dort, darunter einige Frauen. Sie plauderten, während sie auf den Verweser warteten, und als Mackintosh hereinkam, grüßten sie ihn:

»*Talofa-li.*«

Er erwiderte diesen Gruß, setzte sich an seinen Schreibtisch, ergriff die Feder und begann an einem Bericht zu arbeiten, den der Gouverneur von Samoa dringend verlangt und den bereitzumachen Walker in seiner üblichen Saumseligkeit unterlassen hatte. Während Mackintosh sich mit seinen Eintragungen befaßte, dachte er rachsüchtig, Walker sei nur deshalb mit seinem Bericht im Rückstand, weil er so ungebildet war, daß er eine unüberwindliche Abneigung gegen alles nährte, das etwas mit Feder und Papier zu tun hatte; und daß der Verwalter, war endlich alles knapp und klar niedergelegt, die Arbeit seines Untergebenen ohne ein Wort der Anerkennung, viel wahrscheinlicher mit Verachtung oder einer Stichelei entgegennehmen und seinem Vorgesetzten senden werde, als sei alles sein eigenes Werk. Nicht ein Wort davon hätte er zustande gebracht. Sollte sein Chef noch etwas hinzufügen, dachte Mackintosh wütend, dann würde es wieder unbeholfen im Ausdruck und sprachlich falsch sein. Machte er aber Einwendungen oder versuchte er Walkers Äußerung in einem verständlichen Satz zusammenzufassen, so konnte Walker in Zorn geraten und brüllen:

»Verdammt, was geht mich die Grammatik an? Das will ich sagen, und genau so will ich es sagen.«

Schließlich kam Walker. Die Eingeborenen umringten ihn, als er eintrat, um sogleich seine Aufmerksamkeit auf sich zu ziehen; aber er fuhr sie grob an und befahl ihnen, sich hinzusetzen und den Mund zu halten. Er drohte, sie alle hinauswerfen zu lassen und heute keinen von ihnen anzuhören, falls sie sich nicht völlig still verhielten. Dann nickte er Mackintosh zu.

»Hallo, Mac, schließlich doch aufgestanden? Ich begreife nicht, wie Sie den besten Teil des Tages im Bett verbringen können. Vor Morgengrauen hätten Sie aufstehen sollen wie ich. Fauler Kerl!«

Er warf sich schwer in seinen Stuhl und trocknete sich das Gesicht mit einer großen Bandana.

»Herrgott, habe ich Durst!«

Er wandte sich an den Polizisten, der bei der Tür stand, eine malerische Gestalt in weißer Jacke und *Lava-Lava*, dem Lendentuch der Samoaner, und beauftragte ihn, *Kava* zu bringen. Die *Kava*schale stand auf dem Boden in der Ecke des Zimmers, und der Polizist füllte eine halbe Kokosnußschale und reichte sie Walker. Dieser goß ein paar Tropfen auf den Boden, murmelte den Anwesenden die üblichen Worte zu und trank mit Wonne. Dann befahl er dem Polizisten, die wartenden Eingeborenen zu bedienen. Die Schale wanderte von einem zum andern in strenger Einhaltung der Reihenfolge nach Geburt und Einfluß und wurde unter den gleichen Zeremonien geleert.

Darauf machte er sich an die Geschäfte des Tages. Er war ein kleiner Mann, beträchtlich kürzer als mittelgroß und ungeheuer stämmig. Sein Gesicht war breit und fleischig, glatt rasiert, mit Wangen, die in Wammen herabhingen, und einem Tripelkinn; seine kleinen Züge versanken im Fett. Abgesehen von einem Halbmond weißer Haare am Hinterkopf war er völlig kahl. Er hatte etwas von Mr. Pickwick, war eine grotesk komische Figur, doch seltsamerweise nicht ohne Würde. Seine blauen Augen hinter der großen goldgeränderten Brille blickten schlau und munter drein. Aus seinem Gesicht sprach Entschlossenheit. Er war sechzig, doch seine angeborene Vitalität triumphierte über die fortschreitenden Jahre. Ungeachtet seiner Korpulenz waren seine Bewegungen rasch, und er ging mit schwerem, resolutem Schritt, als wollte er der Erde sein Gewicht einprägen. Seine Stimme war laut und barsch.

Es war nun zwei Jahre her, seit Mackintosh als Walkers Assistent angestellt worden war. Walker, seit einem Vierteljahrhundert Verweser auf Talua, einer der größeren Inseln der Samoagruppe, war in der ganzen Südsee persönlich oder dem Namen nach bekannt, so daß Mackintosh seiner ersten Begegnung mit ihm gespannt entgegengesehen hatte. Aus mehreren Gründen war er noch einige Wochen in Apia geblieben, ehe er seinen Posten antrat, und sowohl in Chaplins Hotel wie im englischen Klub hatte er unzählige Geschichten über diesen Verweser gehört. Jetzt dachte er mit Ironie daran, wie er sich für sie interessiert hatte. Seit damals hatte er sie bereits hundertmal von Walker selbst erzählt bekommen. Walker wußte, daß er eine Persönlichkeit war, und stolz auf seinen Ruf, ließ er es sich angelegen sein, ihn sich zu erhalten. Er wachte über seine ›Legende‹ sehr sorgsam und paßte auf, daß auch nicht eine Einzelheit jeder zum besten gegebenen Geschichte unter den Tisch falle. Er war lächerlich böse mit jedem, der sie einem Fremden nicht völlig korrekt erzählt hatte.

Eine rauhe Herzlichkeit ging von Walker aus, die Mackintosh erst nicht ohne Reiz fand, und Walker, froh über einen Zuhörer, dem alles, was er sagte, neu war, fühlte sich in seinem Element. Er war gut gelaunt, herzlich und besonnen. Für Mackintosh, der in London ein wohlbehütetes Leben in einem Verwaltungsamt geführt hatte, bis ihn in seinem vierunddreißigsten Jahr eine schwere Lungenentzündung, die die Gefahr der Tuberkulose offenließ, dazu zwang, sich um einen Posten im Pazifik zu bewerben, hatte Walkers Existenz etwas ungewöhnlich Romantisches. Das Abenteuer, mit dem er die Bezwingung der Umstände begann, war typisch für ihn: mit fünfzehn Jahren brannte er von zu Hause durch, ging zur See und schaufelte über ein Jahr lang Kohle auf einem Kohlenschiff. Er war ein winziger Bursche, und alle, Mann und Maat, waren nett zu ihm, nur der Kapitän hatte aus unersichtlichen Gründen eine wilde Abneigung gegen ihn. Er behandelte den Jungen so grausam, daß dieser oft, gestoßen und geschlagen, vor Schmerzen, die in seinen Gliedern tobten, nicht schlafen konnte. Er verabscheute den Kapitän aus tiefster Seele. Eines Tages hatte er einen Tip für ein Rennen erhalten und brachte es zuwege, sich von einem Maat, mit dem er sich in Belfast befreundet hatte, fünfundzwanzig Pfund zu borgen. Er setzte sie auf das Pferd, einen Außenseiter mit niedrigem Wettkurs. Hätte er verloren, so wäre es ihm unmöglich gewesen, das Geld zurückzuzahlen, aber der Gedanke, er könne verlieren, kam ihm überhaupt nicht in den Sinn. Er fühlte sich auf der Glücksseite. Das Pferd gewann, und er sah sich plötzlich im Besitz von etwas über tausend Pfund Bargeld. Jetzt war seine Stunde gekommen. Er ließ sich den besten Anwalt der Stadt nennen – das Kohlenschiff lag irgendwo an der irischen Küste –, ging zu ihm, erzählte ihm, er habe gehört, das Schiff sei zu verkaufen, und bat ihn, den Kauf für ihn zu tätigen. Der Anwalt hatte seinen Spaß an dem kleinen Klienten – er war damals erst sechzehn und sah noch jünger aus –, versprach, vielleicht von Mitgefühl bewegt, nicht nur, die Sache für ihn zu erledigen, sondern auch darauf zu achten, daß er ein gutes Geschäft mache. Binnen kurzem war Walker Besitzer des Schiffes. Er eilte nach Irland und erlebte dort das, was er als den glorreichsten Augenblick seines gesamten Daseins bezeichnete, als er dem Kapitän die Sachlage erklärte und ihn aufforderte, binnen einer halben Stunde *sein* Schiff zu verlassen. Er machte den Maat zum Kapitän, fuhr weitere neun Monate auf dem Kohlenschiff und verkaufte es danach mit Profit.

Auf die Inseln kam er im Alter von sechsundzwanzig Jahren als Pflanzer. Er war einer der wenigen niedergelassenen Weißen auf Talua zur Zeit der deutschen Okkupation und hatte damals schon eine gewisse Macht über die Eingeborenen. Durch die Deutschen wurde er Verweser, eine Position, die er zwanzig Jahre lang hielt, und als die Engländer von der Insel Besitz ergriffen, wurde er abermals mit diesem Posten betraut. Er herrschte über die Insel despotisch, aber mit größtem Erfolg. Der Nimbus dieses Erfolges war ein weiterer Grund für Mackintosh, sich für ihn zu interessieren.

Aber die beiden Männer waren nicht dafür geschaffen, miteinander auszukommen. Mackintosh war ein häßlicher Mensch mit ungeschickten Bewegungen, ein großer, magerer Bursche mit schmaler Brust und abfallenden Schultern. Er hatte bleiche, eingesunkene Wangen und große, düstere Augen. Er war ein leidenschaftlicher Leser, und als seine Bücher angekommen und ausgepackt waren, besuchte ihn Walker in seinem Quartier und schaute sie an. Dann wandte er sich mit derbem Lachen an Mackintosh.

»Verdammt noch einmal, wozu haben Sie denn all diesen Mist kommen lassen?« fragte er.

Mackintosh lief dunkelrot an.

»Tut mir leid, daß Sie das für Mist halten. Ich habe mir die Bücher kommen lassen, weil ich sie lesen will.«

»Als Sie sagten, Sie erwarteten eine Menge Bücher, dachte ich, daß vielleicht etwas für mich zum Lesen dabeisein könnte. Haben Sie denn gar keine Kriminalromane?«

»Kriminalromane interessieren mich nicht.«

»Dann sind Sie ein verdammter Dummkopf.«

»Ich freue mich, daß Sie das meinen.«

Jede Post brachte für Walker eine Menge regelmäßig erscheinender Literatur, Zeitungen aus Neuseeland und Zeitschriften aus Amerika, und es erbitterte ihn, daß Mackintosh ganz offen seine Verachtung für diese Eintagspublikationen zeigte. Für die Bücher, die Mackintoshs Mußestunden ausfüllten, hatte er keine Geduld und hielt es für pures Theater, daß sein Assistent Gibbons ›Niedergang der Melancholie‹ las. Und da er es nie gelernt hatte, seiner Zunge Gewalt anzutun, äußerte er seine Meinung laut und frei. Mackintosh begann den wahren Menschen zu sehen und erkannte unter der lärmenden Gutmütigkeit eine pöbelhafte Schlauheit, die er abscheulich fand. Walker war eitel und herrschsüchtig, und es war seltsam, daß er trotzdem eine gewisse Scheu kannte, die ihn bewog, Leute, die nicht von seinem Schlag waren, zu mißbilligen. Er beurteilte die anderen naiv nach ihrer Sprache, und wenn diese frei von Flüchen und Zoten war, aus denen seine Unterhaltung zum größten Teil bestand, so schaute er auf sie mit Mißtrauen. Am Abend spielten die beiden Männer Pikett. Walker spielte schlecht, aber großsprecherisch, triumphierte über seinen Gegner, wenn er gewann, und wurde hitzig, sobald er verlor. Manchmal kamen ein paar Pflanzer oder Händler herüber, um Bridge zu spielen; und dann zeigte sich Walker, wie Mackintosh fand, in charakteristischem Licht. Er spielte ohne Rücksicht auf seinen Partner, forderte weiter heraus, debattierte ununterbrochen und schlug jede Opposition mit lauter Stimme. Dauernd unterließ er, Farbe zu bekennen, und sagte dabei mit einschmeichelndem Gewinsel: »Ach, das dürft ihr einem alten Mann nicht übelnehmen, der kaum sieht.« Wußte er, daß seine Spielgegner es vernünftig fanden, sich gut mit ihm zu stellen, und deshalb nicht auf strenge Einhaltung der Spielregeln hielten? Mackintosh beobachtete ihn mit eisiger Verachtung. Wenn das Spiel vorüber war und sie Pfeife rauchten und Whisky tranken, fing er an, Geschichten zu erzählen. Mit besonderer Vorliebe berichtete er die Geschichte seiner Heirat. Er hatte sich bei den Hochzeitsfeierlichkeiten derart angetrunken, daß die Braut vor ihm geflohen war und er sie seitdem nicht wiedergesehen hatte. Er wußte von zahllosen gewöhnlichen unflätigen Abenteuern mit Frauen von der Insel zu berichten, und er tat das mit einem solchen Stolz auf die eigene Leistung, daß er Mackintoshs verwöhnte Ohren beleidigte. Er war ein gemeiner, sinnlicher alter Mann. Mackintosh hielt er für einen armen Kerl, weil er nicht teilnahm an seinen wahllosen Amouren und nüchtern blieb, wenn die anderen sich betranken.

Er verachtete ihn auch der Ordentlichkeit wegen, mit der er seine Amtsarbeit verrichtete. Mackintosh machte gerne alles akkurat. Sein Schreibtisch war immer aufgeräumt, seine Akten waren stets mit Inhaltszetteln versehen, er brauchte nur die Hand zu heben und hatte bereits das Dokument gefunden, das benötigt wurde, und er konnte an den Fingern alle Statuten herzählen, die für die Verwaltung erforderlich waren.

»Unsinn! Quatsch!« sagte Walker. »Ich leite die Insel seit zwanzig Jahren ohne Amtsschimmel, und ich brauche auch jetzt keinen.«

»Macht es die Sache für Sie vielleicht leichter, wenn Sie erst eine halbe Stunde herumjagen müssen, um den Brief zu finden, den Sie brauchen?« fragte Mackintosh.

»Sie sind nichts als ein verdammter Bürokrat. Aber sonst sind Sie nicht so übel. Seien Sie erst einmal ein Jahr hier oder zwei, dann werden Sie ganz recht werden. Das einzig wirklich Schlimme an Ihnen ist, daß Sie nicht trinken wollen. Sie wären gar nicht so schlecht, wenn Sie einmal in der Woche richtig besoffen wären.«

Das Seltsame war, daß Walker nicht die geringste Ahnung von der Abneigung hatte, die sich mit jedem Monat in der Brust seines Untergebenen steigerte. Obwohl er über ihn lachte, gewöhnte er sich doch an ihn und fing an, ihn allmählich ganz gern zu haben. Er brachte für die Eigentümlichkeiten anderer eine gewisse Toleranz auf, und er nahm Mackintosh als seltsamen Kauz hin. Vielleicht mochte er ihn unbewußt deshalb, weil er ihn hänseln konnte. Sein Humor bestand aus groben Neckereien, und er brauchte eine Zielscheibe. Mackintoshs Exaktheit, seine Moral, seine Nüchternheit, all das waren dankbare Objekte; sein schottischer Name war Anlaß zu den üblichen Witzen über Schottland; er hatte das größte Vergnügen daran, Leute, die ihn besuchten, auf Kosten Mackintoshs zum Lachen zu bringen. Vor den Eingeborenen machte er ihn lächerlich, und Mackintosh, dessen Kenntnis des Samoanischen noch mangelhaft war, sah ihre ungehemmte Freude, wenn Walker eine obszöne Bemerkung über ihn fallenließ. Er lächelte gutmütig.

»Das spricht für Sie, Mac«, sagte Walker dann mit seiner barschen, lauten Stimme, »Sie können einen Scherz vertragen.«

»War das ein Scherz?« fragte Mackintosh lächelnd. »Das habe ich nicht gewußt.«

»Da seht den Schotten!« rief Walker unter brüllendem Gelächter. »Es gibt nur eine einzige Möglichkeit, einem Schotten einen Scherz begreiflich zu machen, und das ist ein chirurgischer Eingriff.«

Walker hatte keine Ahnung, daß Mackintosh nichts auf der Welt weniger vertrug als Neckereien. Nachts konnte er aufwachen, in diesen luftlosen Nächten der Regenzeit, und grämlich einer spöttischen Bemerkung nachgrübeln, die Walker bereits Tage vorher achtlos hatte fallenlassen. Sie nagte an ihm. Sein Herz schwoll vor Zorn, und er dachte sich alles mögliche aus, wie er es seinem Unterdrücker heimzahlen werde. Erst versuchte er, ihm zu antworten. Aber Walker besaß die Gabe der groben, einleuchtenden Schlagfertigkeit, die ihm die Oberhand sicherte. Die Dumpfheit seines Intellekts machte ihn undurchdringlich für feine Pfeile. Seine Selbstzufriedenheit verlieh ihm einen Panzer, so daß es unmöglich schien, ihn zu verletzen. Seine laute Stimme, sein brüllendes Lachen waren Waffen, denen Mackintosh nichts entgegenzusetzen hatte. Doch kam er zu der Einsicht, daß es das klügste sei, seine Gereiztheit nie zu verraten. Er lernte sich beherrschen. Aber sein Haß wuchs an bis zur fixen Idee. Er beobachtete Walker mit krankhafter Wachsamkeit und nährte seine Selbstachtung mit jedem Zeichen der Wertlosigkeit Walkers, mit jedem Beweis für dessen kindische Eitelkeit, Hinterlist und Roheit.

Walker aß gierig, geräuschvoll und unappetitlich, und Mackintosh stellte es befriedigt fest. Er merkte sich die albernen Sachen, die er äußerte, und jeden grammatikalischen Fehler. Er wußte, daß Walker nicht sehr viel von ihm hielt, und zog aus dieser Ansicht seines Chefs eine bittere Befriedigung; sie schürte seine Verachtung für den engstirnigen, selbstgefälligen alten Mann. Und es gewährte ihm ein einzigartiges Vergnügen, zu wissen, daß Walker keine Ahnung von dem Haß hatte, den er gegen ihn empfand. Er war ein Narr, der beliebt sein wollte und geschmeichelt annahm, jeder bewundere ihn. Einmal hatte Mackintosh gehört, wie er über ihn sprach.

»Er wird ganz recht sein, wenn ich ihn erst zurechtgestutzt habe«, sagte er. »Er ist ein guter Hund und liebt seinen Herrn.«

Schweigend und ohne eine Regung auf dem langen, häßlichen Gesicht lachte Mackintosh ausgiebig und herzlich.

Aber sein Haß war nicht blind, sondern im Gegenteil merkwürdig klarsehend; er urteilte über die Fähigkeiten seines Chefs voll größter Einsicht. Walker beherrschte sein kleines Königreich mit erstaunlicher Tüchtigkeit, war gerecht und ehrlich. Trotz reichlicher Gelegenheit, Geld zu machen, war er jetzt schlechter daran als bei Antritt dieses Postens, und seine einzige Sicherheit für die alten Tage war eine Pension, die er bei seinem Rücktritt vom offiziellen Leben zu erwarten hatte. Er legte seinen Stolz darein, mit einem Assistenten und einem Halbblutschreiber die Insel besser zu verwalten, als die drüben auf Upolu und der Hauptstadt Apia mit einem ganzen Heer von Beamten dazu imstande waren. Er hatte noch ein paar eingeborene Polizisten, um seine Autorität zu schützen, machte aber keinen Gebrauch von ihnen. Er herrschte mit Barschheit und seinem irischen Humor.

»Sie wollten mir unbedingt ein Gefängnis bauen«, sagte er. »Wozu, zum Teufel, brauche ich ein Gefängnis? Ich werde doch die Eingeborenen nicht einlochen. Wenn sie irgend etwas anstellen, weiß ich schon, wie ich sie behandeln muß.«

Ein Zankapfel zwischen ihm und den höheren Autoritäten war stets die Tatsache, daß er die gesamte Rechtsgewalt über die Eingeborenen seiner Insel für sich beanspruchte. Was auch immer ihr Verbrechen sein mochte, er wollte sie nicht einem Gerichtshof übergeben, der zur Aburteilung befugt war, und mehr als einmal waren zornige Briefe zwischen ihm und dem

Gouverneur von Upolu hin- und hergegangen. Denn Walker betrachtete die Eingeborenen als seine Kinder. Und das war es, was einen so verwunderte bei diesem groben, gewöhnlichen, selbstsüchtigen Mann: er liebte die Insel, auf der er schon so lange gelebt hatte, leidenschaftlich und empfand für die Eingeborenen eine seltsame, rauhe Zärtlichkeit, die etwas Großartiges an sich hatte.

Gerne ritt er auf seiner grauen alten Stute über die Insel und konnte sich nicht satt sehen an deren Schönheit. Während er unter den Kokosnußbäumen über die grasigen Wege zog, hielt er jeden Augenblick an, um die Lieblichkeit der Landschaft zu bewundern. Hie und da kam er zu einem Eingeborenendorf, machte halt und nahm aus den Händen des Häuptlings eine Schale *Kava* entgegen. Dabei schaute er auf die Gruppe glokkenförmiger Hütten mit den hohen bienenkorbähnlichen Strohdächern, und ein Lächeln verbreitete sich über sein Gesicht. Seine Augen ruhten froh auf dem sprossenden Grün der Brotfruchtbäume.

»Bei Gott, es ist wie der Garten Eden!«

Manchmal führten ihn seine Ritte die Küste entlang, und er konnte durch die Bäume einen Blick auf das weite, leere Meer werfen; kein Segel zeigte sich, das die Weltabgeschiedenheit hätte stören können. Manchmal kletterte er auf einen Hügel, so daß ein großes Stück Land mit kleinen, zwischen riesigen Bäumen nistenden Dörfern vor ihm ausgebreitet lag wie das Königreich der Welt, und er konnte dort stundenlang in einer Ekstase von Wonne sitzen. Er verfügte nicht über Worte, die seinen Gefühlen hätten Ausdruck geben können. Wenn er sich Luft gemacht hätte, wäre nur ein obszöner Scherz dabei herausgekommen. Es war, als sei seine Bewegung eine so heftige, daß er des Vulgären bedurfte, um die innere Spannung zu lockern.

Mackintosh beobachtete dieses Gefühl mit eisiger Verachtung. Walker war immer ein schwerer Trinker gewesen, er war stolz auf seine Fähigkeit, Männer, die halb so alt waren wie er, unter den Tisch zu trinken, wenn er einen Abend in Apia verbrachte, und er besaß auch die Sentimentalität des Säufers. Er konnte weinen über die Geschichten, die er in seinen Zeitschriften las, und gleichzeitig einem Händler, der in Schwierigkeiten geraten war und den er seit zwanzig Jahren kannte, ein Darlehen verweigern. An seinem Geld hing er. Mackintosh sagte einmal zu ihm:

»Niemand könnte Sie beschuldigen, Geld hinauszuwerfen.«

Er nahm es als Kompliment auf. Seine Begeisterung für die Natur war auch nichts anderes als die lallende Sentimentalität des Trunkenbolds. Ebensowenig Sympathie hatte Mackintosh für seines Chefs Gefühle, die er den Eingeborenen entgegenbrachte. Er liebte sie, weil sie in seiner Gewalt standen, wie ein selbstsüchtiger Mensch seinen Hund liebt, und seine Mentalität befand sich auf der gleichen Stufe wie die ihre. Ihr Humor war obszön, und er war nie um eine zotige Bemerkung verlegen. Er verstand sie, und sie verstanden ihn. Stolz auf seine Herrschaft über sie, schaute er auf sie herab wie auf seine Kinder und mischte sich in ihre sämtlichen Angelegenheiten. Auf seine Autorität war er ängstlich bedacht. Aber wenn er auch mit eiserner Rute regierte und keinen Widerspruch duldete, so hätte er doch auch keinen Weißen auf der Insel ertragen, der seine Leute übervorteilt hätte. Mißtrauisch beobachtete er die Missionare, und wenn sie etwas taten, das er mißbilligte, machte er ihnen das Leben so unleidlich, daß sie, falls es ihm nicht gelang, sie versetzen zu lassen, gern aus eigener Initiative fortzogen. Seine Macht über die Eingeborenen war so groß, daß sie auf sein Wort hin ihrem Pfarrer Arbeit und Brot verweigert hätten. Andrerseits war er auch den Händlern nicht günstig gesinnt. Er achtete darauf, daß sie die Eingeborenen nicht übervorteilten, daß diese ihren gerechten Lohn für ihre Arbeit und ihre Kopra erhielten und die Händler keinen übertriebenen Profit aus den Waren schlugen, die sie ihnen verkauften. Erbarmungslos schritt er gegen jeden Handel ein, der ihm unfair erschien. Manchmal beschwerten sich die Händler in Apia, man lasse sie nicht frei arbeiten. Das hatten sie zu büßen. Walker schreckte vor keiner Verleumdung, keiner noch so übertriebenen Lüge zurück, um es ihnen heimzuzahlen, woraufhin sie einsahen, daß sie, wenn sie nicht nur in Frieden leben, sondern überhaupt existieren wollten, die Situation nach seinem Gutdünken hinzunehmen hatten. Mehr als ein Laden eines ihm aufsässigen Händlers war niedergebrannt worden, und nur die Tatsache, daß ihm dieser Vorfall gelegen kam, zeigte, daß er ihn angestiftet hatte. Einmal war ein Halbblutschwede, der durch den Brand ruiniert wurde, zu ihm gekommen und hatte ihn rundheraus der Brandstiftung beschuldigt. Walker lachte ihm ins Gesicht.

»Du niederträchtiger Kerl! Deine Mutter war eine Eingeborene, und du versuchst, die Eingeborenen zu betrügen. Wenn dein stinkender alter Laden abgebrannt ist, so war das ein Strafgericht der Vorsehung, genau das, ein Strafgericht der Vorsehung. Hinaus mit dir!«

Nachdem der Mann von den beiden eingeborenen Polizisten hinausbefördert worden war, lachte der Verweser sein fettes Lachen.

»Ein Strafgericht der Vorsehung.«

Und nun beobachtete Mackintosh, wie er sich an die Arbeit setzte. Zuerst kamen die Kranken, denn Walker fungierte neben seinen anderen Tätigkeiten auch noch als Arzt. Ein kleiner Raum hinter dem Büro war voll von Apothekerwaren. Ein älterer Mann trat vor, ein Mann mit einem Kopf voll krauser grauer Haare, in einem blauen *Lava-Lava*, sorgfältig tätowiert, dessen Haut am Körper verrunzelt war wie ein Weinschlauch.

»Warum bist du gekommen?« fragte Walker ihn plötzlich.

In wimmerndem Ton sagte der Mann, er könne nicht essen, ohne gleich danach zu erbrechen, und er habe Schmerzen hier und Schmerzen dort.

»Geh zu den Missionaren«, sagte Walker, »du weißt, ich behandle nur Kinder.«

»Ich bin bei den Missionaren gewesen, aber sie haben mir nicht geholfen.«

»Dann geh heim und bereite dich aufs Sterben vor. Hast schon so lange gelebt und willst immer noch weiterleben? Du bist ein Narr.«

Der Mann brach in jammernde Vorstellungen aus, aber Walker zeigte auf eine Frau mit einem Kind auf dem Arm und rief ihr zu, sie solle es herbringen, hierher auf den Schreibtisch. Dann fragte er sie aus und schaute das Kind an.

»Ich werde dir Medizin geben«, sagte er und wandte sich an den Halbblutschreiber: »Geh in die Arzneikammer und hole Kalomelpillen.«

Er ließ das Kind eine davon schlucken und gab die anderen der Mutter.

»Trag das Kind nach Hause und halte es warm. Morgen ist es tot oder geheilt.«

Er lehnte sich in seinen Stuhl zurück und entzündete seine Pfeife.

»Großartige Sache, Kalomel. Ich habe mehr Menschen das Leben damit gerettet als die ganzen Krankenhausdoktoren in Apia zusammen.«

Walker war sehr stolz auf seine Gabe und hatte mit dem Dogmatismus der Unwissenheit keine Geduld für die Anhänger der medizinischen Fakultät.

»Die Fälle, die ich am meisten liebe«, sagte er, »sind solche, die von den Herren Doktoren als hoffnungslos aufgegeben wurden. Wenn die Ärzte einem gesagt haben: ›Ich kann dich nicht heilen‹, dann sage ich zu ihm: ›Komm zu mir.‹ Hab ich Ihnen jemals von dem Burschen erzählt, der Krebs hatte?«

»Mehrmals«, antwortete Mackintosh.

»In drei Monaten habe ich ihn wieder auf die Beine gestellt.«

Er beendete diesen Teil seiner Arbeit und ging dann zu anderem über. Es war ein seltsames Durcheinander. Da war eine Frau, die sich mit ihrem Mann nicht vertrug, und ein Mann, der sich beklagte, weil ihm seine Frau davongelaufen war.

»Da hast du Glück«, sagte Walker. »Die meisten wären froh, die ihren täten es.«

Dann gab es einen langen, komplizierten Streit über das Eigentumsrecht von ein paar Metern Land, danach einen über die Anteile an einem gemeinsamen Fischfang. Da war eine Klage gegen einen weißen Händler, der seine Ware zu kurz gemessen hatte. Walker hörte jeden Fall aufmerksam an, bildete sich rasch eine Meinung und fällte den Entscheid. Danach wollte er nichts mehr davon hören; war der Kläger noch nicht zufrieden, so wurde er von den beiden Polizisten aus dem Büro geworfen. Mackintosh lauschte dem allem mit finsterer Gereiztheit. Im ganzen mochte es wohl richtig sein, wenn hier eine rauhe Justiz am Werk war, aber es erbitterte den Assistenten, daß sein Chef seinem Instinkt mehr vertraute als dem Augenschein. Vernunftgründen war er unzugänglich. Er schüchterte die Zeugen ein, und wenn sie nicht anerkannten, was er von ihnen wollte, nannte er sie Diebe und Lügner.

Eine Gruppe von Männern, die in der Ecke saßen, hob er sich für den Schluß auf. Er hatte sie absichtlich übersehen. Die Gesellschaft bestand aus einem alten Häuptling, einem großen, würdigen Mann in einem neuen *Lava-Lava*, mit kurzem weißem Haar, der einen riesigen Fliegenwedel als Amtsabzeichen trug, seinem Sohn und einem halben Dutzend wichtiger Männer des Dorfes. Walker hatte einen Streit mit ihnen gehabt und sie geschlagen. Wie es charakteristisch für ihn war, glaubte er, ihnen nun seinen Sieg unter die Nase reiben und, weil er sie besiegt hatte, aus ihrer Hilflosigkeit Vorteil ziehen zu dürfen. Es handelte sich um folgendes: Walker hatte eine Leidenschaft für Straßenbau. Als er nach Talua gekommen war, waren nur wenige Pfade über die Insel gegangen, aber im Laufe der Zeit hatte er das ganze Land mit guten Straßen durchzogen, die Dörfer miteinander verbunden und dadurch ein gut Teil zum Gedeihen der Insel beigetragen. Während es in früherer Zeit unmöglich gewesen war, die Produkte des Landes, vor allem Kopra, an die Küste zu transportieren, wo man sie auf Schoner oder Motorboote verladen und nach Apia bringen konnte, war dies jetzt eine leichte, einfache Sache. Sein Ehrgeiz zielte darauf, eine Straße rings um die Insel zu ziehen, und ein gutes Stück davon war tatsächlich bereits gebaut.

»In zwei Jahren wird sie fertig sein, und dann kann ich sterben oder mich hinauswerfen lassen, mir ist's gleich.«

Seine Straßen waren die Freude seines Herzens, und er machte dauernd Ausflüge, um ihre Instandhaltung zu überwachen. Sie waren einfach genug, breite, grasüberwucherte Pfade, die durch Gebüsch oder Pflanzungen liefen; aber Bäume hatten gefällt, Felsen ausgegraben oder gesprengt werden müssen, und hier und da waren auch Planierungen notwendig gewesen. Er war stolz darauf, daß er die Schwierigkeiten, die sich ihm entgegenstellten, mit eigener Geschicklichkeit hatte überwinden können. Es machte ihm Freude, die Wege so anzulegen, daß sie nicht nur praktisch waren, sondern auch die Schönheiten der Insel zeigten, der sein Herz gehörte. Wenn er von seinen Straßen sprach, wurde er fast zum Dichter. Sie wanden sich durch liebliche Landschaften, und Walker hatte dafür gesorgt, daß sie ab und zu schnurgerade liefen und einen grünen Ausblick durch die riesigen Bäume boten und an anderen Stellen sich drehten und schlängelten, so daß Herz und Sinne sich an dieser Abwechslung ergötzten. Es war erstaunlich, daß dieser grobe, sinnliche Mensch so viel feinsten Scharfsinn entwickelte, um zu verwirklichen, was seiner Phantasie vorschwebte. Er hatte bei der Anlage seiner Straße die ganze reiche Geschicklichkeit eines japanischen Gärtners spielen lassen. Von höchster Stelle aus war ihm für diese Arbeit eine größere Summe zur Verfügung gestellt, aber er legte einen seltsamen Stolz darein, nur einen kleinen Teil davon zu verbrauchen, und hatte im vergangenen Jahr nur hundert Pfund von den tausend ausgegeben, die ihm zugebilligt waren.

»Wozu brauchen sie Geld?« brummte er. »Sie geben es doch nur für allerlei Quatsch aus, den sie nicht nötig haben, das, was die Missionare ihnen lassen, wohlgemerkt.«

Aus keinem anderen Grund außer vielleicht seinem Stolz auf die Sparsamkeit seiner Verwaltung und dem Wunsch, seine Tüchtigkeit in Gegensatz zu den verschwenderischen Methoden der Verwaltung in Apia zu stellen, brachte er die Eingeborenen dazu, die Arbeit, die er verlangte, für Löhne zu verrichten, die kaum nennenswert waren. Diesem Umstand war es zuzuschreiben, daß er vor kurzem Schwierigkeiten mit dem Dorf bekommen hatte, dessen Häuptling jetzt zu ihm gekommen war. Der Sohn des Häuptlings war ein Jahr lang in Upolu gewesen und hatte, heimgekehrt, seinen Leuten von den großen Summen erzählt, die in Apia für öffentliche Arbeiten gezahlt wurden. In langen, müßigen Gesprächen hatte er in ihren Herzen den Wunsch nach Gewinn entzündet. Er malte ihnen Bilder großen Wohlstands aus, und sie dachten an den Whisky, den sie dann kaufen konnten – er war teuer, da es ein Gesetz gab, das untersagte, ihn an Eingeborene abzugeben, und sie daher doppelt soviel dafür bezahlen mußten wie die Weißen –, sie dachten an die großen Sandelholzkästen, in denen sie ihre Schätze aufbewahrten, an duftende Seife und Büchsensalm, Luxusgegenstände, für die der Kanake seine Seele verkauft; daher verlangten sie, als der Verweser nach ihnen schickte und ihnen sagte, er wolle eine Straße von ihrem Dorf bis zu einem gewissen Punkt an der Küste bauen lassen, und ihnen zwanzig Pfund anbot, hundert von ihm. Der Sohn des Häuptlings hieß Manuma. Er war ein großer, stattlicher Bursche, kupferfarben, mit gekräuseltem, rotgefärbtem Haar, einem Kranz roter Beeren um den Hals und einer Blume hinter dem Ohr, die gegen sein braunes Gesicht wie eine leuchtend rote Flamme wirkte. Sein Oberkörper war nackt, aber um zu zeigen, daß er kein Wilder mehr war, da er in Apia gelebt hatte, trug er an Stelle des *Lava-Lava* ein Paar Baumwollhosen. Er sagte ihnen, der

Verweser werde auf ihren Vorschlag eingehen müssen, wenn sie zusammenhielten. Sein Herz hänge am Bau der Straße, und wenn er sähe, daß sie nicht für weniger arbeiten wollten, werde er ihnen geben, was sie verlangten. Aber sie dürften nicht schwanken; was immer er auch sagen würde, sie dürften nicht von ihrer Forderung abgehen; sie hätten hundert verlangt, und dazu müßten sie stehen. Als sie die Zahl genannt hatten, war Walker in eines seiner langen, tiefen Gelächter ausgebrochen. Er riet ihnen, sich nicht zum Narren zu machen, sondern sofort an die Arbeit zu gehen. Da er an diesem Tag bei guter Laune war, versprach er ihnen, ein Fest zu geben, sobald die Straße gebaut sei. Doch als er sah, daß niemand Anstalten traf, mit der Arbeit zu beginnen, erschien er im Dorf und fragte die Männer, was für ein albernes Spiel sie da spielten. Manuma hatte sie gut geschult. Sie waren völlig ruhig, machten keinen Versuch zu argumentieren – und das Argumentieren ist eine Leidenschaft der Kanaken –, sie zuckten nur die Schultern: sie täten die Arbeit für hundert Pfund, und wenn er das nicht zahlen wolle, würden sie eben nicht arbeiten. Er könne es halten, wie er wolle. Ihnen sei es gleich. Da geriet Walker in Wut, wobei er sehr häßlich aussah. Sein kurzer, fetter Hals schwoll bedrohlich an, sein rotes Gesicht wurde violett, Schaum stand vor seinem Mund. Er belegte die Eingeborenen mit Schmähungen. Er wußte sehr wohl, wie er verwunden und demütigen konnte. Sein Verhalten war erschreckend. Die älteren Männer erbleichten und wurden unsicher. Sie zögerten. Wäre nicht Manuma gewesen, der die große Welt kannte und dessen Spott sie fürchteten, so hätten sie nachgegeben. Es war Manuma, der Walker antwortete:

»Zahle uns hundert Pfund, und wir werden arbeiten.«

Walker schwenkte die Fäuste gegen ihn und nannte ihn mit allen Namen, die ihm einfielen. Er durchbohrte ihn mit seinem Zorn. Manuma saß ruhig da und lächelte. Sicher war mehr Prahlerei als Zuversicht in seinem Lächeln, aber er mußte gut abschneiden vor den anderen. Er wiederholte:

»Zahle uns hundert Pfund, und wir werden arbeiten.«

Sie glaubten, Walker werde sich auf ihn stürzen. Es wäre nicht das erste Mal gewesen, daß er einen Eingeborenen mit eigenen Händen verprügelt hätte; sie kannten seine Kraft, und obgleich Walker dreimal so alt war wie der junge Mensch und um sechs Zoll kürzer, so zweifelten sie doch nicht daran, daß er Manuma überlegen war. Niemand hatte jemals daran gedacht, dem wilden Anfall des Verwesers Widerstand zu leisten. Aber Walker sagte nichts. Er kicherte.

»Ich werde doch nicht meine Zeit an einen Haufen von Narren verschwenden«, sagte er. »Besprecht es noch einmal unter euch. Ihr wißt, was ich geboten habe. Aber paßt auf, wenn ihr in einer Woche nicht zu arbeiten anfangt!«

Er drehte sich um und verließ die Hütte des Häuptlings. Als er seine alte Stute losmachte, war es kennzeichnend für die Beziehung zwischen ihm und den Eingeborenen, daß einer der älteren Männer ihm den Steigbügel hielt, während Walker sich von einem Steinblock aus schwer in den Sattel schwang.

Am gleichen Abend, als Walker, wie es seine Gewohnheit war, die Straße entlangschlenderte, die hinter seinem Hause vorbeiführte, hörte er etwas an sich vorbeischwirren und mit einem dumpfen Laut gegen einen Baumstamm schlagen. Man hatte etwas auf ihn schleudern wollen. Unwillkürlich duckte er sich. Mit einem Schrei: »Wer ist da?« rannte er dorthin, woher das Wurfgeschoß gekommen war, und hörte, wie ein Mensch sich durch die Büsche davonmachte. Er wußte, daß es hoffnungslos war, jemanden im Dunkeln zu verfolgen, und da er auch schnell außer Atem war, hielt er an und ging auf die Straße zurück. Er suchte nach dem, was man geworfen hatte, konnte aber nichts finden. Rasch ging er zum Haus und rief Mackintosh und den Chinesenjungen.

»Einer von diesen Teufeln hat etwas auf mich schleudern wollen. Kommt mit, wir wollen sehen, was es ist.«

Er wies den Jungen an, eine Laterne mitzunehmen, dann begaben die drei sich zu der Stelle zurück. Sie suchten den ganzen Boden ab, konnten aber nichts finden. Plötzlich stieß der Junge einen unterdrückten Schrei aus. Sie liefen zu ihm. Er hob die Laterne in die Höhe, und dort stak, finster in dem Licht, das die Dunkelheit durchschnitt, ein langes Messer im Stamm einer Kokospalme. Mit solcher Wucht war es geschleudert worden, daß sie Mühe hatten, es herauszuziehen.

»Bei Gott, wenn es mich nicht verfehlt hätte, wäre ich jetzt in einem schönen Zustand!«

Walker befühlte das Messer. Es war die Imitation eines jener Seefahrermesser, die die Weißen vor hundert Jahren auf die Insel gebracht hatten und die jetzt zum Halbieren der Kokosnüsse gebraucht wurden, so daß die Kopra trocknen konnte. Es war eine höchst gefährliche Waffe mit einer zwölf Zoll langen, sehr scharfen Klinge. Walker kicherte leise.

»Dieser Teufel, dieser unverschämte Teufel!«

Er zweifelte keinen Augenblick daran, daß es Manuma war, der das Messer geworfen hatte. Um drei Zoll war er dem Tod entwischt. Kein Zorn war in ihm, im Gegenteil, er war bester Laune; das Abenteuer entzückte ihn, und als sie ins Haus zurückkehrten, rieb er sich, nach Alkohol rufend, fröhlich die Hände.

»Das sollen sie mir büßen!«

Seine kleinen Augen zwinkerten. Er plusterte sich auf wie ein Truthahn und bestand darauf, zum zweitenmal in dieser halben Stunde, Mackintosh jede Einzelheit zu erzählen. Dann bat er ihn, mit ihm Pikett zu spielen, und brüstete sich, während sie spielten, mit seinen Intuitionen. Mackintosh hörte ihm mit verkniffenen Lippen zu.

»Aber warum wollen Sie sie denn so schinden?« fragte er. »Zwanzig Pfund sind verdammt wenig für die Arbeit, die Sie von ihnen verlangen.«

»Sie sollten mir verdammt dankbar sein, daß ich ihnen überhaupt etwas gebe.«

»Herrgott noch einmal, es ist doch nicht Ihr Geld. Die Verwaltung hat Ihnen ja eine anständige Summe zugebilligt. Man wird sich nicht beschweren, wenn Sie sie ausgeben.«

»Ein Bündel Idioten sitzt da in Apia.«

Mackintosh sah, daß Walkers Beweggrund reine Eitelkeit war. Er zuckte die Schultern.

»Es wird Ihnen nicht bekommen, wenn Sie die Burschen bei denen in Apia auf Kosten Ihres Lebens verpetzen.«

»Mein Gott, sie tun mir doch nichts, diese Leute! Sie könnten ja gar nicht auskommen ohne mich. Sie verehren mich. Manuma ist ein Narr. Er hat das Messer nur geschleudert, um mir angst zu machen.«

Am nächsten Tag ritt Walker wieder in das Dorf. Es hieß Matautu. Er stieg nicht vom Pferd. Als er das Haus des Häuptlings erreichte, sah er die Männer im Kreis auf dem Boden sitzen und sprechen und vermutete, daß sie wieder über die Straßenangelegenheit diskutierten. Die Hütten der Samoaner haben alle die gleiche Form: schlanke Baumstämme werden in einem Abstand von etwa fünf bis sechs Fuß im Kreis aufgestellt und ein starker Stamm in die Mitte gesetzt, von dem aus das Strohdach nach allen Seiten abfällt. Jalousien aus Kokosnußblättern können nachts oder bei Regen heruntergelassen werden. Gewöhnlich steht die Hütte ringsum offen, so daß der Wind frei hindurchwehen kann. Walker ritt zum Rand der Hütte und rief den Häuptling heraus.

»Hier, Tangatu, dein Sohn hat gestern nacht sein Messer in einem Baum steckenlassen. Ich habe es dir zurückgebracht.«

Er schleuderte das Messer mitten in den Kreis auf den Boden und ritt mit leisem Lachen gemächlich fort.

Am Montag zog er aus, um zu sehen, ob sie mit der Arbeit begonnen hätten. Keine Spur davon war zu bemerken. Er ritt durch das Dorf. Die Bewohner gingen ihren üblichen Beschäftigungen nach. Manche flochten Matten aus Pandanusblättern, ein alter Mann verfertigte eine *Kava*schale, die Kinder spielten, und die Frauen verrichteten ihre Hausarbeit. Walker kam mit einem Lächeln auf den Lippen zur Hütte des Häuptlings.

*»Talofa-li!«* sagte der Häuptling.

*»Talofa!«* antwortete Walker.

Manuma knüpfte ein Netz. Er saß da, eine Zigarette zwischen den Lippen, und schaute mit triumphierendem Lächeln zu Walker auf.

»Ihr habt also beschlossen, die Straße nicht zu machen?«

Der Häuptling antwortete:

»Nicht, wenn Sie uns nicht hundert Pfund zahlen.«

»Ihr werdet es bereuen.« Er wandte sich an Manuma. »Und du, mein Sohn? Ich würde mich nicht wundern, wenn dich der Rücken nicht wenig schmerzen sollte, noch ehe du viel älter geworden bist.«

Kichernd ritt er weiter und ließ die Eingeborenen in größter Ungewißheit zurück. Sie fürchteten diesen fetten, sündigen alten Mann, und weder die Schmähreden der Missionare gegen ihn noch der Hohn, den Manuma in Apia gelernt hatte, ließen sie vergessen, daß er über eine teuflische Schlauheit verfügte und daß noch niemand ihm getrotzt hatte, ohne dafür im Laufe der Zeit büßen zu müssen. Innerhalb der nächsten vierundzwanzig Stunden wußten sie, was für einen Plan er ausgeheckt hatte. Er war typisch für ihn. Denn am nächsten Morgen kam ein großer Trupp Männer, Frauen und Kinder in das Dorf, und ihr Anführer sagte, sie seien mit Walker übereingekommen, die Straße zu bauen. Er habe ihnen zwanzig Pfund angeboten, und sie hätten sich einverstanden erklärt. Die Hinterlist Walkers aber lag in seiner Kenntnis der polynesischen Gastfreundschaftsregeln, die die Kraft von Gesetzen haben: die gute Sitte verlangt mit absoluter Strenge von den Dorfbewohnern, den Fremden nicht nur Obdach zu geben, sondern sie auch mit Speise und Trank so lange zu versorgen, wie sie zu bleiben wünschten. Die Leute von Matautu fühlten sich überlistet. Jeden Morgen zogen die Arbeiter in fröhlichen Gruppen hinaus, fällten Bäume, sprengten Felsen, planierten hier und da und wanderten am Abend wieder zurück, aßen und tranken nach Herzenslust, sangen Hymnen, tanzten und freuten sich des Lebens. Für sie war das Ganze eine Landpartie. Aber bald liefen ihre Gastgeber mit langen Gesichtern herum; die Fremden erfreuten sich eines enormen Appetits, und die Bananen und die Brotfrucht verschwanden vor ihrer Gier. Die Alligatorbirnbäume, deren Früchte sich in Apia für gutes Geld verkaufen ließen, standen völlig kahlgeplündert da. Vernichtung starrte den Dörflern ins Gesicht. Und dann fanden sie heraus, daß die Fremden sehr langsam arbeiteten. Hatten sie von Walker einen Wink bekommen, sie sollten sich Zeit lassen? Wenn sie so weitermachten, gab es bei Beendigung des Straßenbaus kein Krümelchen Eßbares mehr im Dorf. Und schlimmer noch: die Bewohner von Matautu wurden zum Gespött der ganzen Gegend. Wenn einer von ihnen in einem anderen Weiler etwas zu besorgen hatte, mußte er erkennen, daß die Geschichte bereits vor ihm hergelaufen war und er mit höhnischem Gelächter empfangen wurde. Nichts auf der Welt kann der Kanake weniger ertragen als Lächerlichkeit. Es dauerte denn auch nicht lange, bis es zu zornigen Reden unter den leidenden Dorfbewohnern kam. Manuma war nicht länger ein Held. Er mußte viele sehr offene Worte einstecken, und eines Tages geschah das, was Walker vorausgesagt hatte: eine hitzige Debatte wurde zum Streit, und ein halbes Dutzend junger Leute warf sich auf des Häuptlings Sohn und verprügelte ihn derart, daß er eine Woche lang blau und blutig geschlagen auf der Pandanusmatte lag. Er wälzte sich von einer Seite zur andern und konnte keine Erleichterung finden. Jeden oder jeden zweiten

Tag ritt der Verweser auf seiner alten Stute herüber und betrachtete die Fortschritte des Straßenbaus. Er war nicht der Mann, der der Versuchung, den geschlagenen Feind zu verhöhnen, widerstehen konnte, und so ließ er keine Gelegenheit ungenützt, den beschämten Einwohnern von Matautu die Bitterkeit ihrer Demütigung deutlich zu machen. Er brach ihren Stolz. Eines Morgens steckten sie ihren Stolz in die Tasche – bildlich gesprochen, denn sie hatten keine Taschen – und gingen hinaus mit den Fremden, um beim Straßenbau mitzuarbeiten. Es war dringend, ihn so schnell wie möglich zu beenden, wenn sie überhaupt noch ein wenig Nahrungsmittel retten wollten, und das ganze Dorf tat mit. Aber sie arbeiteten schweigend, mit Wut und dem Gefühl der Erniedrigung im Herzen, und selbst die Kinder rackerten sich in aller Stille ab. Die Frauen weinten, während sie Reisigbündel wegtrugen. Als Walker sie so sah, lachte er derart, daß er fast aus dem Sattel rollte. Die Neuigkeit verbreitete sich rasch, und alle Leute auf der Insel lachten bis zu Tränen. Dies war der größte Spaß, der Gipfel des Triumphs für den schlauen Alten, den zu überlisten noch kein Kanake imstande gewesen war. Und von fernen Dörfern kamen sie mit Frauen und Kindern, um sich die Dummköpfe anzuschauen, die zwanzig Pfund für den Straßenbau ausgeschlagen hatten und nun gezwungen waren, umsonst zu arbeiten. Aber je schwerer sie arbeiteten, desto leichter machten es sich die Gäste. Warum sollten sie sich beeilen, da sie doch gutes Essen für nichts bekamen? Und je länger sie brauchten, desto besser war der ganze Witz. Schließlich konnten es die unglücklichen Dörfler nicht länger aushalten, und so waren sie heute morgen gekommen, um den Verweser zu bitten, die Fremden zurückzuschicken in ihre Heimat. Wenn er darauf eingehe, wollten sie ihm versprechen, die Straße ohne Bezahlung fertigzustellen. Für ihn war das ein vollkommener und ungeschmälerter Sieg. Sie waren gedemütigt. Ein Ausdruck arroganter Selbstgefälligkeit breitete sich über sein nacktes Gesicht aus, und er schien in seinem Stuhl anzuschwellen wie eine Riesenkröte. Etwas so Unheilvolles lag in seiner ganzen Erscheinung, daß Mackintosh vor Abscheu erschauerte. Dann begann er in grollendem Ton zu sprechen.

»Lasse ich die Straße etwa für mich bauen? Glaubt ihr, daß ich etwas davon habe? Euretwegen geschieht es, damit ihr einen bequemen Weg habt, um eure Kopra wegzuschaffen. Ich habe euch für eure Arbeit Bezahlung angeboten, obgleich es eine Arbeit zu euerm eigenen Vorteil ist. Ich habe euch einen großzügigen Lohn angeboten. Doch jetzt sollt ihr bezahlen. Ich werde die Leute von Manua zurückschicken, wenn ihr die Straße fertigmacht und ihnen die zwanzig Pfund bezahlt, die ich ihnen versprochen habe.«

Ein Aufschrei folgte. Sie versuchten, mit ihm zu verhandeln. Sie sagten ihm, daß sie kein Geld hätten. Aber auf alles antwortete er nur immer wieder mit brutalen Sticheleien.

Dann schlug die Uhr.

»Mittagszeit«, sagte er. »Hinaus mit ihnen!«

Er erhob sich schwerfällig aus seinem Stuhl und ging aus dem Zimmer. Als Mackintosh ihm folgte, fand er ihn bereits bei Tisch sitzen, eine Serviette um den Hals, Messer und Gabel in den Händen und für das Mahl bereit, das der Chinesenkoch bringen sollte. Er war in bester Laune.

»Die habe ich fein untergekriegt«, sagte er, als Mackintosh sich niedersetzte. »Ich werde nicht mehr viele Schwierigkeiten mit meinen Straßen haben nach dieser Sache.«

»Ich nehme an, Sie haben gescherzt«, sagte Mackintosh eisig.

»Was wollen Sie damit sagen?«

»Sie werden sie doch nicht wirklich zwanzig Pfund zahlen lassen?«

»Aber da können Sie Gift darauf nehmen.«

»Ich weiß nicht, ob Sie dazu berechtigt sind.«

»Wissen Sie es nicht? Nun, ich habe das Recht, weiß der Kuckuck, auf dieser Insel alles zu tun, was ich will.«

»Ich finde, Sie haben sie genug geschunden.«

Walker lachte fett. Ihm war es gleich, was Mackintosh dachte.

»Wenn ich Ihre Meinung brauche, werde ich Sie danach fragen.«

Mackintosh wurde ganz weiß. Er wußte aus bitterster Erfahrung, daß er nichts tun konnte als schweigen, doch machte ihn die heftige Anstrengung, sich zu beherrschen, schwach und elend. Er konnte die Speisen, die vor ihm standen, nicht essen und schaute Walker mit Abscheu zu, wie er das Fleisch in seinen breiten Mund schaufelte. Er war ein unappetitlicher Esser, und mit ihm an einem Tisch zu sitzen, verlangte einen guten Magen. Mackintosh schauerte. Ein ungeheures Verlangen packte ihn, diesen groben, grausamen Menschen zu demütigen; er hätte alles dafür gegeben, ihn im Staub liegen und leiden zu sehen, wie er andere hatte leiden lassen. Er hatte diesen Tyrannen nie mit mehr Ekel verabscheut als jetzt.

Der Tag ging weiter. Mackintosh versuchte nach Tisch zu schlafen, aber die Erregung in seinem Herzen hielt ihn davon zurück. Er wollte lesen, doch die Buchstaben tanzten ihm vor den Augen. Die Sonne brannte mitleidslos herab, und er sehnte sich nach Regen; aber er wußte, dieser Regen hier brachte keine Kühle; er machte die Luft nur noch heißer und dunstiger. Seine Heimat war Aberdeen, und sein Herz sehnte sich plötzlich nach den eisigen Winden, die durch die Granitstraßen dieser Stadt pfiffen. Hier war er ein Gefangener, ein Gefangener nicht nur des regungslosen Meeres, sondern auch seines Hasses gegen diesen gräßlichen alten Mann. Er preßte die Hände auf die schmerzenden Schläfen. Am liebsten hätte er ihn umgebracht. Aber jetzt riß er sich zusammen. Er mußte etwas tun, um sich abzulenken, und da er nicht lesen konnte, kam er auf den Gedanken, seine Privatpapiere in Ordnung zu bringen. Das war eine Arbeit, die er schon lange vorgehabt und immer wieder verschoben hatte. Er schloß die Schublade seines Schreibtisches auf und nahm eine Handvoll Briefe heraus. Da sah er seinen Revolver. Ein plötzlicher Impuls, schon verworfen, ehe er ihm so recht zum Bewußtsein gekommen war, sich eine Kugel durch den Kopf zu jagen und so diesen unerträglichen Grenzen des Lebens zu entrinnen, blitzte in seinem Hirn auf. Er bemerkte, daß der Revolver in der feuchten Luft ein wenig gerostet war, nahm einen Öllappen und fing an, ihn zu putzen. Damit war er beschäftigt, als er plötzlich merkte, daß jemand an der Tür vorbeischlich. Er schaute auf und rief:

»Wer ist da?«

Einen Augenblick lang blieb alles still, dann zeigte sich Manuma.

»Was willst du?«

Der Sohn des Häuptlings stand ein paar Sekunden lang finster und schweigend da, und als er sprach, tat er es mit erstickter Stimme. »Wir können die zwanzig Pfund nicht bezahlen. Wir haben das Geld nicht.«

»Was soll ich tun?« fragte Mackintosh. »Du hast gehört, was Mr. Walker gesagt hat.«

Manuma begann zu flehen, halb samoanisch, halb englisch. Es war ein weinerlicher Singsang im tremolierenden Ton eines Bettlers, der Mackintosh abstieß. Es kränkte ihn, daß dieser Mann sich so erniedrigen ließ. Er war ein jammervoller Anblick.

»Ich kann nichts tun«, sagte Mackintosh gereizt. »Du weißt, daß Mr. Walker hier der Herr ist.«

Manuma schwieg. Still stand er auf der Schwelle.

»Ich bin krank«, sagte er schließlich. »Geben Sie mir Medizin.«

»Was fehlt dir?«

»Ich weiß nicht, ich bin krank. Ich habe Schmerzen im Leib.«

»Was stehst du da hinten!« sagte Mackintosh scharf. »Komm herein und laß dich ansehen.«

Manuma betrat den kleinen Raum und stellte sich vor den Schreibtisch.

»Ich habe Schmerzen, hier und hier.«

Er legte die Hände auf die Lenden, und sein Gesicht nahm einen schmerzlichen Ausdruck an. Plötzlich wurde es Mackintosh bewußt, daß die Augen des Burschen auf dem Revolver ruhten, den er, als Manuma an der Schwelle erschienen war, auf den Schreibtisch gelegt hatte. Eine Stille entstand zwischen den beiden, die Mackintosh endlos vorkam. Ihm war, als könne er die Gedanken im Kopf des Kanaken lesen. Sein Herz schlug heftig. Und dann fühlte er, daß etwas von ihm Besitz ergriff und er unter dem Zwang eines fremden Willens handelte. Nicht er bewegte seinen Körper, sondern eine Macht, die nicht in ihm war. Seine Kehle war plötzlich ausgetrocknet, und er griff mechanisch zum Hals, um sich beim Sprechen zu helfen. Er fühlte sich gezwungen, die Augen Manumas zu vermeiden.

»Warte hier«, sagte er, und seine Stimme klang, als hätte ihm jemand die Luftröhre zugehalten, »ich will dir etwas aus dem Arzneizimmer holen.«

Er stand auf. Redete er es sich nur ein, daß er ein wenig schwankte? Manuma stand schweigend da, und obwohl er die Augen abwandte, wußte Mackintosh, daß er stumpf aus der Tür sah. Der fremde Wille, von dem er besessen war, trieb ihn aus dem Zimmer, er selbst aber ergriff eine Handvoll loser Papiere und warf sie auf den Revolver, um ihn den Blicken zu entziehen. Dann betrat er das Arzneizimmer. Er nahm eine Pille, goß einen blauen Trank in eine kleine Flasche und ging damit auf den Hof. Er wollte nicht in seinen eigenen Bungalow zurückgehen, deshalb rief er Manuma zu:

»Komm her!«

Er gab ihm die Drogen und wies ihn an, wie er sie einzunehmen habe. Er wußte nicht, was es war, das es ihm unmöglich machte, Manuma anzuschauen. Während er mit ihm sprach, heftete er den Blick auf seine Schulter. Manuma nahm die Medizin und schlich zum Tor hinaus.

Mackintosh ging ins Eßzimmer und blätterte die alten Zeitungen noch einmal durch. Aber er konnte sie nicht lesen. Im Hause war es still. Walker befand sich oben in seinem Zimmer und schlief, der chinesische Koch arbeitete in der Küche, die beiden Polizisten waren fischen gegangen. Das Schweigen, das über dem Hause lag, war unheimlich, und in Mackintoshs Hirn fiel plötzlich hart die Frage, ob der Revolver wohl noch da liege, wo er ihn gelassen hatte. Er konnte sich nicht dazu bringen, nachzuschauen. Die Ungewißheit war grauenvoll, aber die Gewißheit war bestimmt noch viel schlimmer. Schweiß brach ihm aus den Poren. Schließlich konnte er die Stille nicht länger ertragen und beschloß, die Straße hinunter zu dem Händler, einem Mann namens Jervis, zu gehen, der etwa eine Meile entfernt einen Laden hatte. Er war ein Mischling, aber selbst dieses Quantum weißen Blutes machte es möglich, mit ihm zu sprechen. Mackintosh wollte fortkommen von seinem Bungalow und dem Schreibtisch mit den unordentlich hingeworfenen Papieren, unter denen etwas lag oder nichts lag. Er ging die Straße entlang. Als er an der schönen Hütte eines Häuptlings vorüberkam, wurde ihm ein Gruß zugerufen. Dann langte er bei dem Geschäft an. Hinter dem Ladentisch saß die Tochter des Händlers, ein dunkelhäutiges Mädchen mit plumpen Zügen, in einer rosafarbenen Bluse und einem weißen baumwollenen Rock. Jervis hoffte, Walkers Assistent werde sie heiraten. Der Händler besaß Geld und hatte Mackintosh erzählt, der Gatte seiner Tochter werde ein sorgenfreies Leben haben. Sie errötete ein wenig, als sie Mackintosh sah.

»Vater packt eben ein paar Kisten aus, die heute morgen gekommen sind. Ich werde ihm sagen, daß Sie hier sind.«

Er setzte sich, und das Mädchen ging in den Hinterraum des

Ladens. Einen Augenblick später watschelte ihre Mutter herein, eine riesige alte Frau, eine Herrin, die viel Land in Eigenbesitz hatte, und gab ihm die Hand. Ihre ungeheure Fettleibigkeit war fast eine Beleidigung, und doch brachte sie es zuwege, einen Eindruck von Würde zu vermitteln; sie war herzlich ohne Unterwürfigkeit, freundlich, aber doch sehr standesbewußt.

»Sie sind fast ein Fremder geworden, Mr. Mackintosh. Erst heute morgen hat Teresa gesagt: ›Nun, man sieht Mr. Mackintosh gar nicht mehr.‹«

Er schauderte bei dem Gedanken, der Schwiegersohn dieser alten Eingeborenen zu sein. Es war allgemein bekannt, daß sie ihren Mann trotz seines weißen Blutes gehörig in der Hand hatte. Sie war die Autorität im Hause und die Seele des Geschäfts. Für die Weißen war sie vielleicht nicht mehr als Mrs. Jervis, aber ihr Vater war ein Häuptling von königlichem Blut, und sein Vater und seines Vaters Vater hatten als Könige geherrscht. Der Händler, der neben seiner imposanten Frau klein aussah, kam herein, ein dunkler Mann mit dunklem, langsam ergrauendem Bart, schönen Augen und blitzenden Zähnen. Er benahm sich sehr britisch und gebrauchte in der Unterhaltung viel Slang, aber man hörte sofort, daß Englisch seiner Zunge nicht mehr geläufig war; mit seiner Familie benutzte er die Sprache seiner eingeborenen Mutter. Er war ein serviler Mensch, kriecherisch und unterwürfig.

»Ah, Mr. Mackintosh, das ist einmal eine freudige Überraschung! Bring Whisky, Teresa! Mr. Mackintosh wird einen Schluck mit uns trinken.«

Er berichtete alle Neuigkeiten aus Apia und behielt dabei ständig den Gast im Auge, um nur Dinge zu sagen, die ihm angenehm waren.

»Und wie geht es Mr. Walker? Wir haben ihn eine Zeitlang nicht gesehen. Mrs. Jervis wird ihm noch dieser Tage ein Spanferkel schicken.«

»Ich habe ihn heute morgen heimreiten sehen«, bemerkte Teresa.

»Bitte!« sagte Jervis und hielt dem Gast den Whisky hin.

Mackintosh trank. Die beiden Frauen saßen da und schauten ihm zu, Mrs. Jervis in ihrem schwarzen Kittelkleid ruhig und stolz, und Teresa ängstlich besorgt, ihn anzulächeln, wann immer sein Blick sie streifte, während der Händler auf unerträgliche Art weiterschwätzte:

»In Apia sagt man, es sei langsam Zeit für Walker, sich zurückzuziehen. Er ist nicht mehr der Jüngste. Vieles hat sich gewandelt, seit er auf die Insel gekommen ist, aber er hat sich nicht mitgewandelt.«

»Er geht zu weit«, sagte die alte Chefin. »Die Eingeborenen sind unzufrieden.«

»Die Sache mit der Straße war kein schlechter Witz«, bemerkte der Kaufmann lachend. »Wo ich in Apia davon gesprochen habe, hat man sich den Bauch gehalten vor Lachen. Der gute alte Walker.«

Mackintosh schaute ihn empört an. Was fiel ihm ein, so zu reden? Für einen Mischling war und blieb er Mr. Walker. Es lag ihm auf der Zunge, dieser Unverschämtheit mit einem barschen Vorwurf zu begegnen, und er wußte nicht, was ihn davor zurückhielt.

»Wenn er geht, werden Sie hoffentlich seinen Platz einnehmen, Mr. Mackintosh«, sagte Jervis. »Wir freuen uns alle, daß Sie auf der Insel sind. Sie verstehen die Eingeborenen. Sie sind jetzt erzogen und müssen anders behandelt werden als in früheren Zeiten. Sie brauchen jetzt einen gebildeten Mann als Verweser. Und Walker war nur ein Kaufmann wie ich.«

Teresas Augen funkelten.

»Wenn es einmal soweit ist und irgend jemand etwas dazu tun kann, so dürfen Sie Gift darauf nehmen, daß wir es machen werden. Ich würde alle Häuptlinge zusammentrommeln und sie veranlassen, nach Apia zu gehen und eine Petition einzureichen.«

Mackintosh wurde es mit einem Male furchtbar übel. Es war ihm noch nie eingefallen, daß er, falls irgend etwas mit Walker geschähe, vielleicht dessen Nachfolger werde. Es stimmte allerdings, daß niemand in offizieller Stellung die Insel so gut kannte wie er. Er stand plötzlich auf, und ohne sich richtig zu verabschieden, trat er hinaus und ging geradenwegs heim in sein Zimmer. Dort warf er einen raschen Blick auf seinen Schreibtisch und wühlte in den Papieren.

Der Revolver war nicht da.

Das Herz schlug ihm heftig gegen die Rippen. Überall suchte er die Waffe, unter den Stühlen, in den Schubladen. Er suchte verzweifelt und wußte doch die ganze Zeit über, daß er sie nicht finden würde. Plötzlich hörte er Walkers barsche, herzhafte Stimme.

»Hinter was, zum Teufel, sind Sie denn her, Mac?«

Er erschrak. Walker stand auf der Schwelle, und instinktiv wandte Mackintosh sich zum Schreibtisch, um zu verbergen, was darauf lag.

»Machen Sie Ordnung?« neckte er. »Ich lasse eben den Grauen vor den Wagen spannen und will nach Tafoni zum Baden. Kommen Sie doch mit.«

»Gut«, antwortete Mackintosh.

Solange er bei Walker war, konnte nichts passieren. Die Ortschaft, zu der sie wollten, lag drei Meilen entfernt, und dort befand sich ein durch eine Felsbarriere vom Meer getrennter Süßwasserteich, den der Verweser durch Sprengungen zum Baden für die Eingeborenen hatte anlegen lassen. Er hatte an allen Stellen, wo es Quellen gab, solche Teiche eingerichtet, denn dieses Wasser war, verglichen mit der klebrigen Wärme des Meeres, kühl und kräftigend. Sie fuhren über die stille, grasbewachsene Straße, platschten hier und da durch Furten an Stellen, wo das Meer sich hereingedrängt hatte, kamen an Eingeborenendörfern vorüber, deren glockenförmige Hütten sich weitläufig hinzogen und die Kirche umschlossen, und beim dritten Dorf stiegen sie aus, machten das Pferd fest und gingen hinunter zum Teich. Vier oder fünf Mädchen begleiteten sie und ein Dutzend Kinder. Bald planschten sie alle schreiend und lachend herum, während Walker in einem *Lava-Lava* herumschwamm wie ein riesiges Meerschweinchen. Er machte schlüpfrige Scherze mit den Mädchen, und sie belustigten sich damit, unter ihm hinwegzutauchen und fortzugleiten, wenn er versuchte, sie zu fangen. Als er müde war, legte er sich auf einen Felsen, und die Mädchen und Kinder umringten ihn. Es war eine glückliche Familie, und der alte, unförmige Mann mit dem Kranz weißer Haare und dem glänzenden kahlen Schädel schaute aus wie ein alter Meeresgott. Einmal entdeckte Mackintosh einen seltsam sanften Blick in seinen Augen.

»Es sind liebe Kinder«, sagte er. »Sie schauen zu mir auf. Ich bin ihr Vater.«

Und im gleichen Augenblick wandte er sich einem der Mädchen zu und machte eine obszöne Bemerkung, die bei allen schallendes Gelächter hervorrief. Mackintosh begann sich wieder anzuziehen. Mit seinen dünnen Armen und Beinen gab er eine recht groteske Figur ab, einen finsteren Don Quichotte, und Walker ließ es sich nicht entgehen, derbe Witze über ihn zu reißen. Sie wurden mit unterdrücktem Lachen beantwortet. Mackintosh kämpfte mit seinem Hemd. Er wußte, daß er absonderlich wirkte, aber er haßte es, ausgelacht zu werden. Schweigend und düster stand er da.

»Wenn Sie rechtzeitig zum Essen zu Hause sein wollen, müssen Sie sich fertigmachen.«

»Sie sind kein übler Bursche, Mac, aber Sie sind ein Dummkopf. Wenn Sie gerade bei einer Sache sind, wollen Sie immer eine andere. Das ist kein Leben!«

Trotzdem erhob er sich gemächlich und zog sich an. Dann schlenderten sie ins Dorf zurück, tranken eine Schale *Kava* mit dem Häuptling und fuhren nach fröhlichem Abschied von den müßig herumstehenden Dorfbewohnern nach Hause.

Nach dem Essen zündete sich Walker eine Pfeife an und machte sich wie üblich zu einem Spaziergang bereit. Mackintosh wurde plötzlich von Furcht gepackt.

»Finden Sie es nicht ziemlich unvorsichtig, jetzt nachts allein auszugehen?«

Walker starrte ihn mit runden blauen Augen an.

»Was, zum Teufel, wollen Sie damit sagen?«

»Denken Sie an das Messer von gestern abend. Sie haben die Burschen aufgebracht.«

»Pah, sie würden es nicht wagen.«

»Einer hat es schon gewagt.«

»Das war nur Bluff. Sie würden mir nichts antun. Sie betrachten mich als ihren Vater, denn sie wissen, daß alles, was ich tue, zu ihrem Besten geschieht.«

Mackintosh schaute ihn an mit Verachtung im Herzen. Die Überheblichkeit dieses Menschen machte ihn rasend, und doch gab es etwas, er wußte nicht, was, das ihn fortfahren hieß:

»Denken Sie daran, was heute morgen geschehen ist. Es bricht Ihnen keine Perle aus der Krone, wenn Sie heute abend zu Hause bleiben. Ich spiele Pikett mit Ihnen.«

»Ich werde Pikett mit Ihnen spielen, wenn ich nach Hause komme. Der Kanake muß noch geboren werden, der mich veranlassen könnte, meine Pläne zu ändern.«

»Dann lassen Sie mich mitkommen.«

»Sie bleiben, wo Sie sind.«

Mackintosh zuckte die Schultern. Er hatte den Mann vollauf gewarnt. Wenn er nicht darauf achtete, war es seine eigene Sache. Walker setzte den Hut auf und ging fort. Mackintosh begann zu lesen; doch dann kam ihm ein Gedanke: es war angezeigt, sein eigenes Alibi genau und klar festzulegen. Er ging hinüber in die Küche und sprach unter einem Vorwand ein paar Minuten lang mit dem Koch. Dann nahm er sein Grammophon heraus und legte eine Platte auf, irgendeinen Song aus einer Londoner Revue, aber während die schwermütige Weise ablief, lauschte sein Ohr auf einen fernen Ton draußen in der Nacht. Neben seinem Ellbogen schrillte der Apparat, die Worte waren rauh, und doch fühlte er sich von einer unheimlichen Stille umgeben. Er hörte das dumpfe Brüllen der Brandung gegen das Riff. Er hörte oben in den Blättern der Kokospalme den Wind seufzen. Wie lange das dauerte! Es war gräßlich.

Da vernahm er ein heiseres Lachen.

»Es gibt immer noch Wunder. Aber oft kommt es nicht vor, daß Sie sich Musik machen, Mac.«

Walker stand am Fenster, rothäutig, derb und aufgeräumt und in bester Laune.

»Nun, sehen Sie, ich bin noch am Leben und guter Dinge. Warum haben Sie den Apparat spielen lassen?«

Walker kam herein.

»Mit den Nerven herunter, he? Sich Mut gemacht mit ein bißchen Musik?«

»Ich habe Ihr Requiem gespielt.«

»Was ist denn das?«

*»'Alf o'bitter an' a pint of stout.«*

»War ein famoses Lied, ganz gleich, wie oft man es schon gehört hat. So, und jetzt bin ich bereit, Ihnen Ihr Geld beim Pikett abzunehmen.«

Sie spielten, und Walker polterte sich durch zum Sieg, bluffte seinen Gegner, hänselte ihn, verhöhnte seine Fehler bis zum äußersten, schüchterte ihn ein und triumphierte. Doch Mackintosh hatte seine Kühle zurückerobert, und sozusagen außerhalb von sich selbst stehend, war er fähig, sich völlig frei an der Beobachtung des anmaßenden alten Mannes und an der eigenen kalten Zurückhaltung zu ergötzen. Irgendwo saß Manuma und wartete auf seine Gelegenheit.

Walker gewann Spiel um Spiel und steckte am Ende des Abends seinen Gewinn frohgemut in die Tasche.

»Sie müssen noch ein bißchen älter werden, ehe Sie es mit mir aufnehmen können, Mac. Allerdings habe ich noch dazu eine natürliche Begabung für Kartenspielen.«

»Ich weiß nicht, was das mit Begabung zu tun hat, wenn ich Ihnen zufällig sämtliche Asse gebe.«

»Gute Karten kommen zu guten Spielern«, entgegnete Walker. »Ich hätte auch mit Ihren Karten gewonnen.«

Er erzählte lange Geschichten, wie er bei verschiedenen Gelegenheiten mit gerissenen Gaunern gespielt und ihnen zu ihrer Bestürzung ihr ganzes Geld abgenommen habe. Er prahlte, er verherrlichte sich, und Mackintosh hörte ihm hingegeben zu. Er wollte seinen Haß fühlen; und jedes Wort Walkers, jede Geste machten ihn nur noch widerwärtiger. Endlich stand Walker auf.

»Nun, ich gehe in die Klappe«, sagte er unter lautem Gähnen. »Ich habe morgen einen langen Tag.«

»Was werden Sie machen?«

»Ich muß auf die andere Seite der Insel. Um fünf Uhr breche ich auf, aber ich werde erst spät zum Abendessen zurück sein.«

Gewöhnlich aßen sie um sieben Uhr.

»Dann werde ich es auf halb acht Uhr bestellen.«

»Ich denke, das wird recht sein.«

Mackintosh schaute ihm zu, wie er die Asche aus seiner Pfeife klopfte. Seine Lebenskraft war gewaltig und üppig. Es war seltsam zu denken, daß der Tod über ihm schwebte. Ein feines Lächeln flackerte in Mackintoshs kalten, düsteren Augen auf.

»Würden Sie es gerne sehen, wenn ich mit Ihnen käme?«

»Wozu in Gottes Namen sollte ich das wollen? Ich werde die Stute nehmen, und sie hat genug zu tun, mich da hinaufzuschleppen; sie muß nicht auch noch Sie über dreißig Meilen weit mitziehen.«

»Vielleicht sind Sie sich nicht so ganz klar über die Stimmung in Matautu. Ich glaube, es wäre sicherer, ich käme mit.«

Walker brach in ein unverschämtes Gelächter aus.

»Sie wären eine feine Hilfe bei einer Prügelei; und mir wird nicht so schnell bange.«

Nun wanderte das Lächeln aus Mackintoshs Augen zu seinen Lippen und verzerrte sie scheußlich.

*»Quem deus vult perdere prius dementat.«*

»Was war das?« fragte Walker.

»Latein«, antwortete Mackintosh und ging hinaus.

Und jetzt kicherte er. Seine Stimmung hatte sich gewandelt. Er hatte alles getan, was er konnte, und die Sache lag nun in der Hand des Schicksals. Er schlief besser als seit Wochen. Als er am nächsten Morgen erwachte, stand er gleich auf. Nach der guten Nachtruhe ergötzte er sich an der Frische der morgendlichen Luft. Das Meer war von lebhafterem Blau, der Himmel leuchtender als an den meisten anderen Tagen, der Passatwind wehte köstlich, und als der Wind darüber hinwegfegte, schuppten winzige Wellchen die Meereszunge, die aussah wie ein nach der falschen Seite gebürsteter Samt. Er fühlte sich stärker und jünger. Mit Genuß ging er an sein Tagewerk. Nach dem Mittagessen schlief er wieder, und als es Abend wurde, ließ er den Braunen satteln und zog gemächlich durch den Busch. Er schien alles mit neuen Augen zu sehen und fühlte sich völlig normal. Das einzig Außergewöhnliche war, daß er Walker völlig vergessen konnte. Soweit es ihn betraf, hatte er überhaupt nie existiert.

Er kam spät nach Hause, heiß vom Ritt, und badete noch einmal. Dann setzte er sich auf die Veranda, rauchte seine Pfeife und schaute zu, wie der Tag über die Meereszunge dahinschwand. Im Sonnenuntergang sah das Wasser, das rosenfarben, violett und grün schimmerte, herrlich aus. Er war mit der Welt und sich selbst in Frieden. Als der Koch herauskam, um ihm zu sagen, daß das Abendessen fertig sei, und fragte, ob er noch warten solle, lächelte Mackintosh ihn freundlich an und schaute auf die Uhr.

»Es ist halb acht. Wir wollen nicht warten. Wer weiß, wann der Chef zurückkommt.«

Der Junge nickte, und gleich darauf sah Mackintosh ihn eine Schüssel mit dampfender Suppe über den Hof tragen. Träge stand er auf, ging ins Eßzimmer und verzehrte sein Mahl. War es geschehen? Die Ungewißheit war ergötzlich, und Mackintosh kicherte in die Stille. Das Essen erschien ihm weniger geschmacklos als sonst, und obgleich es Hackbeefsteak gab, des Kochs unauswechselbares Gericht, wenn ihn seine armselige Phantasie verließ, schmeckte es wie durch ein Wunder saftig und würzig. Nach dem Essen schlenderte er müßig hinüber zu seinem Bungalow, um sich ein Buch zu holen. Er liebte diese einprägsame Stille. Jetzt, da es Nacht geworden war, funkelten die Sterne am Himmel. Er rief um eine Lampe, und gleich darauf kam der Chink auf bloßen Füßen herüber und durchbrach die Dunkelheit mit einem Lichtstrahl. Er stellte die Lampe auf den Schreibtisch und schlich wieder lautlos weg. Mackintosh stand da wie angewurzelt, denn hier, halb verborgen von den wirr durcheinanderliegenden Papieren, lag sein Revolver. Sein Herz schlug schmerzhaft, und er stand plötzlich unter Schweiß. Es war also geschehen.

Mit zitternden Händen machte er den Revolver auf. Vier Kammern waren leer. Er zögerte einen Augenblick lang und schaute mißtrauisch hinaus in die Nacht, aber niemand war da. Rasch steckte er vier Patronen in die leeren Kammern, schob den Revolver in die Schublade und schloß diese ab.

Dann setzte er sich hin und wartete.

Eine Stunde verging, eine zweite. Nichts ereignete sich. Er saß an seinem Schreibtisch, als arbeite er, aber er las nicht, noch schrieb er. Er horchte nur. Er spannte sein Gehör an, um den Ton aufzunehmen, der von weit her kommen mußte. Schließlich vernahm er zaghafte Tritte und wußte, es war der chinesische Koch.

»Ah-Sung!« rief er.

Der Junge kam an die Tür.

»Chef sehr spät«, sagte er, »Essen nicht mehr gut.«

Mackintosh starrte ihn an und fragte sich, ob er wisse, was geschehen war, und ob er, wenn er es wußte, wahrgenommen hatte, wie er, Mackintosh, mit Walker stand. Der Chinese tat seine Arbeit glatt, schweigend und lächelnd, wer aber konnte seine Gedanken kennen?

»Ich nehme an, er hat unterwegs gegessen, aber halte auf jeden Fall die Suppe warm.«

Die Worte hatten seinen Mund noch kaum verlassen, als die Stille plötzlich durch ein wirres Durcheinander, Schreie und rasche Tritte nackter Füße unterbrochen wurde. Eine Anzahl Eingeborener rannte auf den Hof, Männer, Frauen und Kinder. Sie umringten Mackintosh und redeten alle gleichzeitig. Kein Wort war zu verstehen. Sie zeigten sich aufs höchste erregt und verängstigt, und einige weinten. Mackintosh bahnte sich einen Weg durch die Leute und ging zum Tor. Obgleich er kaum etwas aufgenommen hatte von dem, was sie sagten, wußte er doch sehr wohl, was geschehen war. Und als er das Tor erreichte, kam gerade der Wagen an.

Die alte Stute wurde von einem großen Kanaken geführt, und in dem Wagen hockten zwei Männer und versuchten Walker zu stützen. Eine kleine Menge von Eingeborenen umgab das Gefährt.

Die Stute wurde in den Hof gebracht, und die Eingeborenen fluteten nach. Mackintosh brüllte sie an, draußen zu bleiben, und die beiden Polizisten, die von weiß Gott woher plötzlich auftauchten, stießen sie weg. Mit der Zeit war es ihm zu verstehen gelungen, daß ein paar Burschen, die fischen gegangen waren, auf ihrem Rückweg ins Dorf, am Rande einer Furt, den Wagen gesehen hatten. Die Stute graste, und in der Dunkelheit konnten sie die gewaltige weiße Gestalt des weißen Mannes sehen, die zwischen Sitz und Schutzbrett gesunken war. Zuerst dachten sie, er sei betrunken, schauten hinein und grinsten, dann aber hörten sie ihn stöhnen und merkten, daß etwas nicht in Ordnung war. Sie rannten ins Dorf und riefen um Hilfe. Erst als sie von einem halben Hundert Menschen begleitet zurückkamen, entdeckten sie, daß auf Walker geschossen worden war.

Mit einem Entsetzensschauer fragte Mackintosh sich, ob er vielleicht bereits tot sei. Das erste, das zu geschehen hatte, war, ihn aus dem Wagen zu holen, und das war bei Walkers Korpulenz keine leichte Aufgabe. Es bedurfte vier kräftiger Männer, um ihn hochzuheben. Sie stießen ihn, und er gab ein dumpfes Stöhnen von sich. Also lebte er noch. Schließlich trugen sie ihn ins Haus, die Treppe hinauf, und legten ihn auf sein Bett. Hier endlich konnte Mackintosh ihn sehen, denn auf dem Hof, den nur ein paar Sturmlampen erleuchteten, war es zu dunkel dazu gewesen. Walkers weiße Leinenhosen waren blutbefleckt, und die Männer, die ihn getragen hatten, wischten sich die roten, klebrigen Hände an ihren *Lava-Lavas* ab. Mackintosh hielt die Lampe in die Höhe. Er hatte nicht erwartet, den alten Mann so bleich zu sehen. Seine Augen waren geschlossen. Er atmete, und sein Puls war noch zu fühlen, aber es war deutlich, daß er im Sterben lag. Mackintosh hatte nicht mit dem Entsetzen gerechnet, das ihn jetzt durchzuckte. Er sah, daß der eingeborene Schreiber da war, und sagte zu ihm mit einer vor Angst heiseren Stimme, er solle in die Arzneikammer gehen und alles holen, was für eine muskuläre Einspritzung nötig war. Einer der Polizisten brachte den Whisky herauf, und Mackintosh flößte dem alten Mann ein wenig davon ein. Das Zimmer war angefüllt mit Eingeborenen. Sie saßen jetzt sprachlos und entsetzt auf dem Boden, und alle Augenblicke heulte einer laut auf. Es war sehr heiß, aber Mackintosh schauderte vor Kälte, seine Hände und Füße waren wie Eis, und er mußte sich sehr zusammennehmen, um nicht an allen Gliedmaßen zu zittern. Er wußte nicht, was tun, hatte keine Ahnung, ob Walker noch immer blutete, und wenn, wie das Blut zu stillen sei.

Der Schreiber brachte die Nadel für die Einspritzung.

»Mach du ihm die Spritze«, sagte Mackintosh, »du hast mehr Übung in solchen Sachen als ich.«

Sein Kopf schmerzte zum Wahnsinnigwerden. Eine Menge kleiner teuflischer Dinge schien darin zu hämmern und wollte heraus. Die Wirkung der Spritze zeigte sich. Walker öffnete langsam die Augen. Er schien nicht zu wissen, wo er war.

»Seien Sie ruhig«, sagte Mackintosh. »Sie sind zu Hause. Sie sind in Sicherheit.«

Walkers Lippen versuchten ein schattenhaftes Lächeln.

»Sie haben mich erwischt«, flüsterte er.

»Ich werde Jervis sagen lassen, er solle sofort ein Motorboot nach Apia schicken. Morgen nachmittag wird ein Arzt hier sein.«

Es gab eine lange Pause, ehe der alte Mann antwortete: »Bis dahin bin ich tot.«

Ein unheimlicher Ausdruck flog über Mackintoshs bleiches Gesicht.

Er zwang sich zu einem Lachen.

»Ach, Unsinn! Bleiben Sie nur ruhig liegen, und Sie werden wieder gesund wie ein junger Hund.«

»Geben Sie mir einen Drink«, sagte Walker, »einen steifen.«

Mit schlotternden Händen goß Mackintosh Whisky und Wasser ein, halb und halb, und hielt das Glas, während Walker gierig trank. Das schien ihm gutzutun. Er stieß einen langen

Seufzer aus, und ein wenig Farbe kehrte in sein großes fleischiges Gesicht zurück. Mackintosh fühlte sich entsetzlich hilflos. Er stand da und starrte den alten Mann an.

»Sagen Sie mir, was ich tun soll, ich will alles tun«, sagte er.

Er sah entsetzlich jämmerlich aus, wie er da auf dem großen Bett lag, ein massiger, aufgetriebener alter Mann, aber so blaß, so schwach, daß es einem das Herz umdrehte. Hier in der Ruhe schien sein Geist klarer zu werden.

»Sie hatten recht, Mac«, sagte er. »Sie haben mich gewarnt.«

»Ich wünschte zu Gott, ich wäre mitgekommen.«

»Sie sind ein guter Kerl, Mac, nur schade, daß Sie nicht trinken.«

Dann folgte eine weitere, lange Stille, und es war deutlich, daß Walker die Kräfte verließen. Eine innere Blutung fand statt, und selbst Mackintosh in seiner Unkenntnis konnte nicht umhin, zu sehen, daß sein Chef nur mehr ein oder zwei Stunden zu leben hatte. Etwa eine halbe Stunde lang lag Walker mit geschlossenen Augen da, dann öffnete er sie.

»Sie werden Ihnen mein Amt übergeben«, sagte er langsam. »Als ich das letzte Mal in Apia war, habe ich ihnen gesagt, Sie seien all right. Machen Sie meine Straßen fertig. Ich möchte die Gewißheit haben, daß das gemacht wird. Rings um die Insel.«

»Ich will Ihr Amt nicht haben. Sie werden gesund werden.«

Walker schüttelte müde den Kopf.

»Ich habe gelebt. Behandeln Sie sie gerecht, das ist wichtig. Sie sind Kinder. Daran müssen Sie immer denken. Sie müssen streng mit ihnen sein, aber auch gütig. Und seien Sie rechtschaffen. Ich habe keinen roten Heller an ihnen verdient. Mehr als hundert Pfund habe ich nicht gespart in zwanzig Jahren. Die Straße ist das wichtigste. Sorgen Sie dafür, daß die Straße beendet wird.«

Etwas, das einem Schluchzen sehr ähnlich war, rang sich aus Mackintoshs Brust hoch.

»Sie sind ein guter Kerl, Mac; ich habe Sie immer gern gehabt.«

Er schloß die Augen, und Mackintosh glaubte, er werde sie nie mehr auftun. Sein Mund war so trocken, daß er sich selbst etwas zu trinken eingoß. Der chinesische Koch schob ihm schweigend einen Stuhl hin. Er setzte sich neben das Bett und wartete.

Wieviel Zeit verstrich, wußte er nicht. Die Nacht schien endlos. Plötzlich brach einer der Männer, die da saßen, laut wie ein Kind in haltloses Schluchzen aus, und jetzt erst bemerkte Mackintosh, daß das Zimmer voll von Eingeborenen war. Sie saßen alle auf dem Boden, Männer und Frauen, und starrten zum Bett hin.

»Was tun alle diese Leute hier?« fragte Mackintosh. »Sie haben kein Recht hierzusein. Hinaus, hinaus mit ihnen allen!«

Diese Worte schienen Walker zu wecken, denn er öffnete noch einmal die Augen, die ganz verwölkt waren. Er wollte sprechen, war aber so schwach, daß Mackintosh sich sehr anstrengen mußte, um zu verstehen, was er sagte.

»Lassen Sie sie hier. Sie sind meine Kinder. Sie haben das Recht, hierzusein.«

Mackintosh wandte sich an die Eingeborenen.

»Bleibt, wo ihr seid. Er wünscht es. Aber seid ganz still.«

Ein feines Lächeln erschien auf dem weißen Gesicht des alten Mannes.

»Kommen Sie näher«, flüsterte er.

Mackintosh beugte sich über ihn. Seine Augen schlossen sich, und die Worte, die er sagte, waren wie ein seufzender Wind in den Blättern der Kokospalme.

»Geben Sie mir noch einmal zu trinken. Ich muß etwas sagen.«

Dieses Mal gab Mackintosh ihm den Whisky unverdünnt. Walker sammelte mit einer letzten Willensanspannung seine Kräfte.

»Machen Sie keinen Lärm wegen dieser Sache. Im Jahre achtzehnhundertfünfundneunzig, als es hier Schwierigkeiten gab, wurden ein paar Weiße getötet, und die Flotte kam und beschoß die Dörfer. Viele Menschen kamen ums Leben, die nichts damit zu tun gehabt hatten. Sie sind verdammte Idioten drüben in Apia. Wenn sie etwas davon erfahren, werden sie nur die Falschen bestrafen. Ich will, daß niemand bestraft wird.«

Er hielt inne, um auszuruhen.

»Sie müssen sagen, es war ein Unfall. Keinen trifft die Schuld. Versprechen Sie mir das?«

»Ich werde alles tun, was Sie wollen«, flüsterte Mackintosh.

»Guter Kerl. Einer von den Besten. Sie sind Kinder. Ich

bin ihr Vater. Ein Vater läßt seine Kinder nicht in Not geraten, wenn er es vermeiden kann.«

Ein spukhaftes Kichern kam aus seiner Kehle. Es war erstaunlich unheimlich und geisterhaft.

»Sie sind doch ein religiöser Mensch, Mac. Wie geht das mit dem Vergeben? Sie wissen schon.«

Einen Augenblick lang konnte Mackintosh nicht antworten. Seine Lippen zitterten.

»Vergib ihnen, denn sie wissen nicht, was sie tun.«

»Ganz recht, das ist es. Vergib ihnen. Ich habe sie geliebt, wissen Sie, habe sie immer geliebt.«

Er seufzte. Seine Lippen bewegten sich schwach, und nun mußte Mackintosh sein Ohr ganz nahe bringen, um etwas zu verstehen.

»Halten Sie meine Hand«, sagte er.

Ein Keuchen kam aus Mackintosh. Sein Herz schien sich umzudrehen. Er nahm des alten Mannes so kalte, schwache Hand in die seine, eine grobe, rauhe Hand. Und so saß er, bis er vor Schreck fast aufsprang, denn die Stille wurde plötzlich durch ein langes Rasseln zerrissen. Es war schrecklich und gespenstisch. Walker war tot.

Da brachen die Eingeborenen in laute Schreie aus. Tränen rannen ihnen über die Wangen, und sie schlugen sich auf die Brust.

Mackintosh löste seine Hand aus der des toten Mannes, und wankend vor Schlaf wie ein Betrunkener ging er aus dem Zimmer. Er trat vor die verschlossene Schublade seines Schreibtisches und nahm den Revolver heraus. Dann wanderte er hinunter zum Meer, und vorsichtig, um auf keinen Korallenfelsen zu stoßen, watete er hinaus, bis das Wasser ihm an die Achselhöhlen reichte. Dort schoß er sich eine Kugel durch den Kopf.

Eine Stunde später planschte und kämpfte ein halbes Dutzend schlanker brauner Haifische an der Stelle, wo er zusammengesackt war.

*Bitte beachten Sie auch*
*die folgenden Seite*

## *W. Somerset Maugham im Diogenes Verlag*

»Ein glänzender Beobachter. Menschen und Umwelt gewinnen bei ihm höchste Präsenz.« *D. H. Lawrence*

*Die Leidenschaft des Missionars*
›Regen‹. Erzählung. Aus dem Englischen von Ilse Krämer

*Meistererzählungen*
Ausgewählt von Gerd Haffmans. Deutsch von Kurt Wagenseil, Tina Haffmans und Mimi Zoff

*Zehn Romane und ihre Autoren*
Deutsch von Matthias Fienbork

*Die halbe Wahrheit*
Keine Autobiographie. Deutsch von Matthias Fienbork

*Gesammelte Erzählungen in 10 Bänden*
Deutsch von Felix Gasbarra, Marta Hackel, Ilse Krämer, Helene Mayer, Claudia und Wolfgang Mertz, Eva Schönfeld, Wulf Teichmann, Friedrich Torberg, Kurt Wagenseil, Mimi Zoff u. a.

*Honolulu*

*Das glückliche Paar*

*Vor der Party*

*Die Macht der Umstände*

*Lord Mountdrago*

*Das ewig Menschliche*

*Ashenden oder Der britische Geheimagent*

*Entlegene Welten*

*Winter-Kreuzfahrt*

*Fata Morgana*

*Das gesammelte Romanwerk in bisher 13 Einzelbänden:*

*Der Menschen Hörigkeit*
Roman. Erstmals vollständig in deutscher Sprache. Deutsch von Mimi Zoff und Susanne Feigl

*Rosie und die Künstler*
Roman. Deutsch von Hans Kauders und Claudia Schmölders

*Silbermond und Kupfermünze*
Roman. Deutsch von Susanne Feigl

*Auf Messers Schneide*
Roman. Deutsch von N. O. Scarpi

*Theater*
Ein Schauspieler-Roman. Deutsch von Renate Seiller und Ute Haffmans

*Damals und heute*
Ein Machiavelli-Roman. Deutsch von Hans Flesch und Ann Mottier

*Der Magier*
Ein parapsychologischer Roman Deutsch von Melanie Steinmetz und Ute Haffmans

*Oben in der Villa*
Ein kriminalistischer Liebesroman. Deutsch von William G. Frank und Ann Mottier

*Mrs. Craddock*
Roman. Deutsch von Elisabeth Schnack

*Südsee-Romanze*
Roman. Deutsch von Mimi Zoff

*Liza von Lambeth*
Ein Liebesroman. Deutsch von Irene Muehlon

*Don Fernando*
oder Eine Reise in die spanische Kulturgeschichte. Deutsch von Matthias Fienbork

*Der bunte Schleier*
Roman. Deutsch von Anna Kellner und Irmgard Andrae

# *Evelyn Waugh im Diogenes Verlag*

## *Auf der schiefen Ebene*

Roman. Aus dem Englischen von Ulrike Simon

Waughs Erstlingsroman ist eine eigentümlich faszinierende Mischung aus Satire, Farce, Burleske und Groteske. Waugh, der weltberühmte Satiriker, zeigt in diesem Roman besonders kraß, aber auch besonders witzig, wo unser Leben hingerät, wenn die Errungenschaften der Zivilisation logisch weitergedacht und weitergetrieben werden und niemand sich mehr auf das Wesentliche besinnt.

»Der frühe Evelyn Waugh ist der beste.«
*Arbeiter-Zeitung, Wien*

## *Lust und Laster*

Roman. Deutsch von Ulrike Simon

In seinem zweiten Roman aus dem Jahr 1930 nimmt Waugh sich die Londoner Society vor, die im eleganten Mayfair der zwanziger Jahre ein äußerlich sorgloses Leben über einem Abgrund von Heuchelei und Verzweiflung führt. Es ist ein Tanz auf dem Vulkan, die Figuren bewegen sich nur noch auf einer brüchig gewordenen Oberfläche, die beim Ausbruch des Krieges sofort zerbirst. Dem konservativen, bissigen, sarkastischen Kritiker Waugh gelingt es, die Atmosphäre hoffnungsloser Leere und unausweichlichen Scheiterns einzufangen, ein Zeitbild von unerwarteter Aktualität.

»Evelyn Waugh ist seit George Bernard Shaw der einzige geniale Komiker in England.« *Edmund Wilson*

»Waugh zu lesen ist ein lohnender Genuß.«
*Erhard Schütz/Frankfurter Rundschau*

## *Tod in Hollywood*

Eine anglo-amerikanische Tragödie
Deutsch von Peter Gan

»In dieser makabren Erzählung über das nicht weniger makabre amerikanische Geschäft mit dem Tod fehlt es nicht an sarkastischen Seitenhieben auf den Filmbetrieb in Hollywood, aber auch auf die Vertreter der alten Welt. Das Werk, das wegen seiner antiamerikanischen Haltung einige Kontroversen auslöste, hat heute einen festen Platz unter den großen Satiren der Weltliteratur.« *Kindlers Literatur Lexikon*

## *Der Knüller*

Roman. Deutsch von
Elisabeth Schnack

Ein respektloser, satirischer Roman über die Zeitungswelt, über Londons Fleet Street und die Pressemagnaten, über die Jagd nach dem großen Knüller.

»Eine meisterhafte Fabel, ein Feuerwerk an Witzen und Späßen, ein wahres ›jeu d'esprit‹.«
*Rose Macaulay*

## *Charles Ryders Tage vor Brideshead*

Erzählungen. Deutsch von
Otto Bayer

Fünf Erzählungen, darunter die Titelgeschichte über die Schulzeit Charles Ryders, des Helden von *Wiedersehen mit Brideshead.*

»Ein Schriftsteller von Evelyns Rang hinterläßt uns Besitztümer, die uns zu Entdeckungen einladen: hier zeigt sich uns plötzlich ein Ausblick, den wir übersehen hatten, da warten Pfade, daß wir sie im rechten Augenblick betreten, denn der Leser wie der Autor ändert sich.« *Graham Greene*

## *Wer zuerst kommt, mahlt zuerst*

Erzählungen
Deutsch von Otto Bayer

Sieben Erzählungen im Stile der frühen Romane Waughs, teilweise schon mit den Personen, die später wieder in *Lust und Laster* und *Auf der schiefen Ebene* zu finden sind.

»Waugh ist witzig, Waugh ist elegant, Waugh ist knapp.« *Anthony Burgess*

## *Eine Handvoll Staub*

Roman. Deutsch von Matthias Fienbork

Zu einer Handvoll Staub zerfällt die scheinbar auf sicheren Pfeilern ruhende Existenz des Engländers Tony Last, nachdem seine Frau Brenda ihn nach sieben öden Ehejahren verläßt. Um Abstand zu gewinnen, begibt sich Tony auf eine Reise ins unerforschte Indianergebiet des Amazonas. Nur seine Uhr findet den Weg zurück in die Zivilisation.

»Mit diesem Roman bewegt sich Waugh bereits auf jenen ›romantischen‹ Konservativismus zu, von dem *Wiedersehen mit Brideshead* zeugen wird.«
*Jérôme von Gebsattel*

## *Schwarzes Unheil*

Roman. Deutsch von Irmgard Andrae
Mit einem Frontispiz und acht
Zeichnungen des Autors

Auf Anzania, einer fiktiven Insel vor der Küste Afrikas, versucht Seth, dessen wohlklingende Reihe von Titeln etwas dissonant mit ›Bakkalaureus der Freien Künste der Universität Oxford‹ endet, zusammen mit seinem Freund, dem Abenteurer Basil Seal, die Segnungen der modernen Zivilisation einzuführen. Es kommt zur Revolution.

»Zusammen mit *Auf der schiefen Ebene*, *Der Knüller*, *Lust und Laster* und *Tod in Hollywood* gehört *Schwarzes Unheil* zu der Gruppe satirischer Romane, die Waugh in den frühen dreißiger Jahren den Namen eines ›enfant terrible‹ der englischen Literatur eintrugen. Eine der bedeutendsten Satiren der modernen englischen Literatur.« *Jérôme von Gebsattel*

## *Gilbert Pinfolds Höllenfahrt*

Ein Genrebild. Deutsch von Irmgard Andrae

Kurz nach seinem fünfzigsten Geburtstag beschließt Gilbert Pinfold, ein weltbekannter Schriftsteller, von Rheuma und Neuralgien hart geplagt, dem Rat seines Hausarztes zu folgen und eine Schiffsreise in die Tropen anzutreten. Wir werden mit ihm Zeuge unerhörter Ereignisse. Zunächst muß Pinfold erleben, daß unter der farbigen Besatzung des Schiffes eine Meuterei ausbricht, dann stellt er zu seinem Entsetzen fest, daß der Kapitän ein Mörder ist, und schließlich erfährt er, daß er das Opfer einer regelrechten Verschwörung werden soll. Auch als er das unheimliche Schiff mitten auf der Reise verläßt, bleiben die Verfolger auf seiner Spur...

## *Mit Glanz und Gloria*

Roman. Deutsch von Matthias Fienbork

Wie geht es Basil Seal, dem hochgeborenen Taugenichts aus *Schwarzes Unheil*, Lady Metroland, der berühmten Gastgeberin aus *Lust und Laster* und den anderen Gestalten aus *Auf der schiefen Ebene* seit dem Ausbruch des Zweiten Weltkrieges? Man versucht, *Mit Glanz und Gloria* weiter so vornehm dahinzuleben, wie es sich gehört... auch wenn der Krieg manch lästige Begleiterscheinung in Londons exklusive Zirkel dringen läßt und sogar Basil versucht, seinerseits Kriegswichtiges zu vollbringen.

»Das Verhältnis des Autors zu seinem bevorzugten Objekt (dem britischen Adel): an Schonung ist nicht gedacht.« *Die Zeit, Hamburg*

## *Helena*

Roman. Deutsch von Peter Gan

Die Kaiserin Helena, Mutter Konstantins des Großen, begründete die legendäre Pilgerreise nach Palästina, wo sie angeblich Teile des echten Kreuzes Christi fand. Zu ihrer Lebenszeit ereignete sich eine dramatische Wende in der Geschichte: die Anerkennung des Christentums als Religion des Römischen Reiches. Ihr ungewöhnliches Leben, die enormen Konflikte jener Zeit, Korruption und Verrat und der Wahnsinn des imperialistischen Roms gaben Waugh ausreichend Stoff für das lebendige Porträt einer außergewöhnlichen Frau und einen hervorragenden, äußerst spannenden Geschichtsroman.

»Man braucht wohl nicht zu erwähnen, daß *Helena* sehr witzig und von vollendeter Gestalt ist – ein sehr gut geschriebenes, ausgesprochen geistreiches Buch.« *New Statesman, London*